ハヤカワ文庫 NV
〈NV1400〉

グ レ イ

〔上〕

E L ジェイムズ
池田真紀子訳

早 川 書 房
7910

GREY
by
E L James
Copyright © 2011, 2015 by
Fifty Shades Ltd
Translated by
Makiko Ikeda
Published 2017 in Japan by
HAYAKAWA PUBLISHING, INC.
This book is published in Japan by
arrangement with
FIFTY SHADES LTD
c/o VALERIE HOSKINS ASSOCIATES LTD
acting in conjunction with
INTERCONTINENTAL LITERARY AGENCY LTD
through JAPAN UNI AGENCY, INC., TOKYO.

読みたい……読みたい……書いて……
そう願い続けてくださったみなさんにこの本を捧げます。
いつも応援してくれて本当にありがとう。
みなさんの存在が何よりの刺激です。

謝辞

次にお名前を挙げるみなさんに感謝を捧げます。

いつも優《すぐ》れたアドバイスと笑えるジョークを聞かせてくれ、私を信じて任せてくれたアン・メシット。私の文章を解読するのにいくらでも時間を注いでくれる寛容な人物でもあります。感謝してもしきれません。

執筆環境に目を配ってくれたトニー・キリコとラッセル・ペロールト、またこの本をゴールラインまでみごとに導いてくれた才能ある編集デザインチームのエイミー・ブロージー、リディア・ブヘラー、キャサリン・ホーリガン、アンディ・ヒューズ、クラウディア・マルティネス、メガン・ウィルソンにも、ありがとう。

愛と激励とアドバイスをくれた夫ナイアル・レナードにも。彼は私をお腹《なか》の底から笑わせてくれるこの世で唯一の男性でもあります。

私の代理人を務めてくれているヴァレリー・ホスキンス。彼女がいなかったら、私はきっといまもテレビ局で働いていたと思うわ。私の人生を一変させたのはあなたよ。

校正を担当してくれたキャスリーン・ブランディーノ、ルース・クランペット、ベリンダ・ウィリス。

貴重な友情とセラピーを与えてくれたロスト・ガールズ。

ユーモアと知恵と激励、そして友情を共有してくれたバンカー・ベイブス。

私にアメリカ風の言い回しを仕込んでくれたFPレディース。

SFBTで協力してくれたピーター・ブランストン。

ヘリコプター操縦の知識を授けてくれたブライアン・ブルネッティ。

アメリカの高等教育システムについて教えてくれたドーン・カルーシ教授。

土壌学を叩きこんでくれたクリス・コリンズ教授。

行動保健学について洞察を与えてくれたドクター・レイナ・スルーダー。

そして、私の息子たちに。順番は最後になったけれど、決してあなたたちの優先順位が低いわけじゃないから。どれだけの言葉を並べても足りないくらい愛してる。あなたたちふたりのおかげで私の人生は幸せで満ち、周囲の全員が笑顔になるの。美しくて、ユーモアのセンスがあって、頭の回転が速くて、思いやりにあふれた若者たち。あなたたちを最高に誇りに思っています。

グレイ〔上〕

2011年5月9日　月曜日

　ぼくは車を三台もってる。床の上を走らせるとはやい。ものすごくはやい。ひとつは赤だ。ひとつは緑、もうひとつは黄色。緑がぼくのお気に入りだ。緑がいちばんいい。ママも車を気に入ってる。ママが車でぼくとあそんでくれるとうれしい。ママは赤い車が好きだ。今日のママはソファにすわって壁をじっと見てる。緑の車がラグのへりでジャンプしてラグに落ちる。次は赤。その次が黄色。がしゃん！　ママは見てない。ぼくはもう一度車を走らせる。がしゃん！　ママは見てない。緑の車でママの足をねらう。緑の車はソファの下にもぐっちゃった。取ろうとしたけど、手がとどかない。ぼくの手は大きすぎて、すきまに入らないんだ。ママは見てない。緑の車を取りたい。だけどママはソファに座ったままで、壁をぼんやり見てる。ねえ、ママ。車取って。ママには聞こえてない。ねえ、ママ。ぼくはママの手をひっぱる。ママはソファにねころがって目をつむった。うるさいわね、あとにして。あとにしてちょうだい。ママはそう言う。緑色の車はソファの下に入ったきりだ。ずっとソファの下にある。見えるのに、手はとどかない。緑の車はふわふわになってる。灰色の毛とほこりがはえた。取りたい。でも手がとどかない。あんな遠くに手はとどかない。緑色の車とはさよならだ。さよなら。あの車では二度と遊べない。

まぶたを開いた。夢は薄れていき、代わりに朝の淡い光が視界を埋めた。いまのはいったいなんだったんだ？　逃げていく夢のかけらに手を伸ばしたが、ひとつも捕まえられなかった。

気にしないことだ。いつものことじゃないか。ベッドから出て、ウォークインクローゼットから洗濯したてのスウェットシャツとパンツを出して着替える。外に出ると、空は重たげな鉛色をしていた。いまにも雨が降り出しそうだ。今日は雨に打たれながらランニングしたい気分ではない。踵《きびす》を返して部屋に戻り、自分のトレーニングルームに入ってテレビをつけ、朝のビジネスニュースにチャンネルを合わせておいてトレッドミルで走り出した。

今日の予定は――？　会議、会議、会議。それだけだ。ただ、夕方オフィスにパーソナルトレーナーが来ることになっている。バスティーユはかならず挑戦し甲斐のある課題を与えてくれる。

そうだ、エレナに連絡してみようか。

どうするかな。今週のうちに食事でもしないかと誘ってみようか。

トレッドミルを止めた。息が上がっていた。いつもどおりの単調な一日に備えてシャワールームに向かった。

「また明日」私はオフィスを出ていこうとしているクロード・バスティーユに声をかけた。

「今週こそゴルフだぞ、グレイ」バスティーユはさりげないがどこか尊大な口調で言った。ゴルフでは絶対に勝てると知っているからだ。

私は顔をしかめた。バスティーユの帰り際の一言は私の傷口に塩を塗りこんだ。さっきのトレーニングで限界まで奮闘したあげく、バスティーユにノックアウトされて終わった。私を降参させられる相手はバスティーユひとりだ。しかし、トレーニングで負かしただけではまだ足りないとでもいうのか、ゴルフコースでも私を叩きのめしたいらしい。ゴルフは嫌いだ。ただ、ゴルフコースはビジネスの場でもあると考えると、歯を食いしばってレッスンを受けるしかない……それに、表立っては認めたくないが、バスティーユのレッスンの甲斐あって、私のゴルフのスコアはたしかに伸びている。

窓の向こうに広がるシアトルのスカイラインを眺めていると、お馴染みの倦怠感が忍び入ってきた。この天気と同じ冴えない灰色の気分だった。単調な毎日の繰り返し。もはや昨日と今日の境目さえ曖昧《あいまい》になっている。何か気晴らしが欲しい。この週末も働きづめだった。こうしてオフィスにこもりきりでいると、変化が欲しくてたまらなくなる。バスティーユとのトレーニングでストレスを発散したはずなのに、まだすっきりしない。

思わず眉間《みけん》に皺《しわ》を寄せた。このところ、何に対しても関心が湧かなかった。実際、何かに全神経を集中したと言えるのは、貨物輸送機二機をスーダンに向かわせる決定を下したときくらいだ。ああ、それで思い出した——ロズから輸送の進捗《しんちょく》についてそろそろ報告があってもよさそうなものだが、どうしたのだろう？　何をこんなに手間取っている？　電話に手を伸ばしかけたとき、スケジュール表が目に入った。

くそ！　このあとワシントン州立大学の学生新聞の編集長とやらが来ることになっていた。スッポンみたいにしぶといミス・キャヴァナー。まったく、なぜインタビューの申し入れなどに応じてしまった？　下調べもろくにできないくせに、ひがみ根性とのぞき見根性だけは一人前の連中の馬鹿げた質問に答えるのは、単なる苦痛でしかない。しかも今回は学生ときている。そのとき内線電話が鳴った。

「なんだ？」アンドレアが悪いわけでもなんでもないのに、つい噛《か》みつくような声で電話に出た。インタビューはせめて短時間で終わらせよう。

「ミス・アナスタシア・スティールがお見えです、ミスター・グレイ」

「スティール？　来るのはキャサリン・キャヴァナーでは？」

「いらしてるのはミス・アナスタシア・スティールです」

物事が予定どおりに進まないと、気分が悪くなる。「通せ」

そうかそうか……ミス・キャヴァナーは都合が悪くなったか。彼女の父親でキャヴァナー

・メディアのオーナーのイーモン・キャヴァナーとは面識がある。何度か取引をしたことがあるが、抜け目ないビジネスマンで、人柄も問題ない。今回のインタビューを引き受けたのは、彼の娘の依頼だったからだ。これで貸しを作っておいて、何かの折に返してもらうつもりだ。もちろん、娘はどんな人間だろうという好奇心もある。さすが親子と感心することになるのか、それとも――？

オフィスの入口から人の気配がして、私は反射的に立ち上がった。次の瞬間、やや赤みを帯びた濃い褐色の長い髪と、青白い手足と、茶色いブーツがからまりあったような物体がヘッドスライディングしてくるのが見えた。その種の不器用さに対する生理的な嫌悪を押し隠し、私はぶざまに床に這《は》いつくばった若い女に駆け寄ると、華奢《きゃしゃ》な肩をつかんで助け起こした。

透き通った青い色をした瞳が決まり悪そうにこちらを見上げた。その刹那《せつな》、私は身動きができなくなった。その瞳は見たこともないような美しい色をしていた――どこまでも透明なパウダーブルー。その瞳にこちらの考えまで見透かされるのではないかと怖くなるほどだった。心を丸裸にされたような錯覚に襲われた。その胸騒ぎに似た感覚をあわてて振り払う。

美しく整った小さな顔は赤みを帯びていた――淡く初々しい薔薇色に染まっている。この女の肌は、どこもかしこもこうなのだろうか。こんなふうに滑らかで疵《きず》ひとつなく完璧なのか。笞《ケイン》で打たれてピンク色に腫《は》れたらどれほど美しいだろう。

おい。

あらぬ方角へと暴走を始めた思考にブレーキをかけた。いったい何を考えているんだ、グレイ？　この女はいくらなんでも若すぎるだろう。彼女は目を大きく見開いて私を見つめていた。呆《あき》れて天井を仰ぎたくなった。そうだな、言いたいことはわかるよ、ベイビー。だがこんなもの、ただの顔だ。この美しさには皮膚一枚の奥行きしかない。その大きな青い瞳から、いかにもうっとりしたような表情をきれいに消し去ってやりたいところだが、せっかくだから、軽くゲームにつきあってやるとしよう。

「ミス・キャヴァナー。クリスチャン・グレイです。お怪我《けが》はありませんか。とりあえずこちらにかけてください」

女がまた頰を赤らめた。落ち着きを取り戻した私は、改めて女を観察した。なかなか魅力的ではないか。華奢な体つき、透けるように白い肌。深い栗色の奔放《ほんぽう》な髪は、ヘアゴムでどうにかひとつところに落ち着いているといった風情《ふぜい》だった。

ブルネットか。

悪くない。なかなかいい。私は手を差し出した。女は気まずそうな声で謝罪の言葉らしきものを口にし、小さな手で私の手を取った。ひんやりして柔らかい感触がした。しかし意外なことに、握手は力強かった。

「ミス・キャヴァナーが体調を崩したので、代理としてうかがいました。ご迷惑でなければいいんですけど、ミスター・グレイ」女の声は静かでおずおずとしてはいるが、響きがいい。目はせわしなく瞬《まばた》きを繰り返し、長いまつげを軽やかに躍《おど》らせていた。

お世辞にも優雅とは言いがたい登場場面を思い出し、私は笑いまじりに名前を尋ねた。

「アナスタシア・スティールです。ケイト……あっと、キャサリン……じゃなくて……ミス・キャヴァナーと同じワシントン州立大学バンクーバー校で英文学を専攻しています」

なるほど、内気な本の虫タイプか。たしかに、いかにもそんな外見をしていた。まずその服装はどうにかならないのか？　くたびれたセーターにAラインの茶色いスカート、それに実用一辺倒のブーツ。センスのかけらも持ち合わせていないらしいな。女はおずおずとオフィスを見回しているが、私の顔だけは決して見ようとしない。そのことに気づいて苦笑した。

この女がインタビュアーだと？　ジャーナリスト連中に共通する強引さはどこにもなかった。ひどく緊張して、びくびくして……従順《サブミッシブ》そうだ。私は自分の不適切な連想を愉快に思って首を振りながら、第一印象というのは当たるものなのだろうかと考えた。陳腐《ちんぷ》な決まり文句をいくつかつぶやいたあと、椅子を勧めた。そこでふと気づいた。女は壁に並んだ絵画をうっとりしたような目で見つめていた。考える間もなく、私はその絵画の背景を説明していた。「地元の画家――トラウトンの作品ですよ」

「すてきですね。平凡なものを非凡なものに昇華させてる」女は夢見るような調子で言った。作品の筆舌に尽くしがたい芸術性に目を奪われている様子だ。その横顔は繊細だった。ほんの少し上を向いた鼻、ふっくらと豊かな唇――しかもいま彼女が言ったことは、私の意見とぴたり一致していた。〝平凡なものを非凡なものに昇華させている〟。的《まと》を射た評価だ。ミス・スティールは聡明な女らしい。

同感ですよとつぶやくと、女の頬がまたしてもほんのり赤く染まった。私は正面の椅子に座り、暴走しがちな思考の手綱《たづな》を締めることに意識を集中した。女は大きなバッグの底からくしゃくしゃの紙とレコーダーを引っ張り出した。不器用な女のようだ。バウハウスのコーヒーテーブルにレコーダーを二度も落とした。インタビューの経験がないのは明らかだった。それでも、なぜか痛快に思えた。ふだんの私ならこういった不器用な人間に我慢ならないが、人差し指を唇に当てて笑みを押し隠し、代わってレコーダーをセットしてやりたい衝動を抑えつけた。

彼女がふたたび物を落としたり拾ったりしているのを見ていると、乗馬鞭《むち》を駆使してあの運動神経を研ぎ澄ましてやりたいと思った。適切に鞭を使えば、どんな暴《あば》れ馬でも言うことを聞く。またしても思考があらぬ方角へ漂い始め、落ち着かなくなって、椅子の上でさりげなく姿勢を変えた。彼女がちらりと顔を上げてふっくらとした唇を噛んだ。

ああ！　なぜいままで気づかなかった？　あの誘うような唇に？

「すみません。こういうことに慣れてなくて」

見ていればわかるよ、ベイビー。しかし謝ることはない。いまはその唇を食い入るように見るほうに忙しくて、そんなことに構っている暇はないんだ。

「どうぞごゆっくり、ミス・スティール」暴れ馬のような思考を落ち着かせるのに、こちらももう少し時間が欲しいところだからね。

おい、グレイ……いいかげんにしろ。

「お話を録音してもかまいませんか」彼女が尋ねた。屈託のない顔に期待を浮かべている。吹き出しそうになった。「それだけ苦労してようやくレコーダーをセットしたあとで——私の意向を確かめるわけですか」

女が目をしばたたかせた。大きな瞳に、途方に暮れたような表情が浮かんでいた。ふだんは感じたことのない罪悪感が胸をちくりと刺した。

そんなにいじめなくてもいいだろう、グレイ？　「録音してもかまいませんよ」あの表情を呼び起こした責任から逃《のが》れたくて、そう付け加えた。

「ケイトから、いえ、ミス・キャヴァナーから、このインタビューの趣旨《しゅし》は聞いてらっしゃいますか」

「学生新聞の卒業特集号に掲載するとうかがいました。今年度の卒業式で学位を授与する予定になっていますから、そのからみでしょう」なぜ学位の授与などを引き受ける気になったのか、自分でもわからない。広報部のサムは、パブリシティの面で有効だからと言っていた。ワシントン州立大学の環境科学部のプロジェクトを進めるためには、私が寄付した資金だけでは足りず、さらに同程度の額の寄付を集める必要がある。サムは話題作りの手段を選ばない。

ミス・スティールは驚いたような顔でまたしても目をしばたたかせた。戸惑ったような表情をしている。やれやれ、インタビューに来る前に最低限の予習すらしなかったのか？　この程度のことは知っていて当然だろう。そう考えたとたん、それまでの興奮が冷めた。不愉快だ。この女に限らず、他人の時間を借りるなら、下調べくらいしてくるのが礼儀というものだろう。

「聞いていらっしゃるならよかった。いくつか質問があります、ミスター・グレイ」彼女はほつれた髪を耳の後ろに押しやった。そのしぐさに目を奪われて、私はたちまちいらだちを忘れた。

「ええ、きっと質問がおありだろうと思っていました」いくぶんそっけなく言った。ちょっと困らせてやるとしよう。私の心の声が聞こえたかのように彼女はもぞもぞと体を動かしたが、すぐに冷静さを取り戻し、まっすぐに座り直して華奢な肩を怒らせた。テーブルに身を乗り出してレコーダーの録音ボタンを押し、眉間に皺を寄せながらくしゃくしゃの紙に目を落とした。

「あなたは若くして巨大な企業帝国を築き上げました。成功の秘訣は何だと思われますか」

勘弁してくれ。もう少しましなことは訊《き》けないのか？　そんな退屈な質問、なんの意味がある？　オリジナリティなど微塵もない。私は落胆して、型どおりの答えを返した。アメリカ全土からきわめて優秀な人材だけを厳選して採用しているとか、彼らをほかの誰よりも信頼して仕事を任せ、充分な報酬を支払っているとか。だが、ミス・スティール、結局のところ、私は何においても天才なんだ。それが秘訣だよ。私にとっては水に浮かべた丸太から落ちるくらい簡単なことなんだ。経営難に陥った企業を買収して、修理が可能なら修理を施《ほどこ》して再利用し、修理不能なまでに壊れていれば資産を剝ぎ取るだけ剝ぎ取ったあと、可能なかぎり高値で売り払う。有望なものとそうでないものを見分ける力があるかどうかで勝負は決まる。ビジネスで成功するには、有能な人材を確保することがまず必要だ。そして私には人を見る目がある。誰よりも。

「運に恵まれただけのことかも」彼女が静かに言った。

運だと？　怒りが震えになって背筋を駆け抜けた。運だって？　この私に向かってよくもそんなことが言えたものだな。彼女は控えめで物静かな人物に見える。しかし——これは許しがたい。運がよかっただけではないかとこの私に向かってほのめかした人間はこれまでひとりもいない。勤勉に働き、人材を育て、彼らの仕事ぶりにつねに目を光らせ、能力が足《た》りないと判断すれば、迷わず切り捨てる。私がしていることはそれだ。私はそれに長けている。運など入りこむ余地はない。くだらないことを言うな。博識なところを見せつけてやろうと、尊敬する企業家ハーベイ・ファイアストーンの言葉を引用した。「〝リーダーに与えられるもっとも重要な仕事は、人を育て、成長させることだ〟」

「コントロール・フリークなんですね」女は言った。大まじめな顔で。

なんだって？　やはりあの無邪気な目は心まで見透かしているのかもしれない。

そうさ、私のミドルネームは〝支配《コントロール》〟だよ。

彼女をにらみつけた。震え上がらせてやりたい。「そう、私はあらゆるものについて支配力を行使する人間です、ミス・スティール」きみにもぜひ行使したいね。ここで。いますぐ。

彼女はまたしても頬を魅惑的な薔薇色に染め、そのうえまたしてもあの下唇を噛んだ。私はとりとめもなく話し続けた――あの唇から意識をそらしたい、それだけのために。

「加えて、他者を圧倒する力は、自分はこの世のすべてを支配するために生まれてきたのだとひそかに空想することから与えられるものでもあります」

「ご自分には他者を屈服させる力が備わってると思ってらっしゃるわけですね」声は柔らかで落ち着いていたが、形のよい眉を吊り上げ、目に非難の色を浮かべている。おい、私を怒らせるためにわざとやっているのか？　この女にこうまで神経を逆なでされるのはいったいなぜだ？　彼女の質問が気に障《さわ》るせいか？　あの態度が問題なのか？　それとも――私はこの女に魅入られかけている自分に腹を立てているのか？

「私は四万人の従業員を抱えています、ミス・スティール。責任感を持たずにはいられない。それを〝力〟と言い換えることもできるでしょう。テレコミュニケーション事業にはもう飽きた、会社は解散してしまおう――私が気まぐれにそう決めたとしたら、そのひと月後には、おそらく二万人が住宅ローンの支払いに困ることになります」

私がそう答えると、彼女はぽかんと口を開けて私を見つめた。いいね、そのほうがずっといい。己の無力を思い知れ、ミス・スティール。引き換えに私は冷静さを取り戻した。

「でも、さすがに取締役会の意向に逆らうわけにはいかないのでは？」

「これは私の会社ですから、ミス・スティール。取締役会の顔色をうかがう必要はまったくありません」

「仕事以外では、どういったことにご興味をお持ちですか」女はあわてた様子で次の質問に進んだ。私の反応を正しく解釈したしるしだろう。私が腹を立てていることを察している。

私はなぜか大いに満足した。

「いろいろありますとお答えするにとどめましょうか、ミス・スティール。趣味は多方面にわたると言うだけに」私のプレイルームでこの女がさまざまなポーズを取っているイメージが脳裏に閃《ひらめ》く。手足を広げて壁に拘束された姿。四柱式ベッドで手足を広げている姿。鞭打ち台に上半身を預けている姿。おっと見ろよ——彼女はまた顔を赤らめていた。一種の防衛機制なのか？

「でも、いまうかがったように熱心に仕事をされてたら、たまには息ぬきも必要になりませんか」

「息ぬき？」その小賢しい口には不似合いな言葉と思えた。だいたい、息ぬきなどしている暇があるわけがないだろう。私がいかに忙しいか、彼女には想像さえつかないに違いない。しかし、女はその純真な青い瞳で私を見つめていた。自分でも意外なことに、気づくと彼女の質問に対する答えを真剣に探していた。ふだん、息ぬきのために何をしている？　ヨット、ヘリコプターやグライダー、セックス……この女のようなブルネットの女たちの限界を探り、服従させる……落ち着かなくなって椅子の上で座り直した。しかし表向きはよどみなく答えた。何より愛する趣味をふたつ省略して。

「おもに製造業に投資してらっしゃいますね。具体的には、どういった理由から？」

「ものを作るのが好きだからです。ものの仕組みを知るのが好きなんですよ。どのようなメカニズムで動くのか、どういう手順で組み立てるのか、どうやって分解するのか。もとから船舶《せんぱく》は好きですしね、うまく説明できませんが」船は食糧を地球のどこへでも運べる。

「いまのお答えは、論理と事実ではなく、感情に基づいたものに聞こえます」

感情？　私が？　それはないな、ベイビー。

私の心はとうの昔に跡形もなく破壊されているからね。「そうかもしれません。ただ、私には感情がない、心がないと評する人も少なくない」

「そんなふうに言われるのはどうしてですか」

「彼らが私をよく理解しているからでしょう」そう答えて皮肉めいた笑みを浮かべた。現実には、私を理解している人間など誰ひとりいない。唯一の例外はエレナか。エレナはこのミス・スティールをどう評価するだろう。この女は矛盾《むじゅん》の寄せ集めだ。内気で、臆病《おくびょう》で、明らかに頭脳明晰で、しかも強烈にセクシー。

そう、率直に認めよう。この女は抗しがたいほど魅力的だ。

彼女は手もとの紙を確かめずに次の質問をした。「お友達はあなたをわかりやすい人間だと考えていると思われますか」

「私は私生活を大切にする人間です、ミス・スティール。プライバシーを守るための手間は惜しみません。インタビューを受けることもめったにない」あのような趣味、このようなライフスタイルを続けていくには、プライバシーが必要だ。

「なのに、どうして今回は受けてくださったんですか」

「ワシントン州立大学に寄付をしているからです。それに、何をしてもミス・キャヴァナーを追い払えなかったからかな。彼女はうちの広報にすさまじい電話攻勢をかけた。そういった種類のしつこさは、尊敬に値《あたい》します」とはいえ、実際に来たのが彼女でなくきみでよかったよ。

「農業分野の技術開発にも投資していらっしゃいますね、これはなぜですか」

「腹が減っても、金は食べられませんからね、ミス・スティール。そして地球上には、必要最低限の食料を手に入れることができない人が大勢いる」ポーカーフェースで女を見つめた。

「人間愛にあふれたお言葉ですね。それに情熱を注いでらっしゃるわけですか？　世界を食糧難から救うことに？」女は困惑したような目をしていた。理解しがたい相手を探ろうとするように。しかし、あの大きな青い瞳にこの邪悪な魂をのぞかれたくない。そこには誰からも触れられたくない。ここはさらりと流しておけ、グレイ。

「なかなか旨《うま》みのあるビジネスですから」退屈を装《よそお》ってそう答えた。あの生意気な口をファックしているところを想像して、飢餓から意識をそらそうとした。そう、あの口を調教してみたい。私の前に膝をついている女の姿を想像した。おお、なかなか刺激的な図ではないか。

彼女が次の質問を読み上げ、私を現実に引き戻した。「人生哲学をお持ちですか。もしあれば、どんなものか教えてください」

「哲学というほどのものはありませんね。行動指針程度なら持っていますが。カーネギーの言葉です。〝自《みずか》らの精神を完全に掌中《しょうちゅう》に収める術《すべ》を身につければ、それ以外に手にする資格のあるものもすべて掌中に収めることができる〟。私は人並みはずれた能力と明確な目的意識を備えた人間です。つねに支配する立場にありたいと考えている――自分を、自分の周囲のすべてを支配していたいと考えています」

「つまり、身のまわりのあらゆるものを自分のものにしたいということですね」

そのとおりだよ、ベイビー。たとえばきみを私のものにしたい――おい、どこからそんな考えが浮かんできた？　私は自分に顔をしかめた。

「その資格のある人間になりたいと願っているというのが正確なところでしょう。しかし、まあ、簡単に言ってしまえば、すべてを自分のものにしたいということになるのかもしれない」

「自分は最終消費者である――食物連鎖の頂点にいるとおっしゃってるように聞こえます」

彼女の声にははっきりと非難が含まれていた。私はふたたび怒りを感じた。

「ええ、そのとおりですから」

彼女が話すことだけを聞いていれば、裕福な家庭に生まれ、何不自由なく育ってきたように思えるが、着ているものをよく観察すれば――〈オールドネイビー〉や〈H&M〉あたりで買ったような安物だ――そうではないとわかる。決して裕福な家の出身ではない。

私なら不自由はさせないのに。

なんだ、いまの考えはいったいどこから湧いてきた？

しかし、新しい従属者《サブミッシブ》が必要なのは事実だ。スザンナと別れてから、そろそろ――どのくらいだ? 二か月か? だからというわけでもないだろうが、私はこの小娘を前にしてよだれを垂らしている。私は笑みらしきものを作って同意した。消費は否定すべき行為ではない。失速したアメリカ経済をかろうじて動かしているものは、突き詰めれば消費なのだから。

「養子として育てられたそうですね。その事実は人格形成にどの程度の影響を及ぼしたと思われますか」

そのことと石油価格に何か関係があるのか？　馬鹿げた質問だ。クスリ漬けの売女《ばいた》にあのまま育てられていたら、おそらくとっくに死んでいただろう。穏やかな口調を心がけつつ、答えにならない答えを返してはぐらかそうとした。しかし彼女は食いさがり、養子として引き取られたときの年齢を知りたがった。

この女を黙らせろ、グレイ！

「それは本人に訊くまでもなく手に入れられる情報ではありませんか、ミス・スティール」

北極の氷なみに冷たい声で答えた。

そのくらいのことはあらかじめ調べてこい。女は反省の色を見せ、ほつれた髪を耳の後ろに押しやった。けっこう。

「仕事のために家庭を築くことをあきらめていらっしゃるようにお見受けします」

「いまのは質問の体《てい》をなしていない」私は嚙みついた。

彼女はぎくりとした。明らかにうろたえている。それでも潔く非を認めて謝罪の言葉を口にし、表現を変えて質問し直した。「仕事のために新しい家庭を築くことをあきらめていらっしゃいますか」

新しい家庭？　そんなものはいらない。「家族はすでにいます。兄と妹がひとりずつ、それに愛情にあふれた両親がいる。家族をそれ以上増やすことに興味はありません」

「あなたはゲイですか、ミスター・グレイ」

なんだって？

そんなことを面と向かって訊く神経が信じられなかった。家族でさえそこまでは踏みこもうとしないのに。いったいどういう神経をしている？　女を椅子から引きずり下ろし、膝の上にうつぶせにさせ、気がすむまで尻を叩いてやったあと、両手を背中で縛り、デスクに押し倒して後ろからファックしたい衝動に駆られた。それがいまの質問に対する明快な答えになるだろう。ひとつ深呼吸をして気持ちを落ち着けた。彼女もそんなプライベートな質問をした自分を恥じているらしい。私の復讐心はひとまず慰《なぐさ》められた。

「いいえ、アナスタシア。私はゲイではありません」そう答えて眉を吊り上げた。だが、それ以上は表情を変えないようにした。アナスタシア。美しい響きだ。その音が舌の上で転がる感触が気に入った。

「ごめんなさい、その……ここに書いてあったものですから」彼女はまたもやそわそわと髪を耳の後ろにかけた。緊張したときの癖《くせ》らしい。

自分で用意した質問ではないのか。そう尋ねると、彼女は青ざめた。ふむ。それもまた魅力的だ。見る目のある者にしかわからない控えめな魅力。

「その……はい、違います。ケイトが――ミス・キャヴァナーが――用意した質問です」

「おふたりとも学生新聞の記者なんでしょう？」

「いいえ。ケイトはわたしのルームメイトです」

そうか、それならしどろもどろなのも無理はない。私は顎《あご》先をなでながら思案した――この女を徹底的にいじめてやるべきか。

「このインタビューにはあなたから志願したんですか」いいね。従順なまなざしという褒美《ほうび》が返ってきた。私の反応を気にしているのだ。私は優位に立ったことに満足した。

「志願したというより、強引に徴兵されたというか。ケイトが体調を崩してしまって」消え入るような声だった。

「なるほど、それでいろんなことに説明がつきますね」

そのとき、ノックの音が響いて、アンドレアが顔を出した。

「ミスター・グレイ、お邪魔して申し訳ありません。次の来客の予定が二分後に迫っておりますので」

「まだしばらくかかりそうだ、アンドレア。申し訳ないが、次の予定はキャンセルしてもらえないか」

アンドレアは驚いたようにぽかんと口を開けた。私はアンドレアをじっと見つめた。行け！　さっさと出ていけ！　私はこの生意気なミス・スティールの相手で忙しいんだよ。

「かしこまりました、ミスター・グレイ」アンドレアはすぐに立ち直り、そう言って向きを変えると出ていった。

私のソファに座った、魅力的だが腹の立つ女に視線を戻した。「何のお話でしたか、ミス・スティール？」

「あの、お忙しいようでしたら、そろそろ失礼します」

いやいや、ベイビー。今度は私の番だ。その美しい瞳の奥に何か秘密が隠されているのかどうか確かめたい。

「あなたのことを知りたい。私のことはさんざん訊きましたね。それでおあいこというものでしょう」背もたれに体を預け、唇に指先を押し当てた。彼女の視線が私の唇に飛ぶ。喉《のど》がごくりと鳴る音が聞こえた。よしよし、それが正しい反応だよ。私の魅力にまったく気づいていないわけではないらしいと確認できて何よりだ。

「知っていただくほどのことはありません」彼女はまた顔を赤らめた。

気後《きおく》れしているらしい。「大学卒業後のプランは？」

「とくに何も、ミスター・グレイ。卒業試験をクリアするのが先ですし」

「この会社にはひじょうに優れたインターンシップ制度があります」

おいおい、何を言っている？　黄金律を破る気か、グレイ？　従業員と寝てはならぬ……いやしかし、この小娘と寝たわけではない。

彼女は驚いた顔をした。また下唇を嚙む。それだけのことが、なぜこうも刺激的なんだ？

「ありがとうございます。覚えておきます」彼女は言った。「でも、わたしはこの会社には向かないような気がします」

「それはどうして？」私の会社の何が気に入らない？

「見ればわかりません？」

「いいえ、わかりませんね」彼女の答えに困惑を感じた。彼女はといえば、あいかわらずそわそわした様子でレコーダーに手を伸ばした。

くそ、帰るつもりらしい。私は頭のなかで今日の午後の予定をチェックした――延期できない予定はない。「社内をご案内しましょうか」

「いえ、お忙しいでしょうし、これから長距離ドライブが待ってますから」

「バンクーバーまで車で帰るおつもりですか」私は窓の外を見やった。かなりの長距離だ。しかも雨が降っている。こんな天候のなか車を運転するなど危険きわまりない。だが、それを禁じる権利は私にはない。そう考えるともどかしくなった。「運転には気をつけて」意図した以上に厳《いか》めしい口調になった。彼女はレコーダーをまた落としそうになりながらバッグにしまった。一刻も早くここを出たいらしい。しかし、なぜだろう、まだ帰らせたくない。

「忘れ物はありませんね」引き止めようとしているのが見え見えだろうと思いながらもそう言った。

「はい、サー」彼女が静かに答えた。

身動きができなくなった――あの小生意気な口から出たその言葉の響きに――〝サー〟――動く力を完全に奪われた。そしてほんのいっとき妄想した。あの口が私の命令に従うところを。

「お時間を割《さ》いてくださってありがとうございました、ミスター・グレイ」

「こちらこそ、来てくださってありがとう」私は本心からそう応じた。これほど誰かに心乱されたのはいつ以来のことだろう。そう考えると気持ちがざわついた。彼女が立ち上がる。私は手を差し出した。彼女に触れたくてたまらなかった。

「では、またお会いしましょう、ミス・スティール」握手を交わしながらささやくように言った。そう、彼女をプレイルームに誘って鞭で打ちたい。ファックしたい。拘束し、私を求めて身悶《みもだ》えする姿を見たい。私を求め……私を信頼して身をゆだねる姿が見たい。生唾《なまつば》をごくりと呑む。

まあ、間違いなくただの妄想で終わるだろうな、グレイ。

「失礼します、ミスター・グレイ」彼女は会釈《えしゃく》をしてすぐに手を引っこめた——物足りないくらいすぐに。

だめだ、このまま帰らせるわけにはいかない。だが、彼女は一刻も早く帰りたがっている。腹立たしく思いながら送り出そうとしたとき、ひとつアイデアが閃いた。

「きちんと歩いて出られるようにと思いましてね、ミス・スティール」

彼女はきつく唇を引き結んだ。「お気遣《きづか》いありがとうございます、ミスター・グレイ」そっけない声だった。

おお、ミス・スティールが噛みつき返してきたぞ！　私は彼女の後ろ姿に向かってにやりと笑い、一緒にオフィスを出た。アンドレアとオリヴィアが驚いて顔を上げた。落ち着けよ。この小娘を見送りに出てきただけさ。

「コートをお預かりしていましたか」

「はい、ジャケットを」

私はオリヴィアに鋭い視線を向けた。オリヴィアは跳《は》ねるように立ち上がって紺色のジャケットを取ってきた。いつもどおり惚《ほう》けた笑みを顔に張りつけたオリヴィアからジャケットを受け取った。まったくうっとうしい女だ。四六時中、うっとりと私を見つめている。

ふむ。案の定、ジャケットは安物でくたびれていた。ミス・アナスタシア・スティールはもう少し服装に気を使うべきだろう。私はジャケットを広げた。華奢な肩に着せかけたとき、うなじの肌にそっと指をすべらせた。その感触に、彼女は動きを止めた。顔から血の気が引いていた。

いいぞ！　彼女も私に魅力を感じている。そうわかって満足した。エレベーターホールでボタンを押した。彼女は隣でそわそわしていた。

私ならそのそわそわを簡単に止めてやれるよ、ベイビー。

扉が開き、彼女は逃げるように乗りこんで、こちらを向いた。単に興味をそそるというだけではない。この女は美しい。

「アナスタシア」さよならの代わりにそう言った。

「クリスチャン」彼女が小声で応じた。エレベーターの扉が閉まり、私の名前だけが空中に残された。不思議な響き。聞き慣れない響き。しかし、おそろしく官能的な響きでもあった。

あの小娘のことをもっと知りたい。

「アンドレア」オフィスに戻る途中でそっけなく言った。「ウェルチに電話だ。大至急」

デスクに座って電話が転送されるのを待ちながら、壁に並んだ絵を眺めた。ミス・スティールの言葉が耳に蘇《よみがえ》った。〝平凡なものを非凡なものに昇華させている〟。それは彼女自身にもそのまま当てはまりそうだ。

デスクの電話が鳴った。「ミスター・ウェルチと電話がつながりました」

「よし、転送してくれ」

「かしこまりました」

「ウェルチ。身辺調査を一件頼みたい」

2011年5月14日　土曜日

アナスタシア・ローズ・スティール

生年月日および出生地　1989年9月10日　ワシントン州モンテサーノ

現住所	ＷＡ９８８８８ ワシントン州バンクーバー市ヘイブンハイツ区 グリーン・ストリートＳＷ１１１４番地　７号室
携帯電話番号	３６０（９５９）４３５２
社会保障番号	９８７-６５-４３２０
銀行口座	ウェルズファーゴ銀行バンクーバー支店 口座番号３０９３６１　残高６８３ドル１６セント
職業	大学生 ワシントン州立大学バンクーバー校文学部英文学科
学業平均値	４・０
学歴	モンテサーノ中・高等学校

SATスコア　２１５０

職歴　クレイトン・ハードウェア・ストア
オレゴン州ポートランド
ノースウェスト・バンクーバー・ドライブ
（パートタイム）

父　フランクリン・A・ランバート
生年月日：１９６９年９月１日
死亡年月日：１９８９年９月１１日

母　カーラ・メイ・ウィルクス・アダムズ
生年月日：１９７０年７月１８日
婚歴　フランク・ランバート
（１９８９年３月１日〜１９８９年９月１１日）
レイモンド・スティール
（１９９０年６月６日〜２００６年７月１２日）

スティーブン・M・モートン
（2006年8月16日～2007年1月31日）
ロビン（ボブ）・アダムズ
（2009年4月6日～　）

所属政党　なし
信仰宗教　なし
性的指向　不明
恋愛関係　現在なし

二日前に届いて以来、調査報告書のサマリーページを舐《な》めるように熟読し、ミス・アナスタシア・ローズ・スティールという名のついた謎《なぞ》を解《と》き明かす手がかりに目を凝らした。あの女のことが頭から離れない。そんな自分にそろそろ本格的に腹が立ってきていた。この一週間、退屈な会議のさなかなどに、気づくとあのインタビューを何度も頭のなかで再生していたりする。レコーダーをいじる不器用な指、髪を耳の後ろにかけるしぐさ、下唇を噛む癖。くそ。下唇を噛むイメージが脳裏に閃くたびに、いても立ってもいられなくなる。

そしてついに我慢できなくなって〈クレイトン〉まで来てしまった。彼女のアルバイト先。ポートランド郊外にあるこぢんまりとしたDIYショップ。その駐車場に乗り入れた車のなかで、迷っている。

おまえは馬鹿なのか、グレイ？　こんなところでいったい何をしている？

いつかこの日が来るとわかっていた。この一週間ずっと……もう一度、彼女に会わなければ気がすまないだろうとわかっていた。エレベーターに乗った彼女が私の名前をささやいたあの瞬間、運命が決まったようなものだった。抵抗は試みた。五日待った。忘れられるかどうか、五日も様子を見た。

ふだんなら待ったりしない。私は待つのが嫌いだ……待つものがなんであれ。

私から異性を求めたことはない。過去に関係を持った女たちは、私から何を期待されているか、あらかじめ理解していた。いま不安なのは、ミス・スティールは若すぎて、私の申し出に関心を示さないのではないかということだ。それとも、乗り気になるだろうか。それ以前に、彼女はサブミッシブ向きなのか。考えていてもわからない。というわけで、私はこうしてここにいる。ポートランドの何もない陰気な界隈《かいわい》の駐車場にぽつんと座っている。

身辺調査では、憂慮すべき事項は特に見つからなかった——最後の項目を除《のぞ》いては。そのひとつはずっと意識の表面にこびりついている。そしてそれゆえに私はここにいる。恋人がいないのはなぜだ、ミス・スティール？　性的指向は不明――レズビアンなのか？　私は鼻を鳴らした。それはまずないだろうな。インタビューの途中で飛び出した質問を思い出す。あのいかにも気まずそうな表情、淡い薔薇色に染まった頬……くそ。彼女と会って以来、そんな淫《みだ》らな雑念に振り回されてばかりいる。

その結果、こうしてこんなところにいる。

もう一度会いたくてたまらない――あの青い瞳を忘れられない。夢のなかまで追いかけてくる。フリンには彼女のことは話していない。話さずにおいたのは正解だ。なぜなら、こうやってストーカーも同然の行為をしているからだ。いや、フリンには打ち明けたほうがいいのかもしれない。しかし解決志向短期療法とやらをまたしつこく勧められると思うとうんざりする。私はただ気晴らしが欲しいだけだ。そして目下、私が唯一関心を持っている気晴らしは、販売員として、そこのDIYショップでアルバイト中だ。

せっかく来たんだろう。ミス・スティールが記憶にあるとおりの蠱惑《こわく》的な女なのかどうか、確かめてみろよ。

さあ、ショータイムだ、グレイ。

店に入ると、電子チャイムが味気ない音を鳴らした。外から見るより広い店だった。土曜の昼食時だというのに、客の姿はほとんどない。DIYショップと聞いて誰でも連想するようなありきたりの商品が陳列された通路が無数に並んでいた。それを見て痛感した。私のような人間にとってDIYショップは可能性の宝庫ではないか。必要な備品はふだん、基本的にオンラインショップで購入している。しかし、せっかくだから、常備品をいくつか買っていこう。マジックテープ、スプリットリング……ふむ、その作戦がいい。麗《うるわ》しのミス・スティールを探して、お楽しみといこう。

たった三秒で見つかった。カウンターで背を丸め、パソコン画面を一心に見つめながら、ランチを食べている。ベーグルだ。上の空といった様子で唇の端についた食べかすを指先で拭《ぬぐ》い、その指を口に入れて舐め取った。私の股間が即座に反応した。

くそ、十四歳のガキじゃあるまいし。

肉体の正直さが腹立たしい。この思春期の子供みたいな反応は、しかし、彼女を縛り、ファックし、鞭で打てば――その順序でなくたって一向にかまわない――消えるのかもしれない。それだな。私に必要なのはそれだ。

彼女は目の前の仕事に完全に没頭している。おかげでじっくり観察できた。下心を脇へ置いて見ても、やはり誘惑的だった。おそろしく魅力的だ。私の記憶にあるとおりだった。

やがて彼女がふと顔を上げ、同時に凍りついた。初めて会ったときと同じように、私はふいに落ち着かない気持ちに襲われた。こちらの胸の内を見透かすようなあの目が微動だにせずに私を見つめている。驚いているのだろう。それは好ましい反応なのか、それとも好ましくない反応なのか。

「ミス・スティール。これはこれは、うれしい驚きだ」

「ミスター・グレイ」うわずった声。あわてている。いいぞ……好ましい反応だ。

「この近くに来ていましてね。いくつか買い足しておきたいものを思い出して。ところで、またお会いできて光栄《プレジャー》ですよ、ミス・スティール」実に眼福《プレジャー》だよ。今日はタイトなTシャツとジーンズという服装だった。先日のような体の線を隠す野暮ったい服ではなく。長い脚、細い腰、理想的な形をした胸。口はまだ驚いて開いたままになっている。顎を下から持ち上げて口を閉じてやりたい衝動に駆られた。きみに会うためだけにシアトルから飛んできた。その表情を見るかぎり、その甲斐は大いにあったようだよ。

「アナ。アナと呼んでくださってけっこうです。何をお探しでしょうか、ミスター・グレイ?」彼女は深呼吸をし、インタビューの途中でもしていたように肩を怒らせると、愛想笑いを顔に張りつけた。接客用の愛想笑いだろう。

よし、ゲーム開始だ、ミス・スティール。

「何点か欲しいものがあります。手はじめに、ケーブルタイ」

そのリクエストに不意をつかれたらしい。彼女は目を見開いたまま固まった。

いいね、このゲームはなかなかおもしろくなりそうだ。ケーブルタイでどんなことができるか知ったら、もっと驚くだろうな、ミス・スティール。

「長さが何種類かあります。売場までご案内しましょうか」ようやく立ち直ったか、彼女が言った。

「ええ、お願いします。ついていきますよ、ミス・スティール」

彼女はカウンターから出てくると、通路のひとつを手で指し示した。足もとはコンバースのスニーカーだ。ハイヒールを履かせたらどんなだろう。私はぼんやりと空想した。たとえばルブタン……全裸にルブタンだけ。

「電化製品の売場にあります。八番通路です」声がうわずっていた。顔が赤らんでいる……私を意識しているのだ。胸の奥から希望が花開いた。

となると、レズビアンではなさそうだ。私は口の端を持ち上げた。

「お先にどうぞ」手を広げて先に歩かせた。ここぞとばかり、むしゃぶりつきたくなるような尻をとっくりと眺める。長い豊かなポニーテールが腰の動きに合わせてメトロノームのように左右に揺れていた。理想的な女だ――控えめで礼儀正しく、美人で、しかも私がサブミッシブに求める身体的特徴もすべて備えている。しかし最大の問題は、サブミッシブになる気があるかどうかだ。その種のライフスタイル――私のライフスタイル――に関する知識はおそらく何ひとつないだろう。しかし、手引きをするのにやぶさかではない。おい、ちょっと待て、それはいくらなんでも先走りしすぎではないか、グレイ?

「ポートランドにはお仕事でいらしたんですか」彼女に訊かれて、夢想が泡のように弾《はじ》けた。彼女の声は頭のてっぺんから出ているように甲高かった。無関心を装おうとした結果だろう。笑いたくなった。それは目新しい経験だ。女といて笑うことはめったにない。

「ワシントン州立大学の農学部に用がありましてね。ほら、農学部はバンクーバーにあるでしょう」それは出まかせだった。実を言うと、ミス・スティール、わざわざきみに会いにきたんだよ。

彼女はがっかりした様子だった。私は自分を罵りたくなった。

「輪作や土壌学の研究プロジェクトに資金提供しているんですよ」これは嘘ではない。

「〝食糧難から世界を救え〟計画の一端として？」彼女は片方の眉を吊り上げた。今度はおもしろがっているような表情だった。

「まあ、そんなところです」私はぼそりと答えた。この女は私を笑っているのか？　もしそうなら、その根性を叩き直してやりたい。しかし、どうやってきっかけを作ればいい？　いつもなら面談を提案するところだが、食事にでも誘ってみるか……それこそ目新しい経験だ。有望な候補者を食事に誘うなどというのは。

ケーブルタイの売場に来た。長さ別、色別に陳列されている。私の指はぼんやりとパッケージの上をさまよった。食事に誘う——か。デートみたいに？　彼女は誘いに応じるだろうか。横目でうかがうと、彼女は自分の手にじっと見入っていた。私を見ていられないらしい……いいぞ、これは期待できそうだ。私は長めのケーブルタイを選んだ。〝大は小を兼ねる〟だ。長さがあれば、両足首や両手首をまとめて拘束するときにも使える。

「これがよさそうだ」

「ほかにご入り用のものは？」彼女が間髪を入れずに訊く——店員としての意気込みか、それとも私を一秒でも早く追い払いたいのか。

「マスキングテープかな」

「自宅の改装ですか」

「いいえ、改装に使うものではありませんよ」はは、本当の用途を知ったら、どんな反応を示すんだろうな……

「こちらへどうぞ」彼女が言った。「マスキングテープは内装用品売場です」

何をぐずぐずしているんだ、グレイ？　時間は限られているぞ。会話を弾《はず》ませろ。「この店には長いんですか」訊くまでもなく、答えは知っている。誰かさんと違って、私は予習を欠かさない。彼女はなぜかまたしても顔を赤らめた。やれやれ、どこまで内気なんだ？　期待薄かもしれないな。彼女はくるりと向きを変えて通路を先に立って歩き、〈内装用品〉と掲げられた売場に向かった。私は飼い主に従う子犬のようについていった。

「はい、四年になります」マスキングテープの陳列棚に着いたところで、彼女は小声でようやく答え、棚の下のほうから幅の異なるテープを二本取った。

「そっちにしよう」幅が広いほうが口枷《くちかせ》として使いやすい。彼女がテープを差し出す。受け取ろうとしたとき、互いの指先が一瞬触れ合った。そこから電流が流れこんだかのように股間が反応した。くそ！

彼女の顔から血の気が引く。「ほかには何か？」低くかすれた声だった。

ふむ、どうやら彼女のほうも私と同じものを感じたらしい。これは脈ありか……？

「ロープも買っておこうかな」

「こちらです」足早に通路を歩いていく。私はまたあの魅惑の尻をとくと眺めるチャンスに与《あずか》った。

「どんなロープをお探しですか。いろいろあります。合成繊維のもの、天然繊維のもの……麻紐《あさひも》……ケーブルコード……」

おい——よせ。私は内心でうめき声を漏《も》らし、脳裏に次々と映《うつ》し出される、プレイルームの天井から吊り下げられた彼女の姿をかき消そうとした。

「天然繊維のロープを五メートルいただこうか」天然繊維は表面が粗いから、もがけばもがくほど皮膚がすりむける……私好みのロープだ。

彼女の指が震えたように見えた。それでもプロらしくてきぱきと五メートル分測った。右のポケットから万能ナイフを取り出して手際よくロープを切り、きれいに輪に巻いたあと、引き結びを作った。やるじゃないか。

「昔、ガールスカウトだったとか？」

「団体行動はあまり好きじゃないんです、ミスター・グレイ」

「では、何がお好きなのかな、アナスタシア？」私がじっと見つめると、彼女の瞳孔が広がるのがわかった。

いいぞ！

「本です」

「本？　たとえばどんな？」

「どんなと訊かれても。ごくふつうの本です。古典。おもにイギリス文学」

イギリス文学？　どうせブロンテ姉妹やオースティンが好きなんだろう。ロマンチックな恋愛小説。

あまりいい兆候ではない。

「ほかにご入り用のものは？」

「どうかな。あなたならほかに何を薦《すす》めますか」彼女の反応を見たくてそう答えた。

「日曜大工をなさる方に、ですか？」彼女は驚いたように訊き返した。

笑いがこみ上げた。いやいや、ベイビー、私は日曜大工などしないよ。笑みを押し殺しながらうなずいた。彼女の目が私の全身をさっと眺めた。私はぎくりとした。私の体を品定めしているぞ！

「作業着」彼女が唐突に言った。

〝あなたはゲイですか〟の例外を除けば、これまでに彼女が口にしたなかでもっとも意外な言葉だった。

「服が汚れてしまうから」彼女は私のジーンズのほうに曖昧に手を振った。

こう切り返さずにはいられなかった。「汚したくなければ、脱ぐという手もありますね」

「う……」彼女は顔を真っ赤に染め、視線を床に落とした。

即座に救いの手を差し伸べてやった。「じゃあ、作業着をいただこうか。服が汚れたら一大事ですから」彼女は無言で向きを変えると、通路をすたすたと歩き出した。私はふたたびあの男心をそそる後ろ姿についていった。

「ほかには？」彼女は青い作業着をよこしたあと、かすれた声で訊いた。ばつが悪そうにあいかわらず下を向いている。くそ、どうしてこっちまで落ち着かない気持ちになる？

「記事の執筆は順調に進んでいますか」話題を変えてみた。これで彼女も少しはリラックスするかもしれない。

すると彼女は顔を上げ、ほっとしたような笑みを見せた。

ようやく。

「記事を書いてるのはわたしじゃなくて、キャサリンです。ミス・キャヴァナー。わたしのルームメイト。いい記事が書けそうだって喜んでました。学生新聞の編集長をしてて、自分でインタビューできなかったのがすごく悔《くや》しかったみたいですけど」

知り合って以来、彼女が一度にこれだけ長く話したのは初めてだ。ただし、内容は自分ではなく他人のことだった。なかなか興味深い事実ではないか。

言葉をさしはさむ暇《いとま》もなく彼女が続けた。「あとは、オリジナルの写真があればもっとよかったのにって言ってます」

スッポンのミス・キャヴァナーは写真を所望している。パブリシティ用の写真。そのくらいなんでもない。麗しのミス・スティールと再会する口実にもなる。

「どんな写真がお望みなんでしょうね」

彼女はしばし私を見つめた。それから首を振った。なんと答えていいかわからないらしい。

「偶然にもこうして近くに来ているわけだし、明日ならなんとか時間を作れるかな……」今夜はポートランドに宿泊すればいい。仕事はホテルでもできる。〈ヒースマン・ホテル〉がいいだろう。テイラーにノートパソコンや着替えを持ってきてもらうか。それともエリオットに頼むか？——また女と遊び歩いていてつかまらないかもしれないが。週末はたいがいそうだ。

「え、写真撮影に応じてくださるんですか」驚きを隠しきれない様子で彼女が言った。

私は軽くうなずいた。ああ、きみとまた会えるならどんなことだってするさ、ミス・スティール……

どうどう、落ち着けグレイ。

「ケイトが喜びます。カメラマンをうまく見つけられれば、ですけど」彼女が微笑《ほほえ》んだ。美しく晴れた日の夜明けのようにまばゆい笑顔。ああ、ため息が出るほど美しい。

「明日の件、決まったら連絡をいただけませんか」ジーンズのポケットから財布から抜き取った。「名刺をお渡ししておきます。ここにある携帯電話の番号に、明日の十時までに連絡をください」十時までに連絡が来なければ、シアトルに帰って、この馬鹿げたアバンチュールはきれいさっぱり忘れよう。

その可能性を思うと気持ちが沈んだ。

「わかりました」彼女はまだ微笑んでいる。

「アナ！」声のしたほうを振り返ると、カジュアルだが高価なブランドものの服を着た若い男が通路の向こう端に立っていた。ミス・アナスタシア・スティールに向けて特大の笑みを浮かべている。この小僧はいったい何者だ？

「あ、すみません。ちょっと失礼します、ミスター・グレイ」彼女は小僧のほうに歩いていった。小僧はゴリラじみた大げさなしぐさで彼女を抱き締めた。私の全身の血が冷えきった。それは本能的な反応だ。

その薄汚い手で彼女に触《さわ》るんじゃない。

こぶしを固めたものの、彼女が小僧のハグに応えようとしないのを見て、いくらか怒りが鎮まった。

ふたりは声をひそめて何か話している。ウェルチの報告は間違っていたということか？あの小僧が彼女のボーイフレンドなのかもしれない。年齢も釣り合っているし、いやらしい目を彼女からそらせずにいる。両手を彼女の肩に置いて全身をしげしげと眺め回したあと、さりげなく肩に腕を回した。何気ない身ぶりと見えるが、私に対して所有権を主張しているのは明らかだ。彼女は困惑して、そわそわと足を踏み替えていた。

くそ。帰るとしよう。どうやら自分を買いかぶりすぎたようだ。彼女には恋人がいる。だがそのとき、彼女がまた何か言い、小僧の手に触れるのではなく腕をそっと押しやるようにして小僧から離れた。どうやら親しい間柄ではないようだ。

いいぞ。

「えっと、ポール、こちらはクリスチャン・グレイ。ミスター・グレイ、こちらはポール・クレイトン、この店のオーナーの弟さんです」私に意味ありげな視線を向けたが、どういう意味か私にはよくわからない。彼女が先を続けた。「ポールとは、この店でアルバイトするようになったころから知り合いなんですけど、会う機会はあまりなくて。今日はたまたまプリンストンから帰ってきてるんです。大学では経営管理学を勉強してて」彼女は脈絡のないことを延々としゃべり続けた。おそらく、恋人同士ではないと言いたいのだろう。そうか、ボスの弟か。ボーイフレンドではないわけだ。ほっとした。意外なほど大きな安堵《あんど》を感じた。つい顔をしかめた。私はよほどこの女が気に入っているらしいぞ。

「よろしく、ミスター・クレイトン」私はわざと冷ややかな声で言った。

「こちらこそ、ミスター・グレイ」小僧の握手は弱々しかった。髪と同じだ。ふん、腰抜け。

「え、待って。まさかあのクリスチャン・グレイ？　グレイ・エンタープライズ・ホールディングスの？」

そうだよ、そのクリスチャン・グレイだよ。

いまのいままで縄張り意識の塊《かたまり》だった小僧の態度は一変して、媚《こ》びへつらうような笑みを作った。

「すげえ――何かお手伝いしましょうか」

「アナスタシアが相手をしてくれていますから、ミスター・クレイトン。とてもよく気のつく方で助かっていますよ」だからおまえは失せろ。

「ならよかった」小僧は畏敬の念に目を見開き、大きな笑みを浮かべた。「じゃ、またあとで、アナ」

「じゃあね」彼女が応じ、小僧はのんびり歩いて店の奥に消えた。私はその後ろ姿を目で追った。

「ほかには、ミスター・グレイ？」

「いま選んだ分だけでけっこう」くそ、時間切れが迫っている。なのに、彼女とまた会えるかどうかさえわからない。私が考えているようなことを彼女が受け入れる余地がわずかでもあるのか、それだけでも確かめられないものか。だが、単刀直入に訊くわけにはいかない。それ以前に、新しいサブミッシブ、それも完全な初心者のサブミッシブを引き受ける覚悟が私にあるのか。考えてもみろ。一から教えなくてはならないんだぞ。しかし、実に興味深い可能性の数々を想像して、私は内心でうめき声を漏らした……一人前に育て上げる過程もまた、たまらなく楽しそうだ。彼女は関心を示すだろうか。それとも、私はとんでもない見込み違いをしているのか。

彼女はカウンターに戻ってレジを打ち始めた。そのあいだずっと目を伏せていた。

頼むからこっちを見ろ！　あの美しい青い瞳をもう一度のぞきこみたい。何を考えているのか、手がかりを探したい。

ようやく彼女は顔を上げた。「全部で四十三ドルです」

え、それだけ？

「袋に入れますか」彼女はアメックスのカードを受け取って尋ねた。

「お願いします、アナスタシア」彼女の名前——美しい女にふさわしい美しい名前——は私の舌の上を心地よく流れた。

彼女は商品を手際よく袋に詰めた。時間切れだ。もう行くしかない。

「写真撮影の件、決まったら電話をください」

彼女はクレジットカードを返しながらうなずいた。

「けっこう。では、また明日――かどうかはまだわかりませんが」おい、ただ帰るわけにはいかないぞ。せめてこちらが関心を持っていることくらいはなんとか伝えなければ。「そうだ――アナスタシア、ミス・キャヴァナーがインタビューに来られなかったのは、いま思えば幸運でしたよ」彼女は驚いた顔をし、次にうれしそうな表情を浮かべた。

よし。

私はビニール袋をひょいと肩にかけ、悠然と歩いて店を出た。

そう、不本意ではあるが、私は彼女が欲しくてたまらない。だが、待たなくてはならない……やれやれ、またもや待つのか……まったく焦《じ》れったい。あのエレナさえ感服させられそうな自制心を発揮して、私は視線をまっすぐ前に向けて歩いた。ポケットから携帯電話を取り出し、レンタカーに乗りこむ。彼女のほうはあえて振り返らない。振り返らないぞ。振り返ったりするものか。バックミラーにちらりと目をやる。ちょうど店の入口が見えたが、古めかしいショーウィンドウしか見えなかった。彼女はショーウィンドウのすぐ内側に立ってこちらを見ていたりしなかった。

拍子抜けした。

携帯のスピードダイヤルボタンを押す。呼び出し音も聞こえないうちからテイラーが応答した。

「はい、ミスター・グレイ？」

「ヒースマン・ホテルの予約を取ってくれ。この週末はポートランドに滞在する。それから、私のSUVとパソコン、パソコンの下にある書類を持ってきてもらえると助かる。二日分の着替えも」

「かしこまりました、ミスター・グレイ。チャーリー・タンゴはどうしましょう？」

「ジョーに頼んで、ポートランド国際空港に移しておいてもらってくれ」

「かしこまりました。三時間半でお届けします」

電話を切って車のエンジンをかけた。彼女が私に関心を持っているなら、数時間後には連絡が来るだろう。それまでポートランドで時間をつぶさなくてはならない。何をして待つ？ハイキングでもするか。体を動かしていれば、頭に取り憑いた奇妙な渇望を忘れられるかもしれない。


五時間が過ぎてもまだ、麗しのミス・スティールから連絡がない。まったく、私は何を考えていた？ヒースマン・ホテルのスイートの窓の前に立ち、下の通りをぼんやりと眺めた。待つのは大嫌いだ。昔から変わらない。天気は、いまは曇っているが、フォレスト・パークを散歩しているあいだはぎりぎりもってくれた。ただ、歩いたくらいでは沸き立った気持ちは鎮まらなかった。電話をかけてこない彼女に腹が立つ。だがそれ以上に、自分に腹が立った。ここで何をやっているのか。あんな女を追い回すなんて、ただの時間の無駄だった。だいたい、これまでに女の尻を追い回したことなどあったか？

そう焦《あせ》るなよ、グレイ。

ため息をつき、電話がかかってきたのに出そこねたのではないかと、またもや携帯をチェックした。不在着信はない。テイラーが無事にやってきて、必要なものがそろっているのだけが救いだ。バーニーの部署がよこした例のグラフェンの試験結果の報告書を読めるし、ここなら落ち着いて仕事ができる。

落ち着いて？　無理だ。ミス・スティールが私のオフィスに文字通り転がりこんできたあの瞬間から、私の心は平穏とは無縁になったのだから。

ふと顔を上げると、空は薄暗くなり、部屋は灰色の影に包みこまれていた。今夜もまたひとりきりで過ごすのだと思うと気持ちが沈む。何をしようかと考えていると、磨きこまれた木のデスクの上に置いていた携帯が振動して着信を知らせた。ワシントン州の市外局番から始まる、なんとなく見覚えのある番号が表示されていた。私の心臓は十五キロのランニングを終えたばかりのように激しく打ち始めた。

もしかして、彼女か？

応答ボタンを押す。

「あ……ミスター・グレイ？　アナスタシア・スティールです」

顔がにやけた。これはこれは。ややハスキーな緊張した声でおずおずと話すミス・スティールではないか。今夜の私の運はどうやら上向いてきたようだぞ。

「ミス・スティール。電話をいただけるとは、うれしいな」彼女が息を呑む気配がした。その音は私の股間まで響き渡った。

いいぞ。彼女は私を意識して上がっている。私が彼女を意識して上がっているように。

「あの――インタビュー記事に添える写真をぜひ撮らせていただきたいと思って。もしお時間があれば、明日にでも。場所はどこならご都合がいいですか」

私の部屋がいいね。きみと、私と、ケーブルタイだけで。

「ポートランドのヒースマン・ホテルに滞在しています。明日の午前九時半ではいかがでしょう？」

「わかりました。では、ホテルにうかがいます」彼女は早口に言った。安堵と歓喜が声ににじみ出ていた。

「いまから楽しみにしています、ミス・スティール」私は自分の興奮を悟られる前に電話を切った。これほど内心が浮き立っていることを知られたくない。椅子の背に体を預け、次第に闇に沈んでゆくスカイラインを見据《みす》えて両手で髪をかきあげた。

さあ、いったいどうしたらこの契約を成立させられる？

2011年5月15日 日曜日

イヤフォンでモービーの曲を大音量で聴きながら、サウスウェスト・サーモン・ストリートをウィラメット川に向けて走った。時刻は午前六時三十分。頭をすっきりさせようとランニングに出ていた。昨夜は彼女の夢を見た。ブルーの瞳、ややハスキーなあの声……私の前にひざまずき、何か言うたびに語尾に〝サー〟がつく。彼女と知り合って以来、ありがたいことに、お馴染みの悪夢はほとんど見なくなった。フリンに話したら、どう解釈するだろう。そう考えると不安になり、ウィラメット川の土手を黙々と走ることに全神経を集中した。川沿いの散歩道を快調に走っているうちに雲の隙間から太陽が顔をのぞかせ、私の心にも希望の光が射した。

二時間後、ホテルに戻る途中でコーヒーショップを見つけた。あとでお茶に誘ってみようか。

デートみたいに？

ふむ。それは違うな。デートではない。自分の馬鹿げた思いつきを鼻で笑った。軽く話をするだけ、一種の面談だ。少し話をしてみれば、あの謎めいた女のことを少しは知ることができるだろうし、彼女の側に関心があるか、それとも追いかけるだけ無駄なのか、見当もつくだろう。エレベーターにはほかに誰も乗っておらず、私はそこからストレッチを始めた。ホテルの部屋に戻ってストレッチを終えるころには、ポートランドに来て初めて集中力と平常心を取り戻していた。朝食が届いていた。腹が減って餓死しそうだ。空腹だけは我慢できない。シャワーは後回しにして、スウェットスーツのままテーブルについた。

小気味よいノックの音が響いた。ドアを開けるとテイラーが立っていた。

「おはようございます、ミスター・グレイ」

「おはよう。撮影の用意ができたって？」

「はい、サー。六〇一号室で待っています」

「わかった、すぐに行くよ」ドアを閉め、グレーのパンツにシャツの裾を押しこんだ。シャワーを浴びたままの髪はまだ湿っているが、かまわない。鏡をさっとのぞき、そこに映った見るに値しない男の顔をおざなりに点検したあと、部屋を出て、テイラーの案内に従ってエレベーターへと歩いた。

六〇一号室は人とライトとカメラボックスで満員だったが、それでも彼女の姿は即座に目に飛びこんできた。遠慮したように隅のほうに立っている。髪は下ろしてあった。艶《つや》やかで豊かな髪は、胸の下まで届く長さだ。タイトなジーンズにコンバースのスニーカー、半袖《はんそで》の紺色のジャケットの下は白いTシャツだ。ジーンズとコンバースが定番なのか？　不都合な服装ではあるが、彼女の脚のきれいさが引き立つのは事実だ。私が近づいていくと、あいかわらず純真そのもののあの瞳が大きく見開かれた。

「ミス・スティール。またお会いできましたね」私が手を差し出すと、彼女は握手に応じた。一瞬、その手をぐいと引き寄せて唇を押し当てたくなった。

馬鹿はよせ、グレイ。

彼女はうまそうなピンク色に染まった顔を友人のほうに向けて手を振った。友人は用意のいいことにすぐそばに来て、私に紹介されるのを待っていた。

「ミスター・グレイ、こちらがキャサリン・キャヴァナーです」彼女が言った。私はしぶしぶ彼女の手を離し、スッポンのミス・キャヴァナーのほうを向いた。長身の美人だ。父親と同じく身だしなみがよく、目は母親とそっくりだった。麗しのミス・スティールと引き合わせてくれた恩人。そう思うと、ミス・キャヴァナーにいくぶんか寛容な気持ちになった。

「ああ、てこでも動かないミス・キャヴァナーですね。初めまして。お体はすっかりよくなったようだ。アナスタシアから、先週は体調を崩していたとお聞きしました」

「ええ、いまはもう元気です。ご心配をおかけしました、ミスター・グレイ」

力強く自信に満ちた握手だった。恵まれた家庭で育ったこの女は苦労らしい苦労をしたことがないに違いない。このふたりが親友というのは不思議だ。共通点など何ひとつないだろうに。

「今日はお時間を割いてくださってありがとうございます」キャサリン・キャヴァナーが言った。

「いや、私も楽しみにして来ました」私はそう応じ、アナスタシアにちらりと目を向けた。彼女は私に報いるようにわかりやすく顔を真っ赤に染めた。

ああやって赤面する相手は私だけか？　そう考えると胸が躍った。

「こちらはカメラマンのホセ・ロドリゲスです」アナスタシアがぱっと明かりが灯《とも》ったような表情でカメラマンを紹介した。

くそ。こいつがボーイフレンドというわけか？

アナから甘い笑みを向けられて、ロドリゲスが大きな笑みを浮かべる。

このふたりは寝ているのか？

「どうぞよろしく、ミスター・グレイ」握手を交わす。ロドリゲスは険悪な視線をこちらに向けた。警告だ。私に〝引っこんでろ〟と言っている。こいつは彼女に気があるのだ。ぞっこんなのだ。

いいだろう、挑戦を受けて立とうじゃないか、洟《はな》たれ小僧。

「さて、どこに立てばいいかな」私は挑《いど》むような調子でロドリゲスに訊いたが、キャサリンが先に答えて、椅子を指し示した。ほほう。自分が場を支配するのが好きなタイプと見える。心のなかでにやりとしながら私は椅子に座った。もうひとり、ロドリゲスの相棒らしき若い男が現われて、ライトのスイッチを入れた。一瞬、視界が真っ白に飛んだ。

くそ！

視界が色を取り戻し始めるなり、私は麗しのミス・スティールの姿を探した。邪魔にならない位置に移動して、そこから撮影を見守るつもりらしい。いつもあんなふうに控えめなのだろうか。だからキャサリン・キャヴァナーと気が合うのかもしれない。キャサリンが主役を演じ、彼女は脇役で満足する。

ふむ……天性のサブミッシブだな。

カメラマンは意外なほどプロらしい働きぶりを見せ、集中力を発揮して与えられた仕事をこなした。私は離れたところから私たちを見守っているミス・スティールを注視した。目と目が合った。彼女の視線はまっすぐで無邪気だった。私はつかのま、例のプランはあきらめたほうがいいと思った。しかし次の瞬間、彼女が唇を噛み、私は息ができなくなった。

引きさがれ、アナスタシア。そんなふうに私を見つめるなと彼女に向けて念じた。その心の声が聞こえたのか、彼女が先に目をそらした。

いい子だ。

次は立っていただけますかとキャサリンが言った。ロドリゲスはシャッターを押し続けた。まもなく撮影は完了した。よし、ここからが私の本番だ。

「本当にありがとうございました、ミスター・グレイ」キャサリンが突進してきて私の手を握る。ロドリゲスもそれにならったものの、その目は敵意を隠しきれていなかった。そのライバル心を察して私は思わずにやりとした。

ふん……世間知らずのガキめ。

「記事を楽しみにしていますよ、ミス・キャヴァナー」私は言い、愛想よくうなずいて見せた。それから本命のアナに近づいた。「ちょっとご一緒できないかな、ミス・スティール」ドアのそばに立っていた彼女にそう尋ねた。

「あ、はい」驚いている。

よし、ここが勝負だぞ、グレイ。

私はほかの連中に適当な社交辞令を振りまいてから、部屋の外に出るよう彼女に促《うなが》した。まずは彼女とロドリゲスを引き離すところからだ。廊下に出ると、彼女はまず髪をいじり、次に指の爪をいじった。テイラーが私に続いて出てきた。

「用があったら呼ぶよ、テイラー」私はテイラーにそう声をかけた。テイラーがこちらの話し声が聞こえないところまで行ってしまうと、コーヒーでも一緒にどうかと誘い、固唾《かたず》を呑んで彼女の返事を待った。

彼女の長いまつげが震えた。「みんなを送っていかないと」困ったような顔で言う。

「テイラー」私は彼を呼び寄せた。その大きな声に彼女が飛び上がる。緊張しきっているらしいが、それはよい兆候なのかどうなのか判断がつかない。彼女はあいかわらず落ち着かない様子で体を動かしている。ぴたりと静止させる手段がいろいろと頭をよぎって、私まで落ち着かない気持ちになった。

「三人ともお住まいは大学の近くですね？」彼女がうなずき、私はテイラーに三人を送っていってくれと頼んだ。

「よし、と。これでコーヒーにつきあっていただけますね？」

「えっと――ミスター・グレイ、その――そこまでは……」彼女が言いよどむ。

くそ。それは〝ノー〟ということか？　断るつもりらしい。彼女は私をまっすぐに見上げた。美しい瞳がきらめいている。「彼に送っていただかなくても大丈夫です。ちょっと待っていていただければ、ケイトと車を交換しますから」

私の胸に広がった安堵ときたら、手で触れて確かめられそうなくらいだった。私は笑みを作った。

これからデートだぞ！

部屋のなかに戻る彼女のためにドアを開けた。ティラーが内心の困惑を押し隠しているのがわかる。

「ティラー、ジャケットを持ってきてもらえるか」

「かしこまりました、サー」

ティラーは唇の端をひくつかせながら向きを変えて廊下を歩いていった。私は思い切り不機嫌な目でその後ろ姿を見送った。ティラーがエレベーターのなかに消えると、廊下の壁にもたれてミス・スティールを待った。

いったいどう切り出せばいい？

〝私のサブミッシブになる気はないか？〟

待て待て、焦るな、グレイ。物事には段階というものがある。

ティラーは私のジャケットを持ってまもなく戻ってきた。

「ほかにご用はございますか、サー？」

「いや、もういいよ。ありがとう」

テイラーはジャケットを渡すと、馬鹿みたいに突っ立っている私をその場に残して歩み去った。

アナスタシアは何をしている？　私は腕時計を確かめた。キャサリンが車を交換するのを渋っているのか？　それともロドリゲスをなだめようとしているのだろうか。ちょっとコーヒーにつきあうだけだし、記事のこともあるからここは怒らせないほうが得策だと説得しているとか？　どす黒い考えが浮かぶ。もしかしたらいまごろあのガキにさよならのキスをしているのかもしれない。

くそ。

それからまもなく彼女が出てきた。私はほっとした。たったいま男とキスを交わしてきたようには見えない。

「コーヒー、ご一緒します」意を決したように言う。自信ありげな態度を装ってはいるものの、頬は赤く染まっていた。

「お先にどうぞ、ミス・スティール」私は歓喜を顔に出さないよう用心しながら言った。彼女が先に歩き出す。私はそのあとを追い、並んだところでついに好奇心に負けた。キャサリンとどういう関係なのだろう。共通点がなさそうなのに、なぜ気が合うのか。私はいつから知り合いなのかと尋ねた。

「大学に入ったときから。いちばんの親友です」彼女の声は親愛の情にあふれていた。キャサリンを心の底から好いていることが伝わってくる。キャサリンが体調を崩したときは、代役としてはるばるシアトルまでやってきた。ミス・キャヴァナーのほうも同じ誠意と敬意を抱いているといいがと無意識のうちに考えていた。

エレベーターホールに来ると、私はボタンを押した。すぐに扉が開いた。なかで熱烈に抱き合っていたカップルが飛ぶようにして離れた。思いがけず人に見られて気恥ずかしいらしい。私たちは何も見なかったかのようにエレベーターに乗りこんだが、アナスタシアの顔をさりげなくうかがうと、いたずらっぽい笑みを浮かべていた。

一階まで下りるあいだずっと、満たされない欲求がエレベーターに充満していた。それを発散しているのは私たちの後ろにいるカップルなのだろうか、それとも私たちか。

だめだ。彼女が欲しい。彼女は私の提案を受け入れるだろうか。

一階に着いて扉が開いた瞬間、ほっとした。私は彼女の手を取った。ひんやりとしていたが、予想に反してしっとり湿っていたりはいなかった。私が思っているほど彼女は私を意識していないということか。そう考えて気持ちが沈んだ。

背後のカップルが照れ隠しに笑っている声が聞こえた。

「エレベーターという場所は、人を狂わす力を持っているらしい」私はつぶやいた。とはいえ、背後のカップルの笑い声は健全で無邪気で、聞いているこちらまでつられて笑い出しそうになった。ミス・スティールも同じように無邪気に見えた。彼女と一緒に表通りを歩き出しながら、私はまたも自分の動機を疑わずにいられなくなった。

彼女は若すぎる。未熟すぎる。しかし、くそ、彼女の手の感触は心地よかった。

コーヒーショップに入り、先にテーブルを確保しておいてくれないかと頼み、飲み物の希望を尋ねた。ためらいがちな答えが返ってきた。イングリッシュ・ブレックファスト・ティー。ティーバッグは湯に入れないままで。珍しい注文だ。

「コーヒーではなく?」

「コーヒーはあまり好きじゃないんです」

「わかりました。紅茶ですね。お湯とティーバッグを別々で。砂糖は?」

「お砂糖はいりません」彼女は目を伏せて自分の手を見つめた。

「食事は?」

「いえ、けっこうです」首を振り、肩に落ちた髪を払いのけた。ライトの光を受けて、その髪が赤みを帯びてきらめいた。

私は注文の列に並んだが、列は一向に進まない。カウンターで注文を受けている恰幅のいいふたりの中年女性が客の全員といちいち雑談をせずには仕事をこなせないらしいからだ。腹立たしい。おかげでここに来た本来の目的、アナスタシアのところになかなか戻れない。

「いらっしゃい、イケメンさん。何を差し上げましょうか?」ふたりのうち年長と思《おぼ》しきひとりが目をきらきらさせながら言った。こんなもの、ただのきれいな顔だよ、おばさん。

「コーヒーをお願いします。スチームで温めたミルクを入れて。それから、イングリッシュ

・ブレックファスト・ティー。ティーバッグはお湯に入れずに別々にしておいてください。あとは、ブルーベリーマフィンをひとつ」
アナスタシアの気が変わって、何か食べたいと言うかもしれない。

「ポートランドには観光で？」

「ええ」

「週末だけ？」

「ええ」

「今日はいいお天気になってよかったわねえ」

「ええ」

「日光を楽しんでちょうだいね」

いいから、その口を閉じてさっさと仕事をしてくれ。

「ええ」私はぶっきらぼうに答え、アナのほうをうかがった。彼女があわてて目をそらす。つまり、私を見ていたということだ。品定めしていたのか？

胸の奥から希望の泡がふくらんだ。

「はい、どうぞ」女性店員はウィンクしながら私のトレイに注文の品物を置いた。「お会計はレジでね、ハニー。楽しい一日を」

私はどうにか礼儀にかなった返事を口からしぼり出した。「ありがとう」

飲み物をテーブルに運んでいくと、アナスタシアは自分の両手を見つめていた。何を考えている？

私のことか？

「真剣な顔をして、何を考えているんですか」私は声をかけた。

彼女はぎくりと飛び上がり、顔を真っ赤に染めた。私は彼女の紅茶と自分のコーヒーをテーブルに並べた。彼女は黙りこくったまま眉を寄せている。どういうことだ？　まさかもう帰りたいとか？

「何を考えていたんです？」私はもう一度訊いた。彼女は不器用な手でティーバッグの袋を開けようとしている。

「これ、いつものお気に入りのブランドです」彼女が言った。私は頭のなかのメモ帳を開き、彼女が好きなのはただのイングリッシュ・ブレックファスト・ティーではなく〈トワイニング　イングリッシュ・ブレックファスト〉であると、情報をアップデートした。彼女はポットの湯にティーバッグを浸した。何やらこだわりを感じさせる光景だった。ティーバッグを浸した次の瞬間にはもう取り出して、ソーサーにティーバッグを置く。頭に変な連想が浮かんで私はにやつきそうになった。薄い《ウィーク》紅茶にミルクも砂糖も入れずに《ブラック》飲むのが好きなのだという説明を聞いて、一瞬、男の好みを言っているのかと思った。軟弱《ウィーク》な黒人《ブラック》の男。

何を考えている、グレイ？　紅茶の話だ、紅茶。

前置きはもう充分だ。そろそろこのビジネスの詳細を詰めようじゃないか。「彼はボーイフレンドですか」

彼女は額《ひたい》に皺を寄せた。眉間に小さなV字が刻まれた。

「誰のこと——？」

いい兆候だ。

「カメラマンですよ。ホセ・ロドリゲス」

するとと彼女は笑った。私を笑った。

この私を！

だが、彼女が笑ったのはほっとしたせいなのか、私の言ったことがおかしいからなのか、わからない。もどかしかった。彼女の真意が読み取れない。私に好意を持っているのか、いないのか。ホセ・ロドリゲスは単なる友人だと彼女は言った。

そうか、しかし、向こうは友人以上の関係を望んでいるようだよ、お嬢さん。

「どうしてボーイフレンドだと思ったんですか」

「あなたが彼に笑いかける表情、彼があなたに笑いかける表情」きみはまるで気づいていない。そうだろう？　あのガキはきみに首ったけだ。

「ボーイフレンドというより、きょうだいみたいな存在なんです」

ほう。つまり向こうの片思いというわけだ。この女は自分の美しさを自覚していないのだろうか。私はそんなことを考えながらブルーベリーマフィンの薄い紙のカップを剝がし始めた。彼女がマフィンをじっと見つめている。一瞬、妄想が頭をよぎった。私の前にひざまずく彼女、マフィンを一口分ずつちぎって口に入れてやる私。なんと楽しい空想か。しかもエロチックだ。「少し召し上がりますか」私は訊いた。

彼女は首を振った。「けっこうです」彼女は煮え切らない声でそう答え、またもやうつむいて自分の手を見つめた。どうしてそう落ち着かない？　私といるせいか？

「昨日、店で偶然会った彼は？　あの彼もボーイフレンドではないんですか」

「違います。ポールはただの友達です。昨日もそう言いました」彼女は困ったような顔でふたたび額に皺を寄せ、自分を守ろうとするかのように腕を組んだ。あの二人のことを訊かれるのは不愉快らしい。ポールという小僧から所有権を主張するように抱き寄せられたときの、彼女の居心地の悪そうな顔を思い出した。「どうしてそんなこと訊くんですか」

「異性の前ではひどく緊張しているようにお見受けしたので」

彼女が目を見開く。本当に美しい。メキシコのサンルカス岬から眺める紺碧の海に負けないくらい、青く透き通っている。そうだ、あの海を見せてやりたいな。

なんだって？　そんな考えがいったいどこから出てきた？

「あなたは威圧的だと思います」彼女はそう言って目を伏せ、落ち着かない様子でまたしても自分の両手を見つめた。よくわからない。このうえなく従順かと思えば、次の瞬間には……生意気な口をきく。

「たしかに、私は威圧的な人間です」

そのとおり、威圧的に感じて当然だ。私に向かって威圧的などと言ってのける勇敢な人間はそういない。彼女は率直だ。そう言うと、彼女は目をそらした。何を考えているのだろう。

ああ、もどかしい。私に好意があるのか。それとも、キャヴァナーの娘の記事のために我慢してつきあっているだけのことなのか。いったいどっちなんだ？

「あなたは謎めいた人ですね、ミス・スティール」

「わたしには謎めいたところなんてありません」

「本心を決して表に出さない人のようだ」すなわち、サブミッシブ向きだ。「もちろん、赤面しているときは別ですが。しじゅう顔を赤くしていますね。何に赤面しているのか知りたいな」よし。これにはさすがに何も答えないわけにはいかないだろう。小さくちぎったブルーベリーマフィンを口に放りこみ、彼女の反応を待った。

「いつもそうやって観察結果を本人に伝えるんですか」

いちいち突っかかるほどのことではないだろうに。「いや、そんなつもりはありませんでした。気を悪くなさいましたか」

「いいえ」

「よかった」

「でも、あなたはすごく高圧的です」

「相手が私の言うなりになることに慣れているものですから、アナスタシア。あらゆる場面で」

「そうでしょうね」それから彼女は、なぜファーストネームで呼んでくれと言わないのかと尋ねた。

え？

そこで思い出した。インタビューを終えて帰っていくとき、エレベーターに乗ったところで、彼女は生意気にも私のファーストネームを呼んだ。私の心を見透かしているのか。わざと私の神経を逆なでしようという魂胆なのか。私をクリスチャンと呼ぶのは家族だけなのだと私は答えた。

それが本当の名前なのかどうか、それさえも知らないがね。

おっと、いまはその話はやめておこう、グレイ。

私は話題を変えた。彼女のことをもっと知りたい。

「あなたはひとりっ子ですか」

答える前に、彼女のまつげがかすかに震えた。

「そうです」

「ご両親のことを話してください」

彼女はうんざりしたような顔で天井を見上げた。私は叱《しか》りつけたい衝動を抑えつけた。

「母は新しい旦那さんのボブと一緒にジョージア州に住んでます。養父はワシントン州モンテサーノに」

言うまでもなく、そのくらいのことはウェルチの身辺調査報告書を読んで知っている。だが、本人の口から聞くことが重要だ。養父のことを話したとき、彼女の唇が愛情のこもった小さな笑みを作ったのがわかった。

「実のお父さんは？」

「赤ん坊のころに死にました」

私はいきなり悪夢のなかに放りこまれた。その刹那、私は不潔な床にうつぶせに横たわった死体を見下ろしていた。「それはお気の毒に」私はつぶやいた。

「実父のことは覚えてませんから」彼女がそう続け、私は現実に引き戻された。彼女の表情は穏やかで明るい。レイモンド・スティールはきっといい父親なのだろう。一方の母親との関係は——そのうちわかるだろう。

「お父さんが亡くなって、お母さんは再婚したわけですね」

彼女は苦々しげな笑い声を上げた。「まあ、そうです」それ以上の説明は加えなかった。沈黙に耐えられる女はそういない。彼女がそのめったにいないひとりであることはすばらしいが、いまこの場面ではありがたいことではない。

「ご自分のことはあまり話したくないらしい」

「お互いさまでしょう？」彼女が切り返す。

おっと、ミス・スティール。ゲームの始まりかな？

私は内心で小躍りしながら、そして口の端を皮肉に持ち上げながら、彼女のほうはすでに私にインタビューしただろうと指摘した。「いくつか、かなり立ち入った質問をされた記憶がありますが」

忘れたか。私はゲイかと訊いただろう。

彼女は期待どおりの反応を示した。よほど気まずかったらしい。ふいに自分のことをあれこれ話し始めた。いくつか有用な事実もあった。母親は救いようのないロマンチストらしい。四度も結婚するような人物だ。経験から学ぶことなく夢ばかり見ているのだろう。彼女はその母親に似ているのだろうか。そう尋ねる勇気はなかった。もしそうだと言われたら――希望はそこでついえる。それに、このインタビューをまだ終わらせたくなかった。愉快でたまらない。

養父のことを尋ねると、私の勘は当たっていたとわかった。彼女は養父を心から愛している。養父の話になると、彼女の表情は明るく輝いた。養父の仕事（大工）、趣味（欧州サッカー観戦と釣り）。母親が三度めの結婚をしたとき、養父と一緒に暮らすのを選んだという。それは興味深い。

やがて彼女は肩を怒らせるようにして言った。「あなたのご両親のことを話してください」自分の家族のことから話題をそらそうとしているかのようだった。私は自分の家族の話をするのは嫌いだ。そこで最低限の事実だけを答えた。

「父は弁護士、母は小児科医。シアトルに住んでいます」

「お兄さんや妹さんは何をしてらっしゃるんですか」

そこまで知りたいか？　できるだけ簡潔な答えを返した。エリオットは建設関係の仕事をしていて、ミアはパリで料理修業をしている。

彼女は真剣な表情で聞いていた。それからうっとりしたような表情をして言った。「パリはすてきなところだそうですね」

「美しい街ですよ。いらしたことは？」

「アメリカ本土から一度も出たことがないんです」声の調子が一段階暗くなり、悲しげな響きを帯びた。私なら連れていけるのに。

「行ってみたいですか」

おいおい、さっきはサンルカス岬、今度はパリか？　冗談じゃないぞ、グレイ。

「パリに？　もちろん行ってみたいですよ。でも、いちばん行ってみたいのは、イギリスです」

彼女の顔は内心の興奮を映して輝いていた。ミス・スティールは旅に憧れているらしい。しかしどうしてイギリスなんだ？　私は尋ねた。

「シェイクスピアやジェーン・オースティン、ブロンテ姉妹、トマス・ハーディを生んだ国だから。その作家たちにすばらしい作品を書くインスピレーションを与えた場所を実際に見てみたいんです」彼女の初恋と言ったところか。

本。

昨日、クレイトンでも同じようなことを言っていた。つまり、私のライバルはダーシーやロチェスターやエンジェル・クレアということか。おとぎ話じみたロマンス小説のヒーローたち。私が求めていた証拠がどうやら手に入った。彼女は母親に似て救いようのないロマンチストだという証《あかし》だ。私とはうまくいくはずがない。なおも悪いことに、彼女は腕時計を確かめた。そろそろ切り上げようとしている。

この交渉は決裂だ。

「そろそろ失礼します。勉強があるので」

私は友人の車まで送ろうと申し出た。ホテルまで一緒に歩きながら、もう一度だけ可能性を探ろう。

いや、潔くあきらめるべきか？

「紅茶をごちそうさまでした、ミスター・グレイ」

「どういたしまして、アナスタシア。こちらこそありがとう」そう答えながら思った。いまの二十分ほどの会話は……実に楽しかった。私はどんな相手の警戒心も解くことができる、とっておきの笑顔を作って手を差し出した。「行きましょう」彼女は私の手を取った。ヒースマン・ホテルに戻る道を歩いているあいだずっと、彼女の手と私の手は互いのために作られたようにぴったりだという考えを払いのけられなかった。

もしかしたら、うまくいくかもしれない。

「いつもジーンズですか」私は訊いた。

「はい、だいたいそうです」これでツーストライクだ。救いようのないロマンチストで、しかもジーンズしか穿《は》かない……私はスカートを穿いた女を好む。そのほうがアクセスしやすいからだ。

「恋人はいらっしゃるんですか」彼女が唐突に訊いた。スリーストライク。この取引の成立はあきらめるしかない。彼女は甘ったるい愛だの恋だのを望んでいる。私にはその用意がない。

「いいえ、アナスタシア。恋愛に興味はありません」

彼女は眉をひそめて急に向きを変えた。その拍子に足がもつれて車道に転がり落ちかけた。

「アナ、危ない！」私は叫び、彼女の手を思い切り引っ張った。歩道に引き戻していなければ、猛スピードで逆走してきた愚かな自転車乗りにぶつかられていただろう。一瞬の出来事だった。彼女は私の腕にすがりつくようにしてこちらを見上げていた。その目は怯《おび》えていた。このとき初めて、虹彩《こうさい》の周囲が一段濃いブルーの輪で縁取《ふちど》られていることに気づいた。美しい。彼女の瞳は、この距離で見るとなおさら美しかった。彼女の瞳孔が広がった。その淵に転落したら、二度と這い戻れないだろうと思った。彼女が深く息を吸いこんだ。

「大丈夫でしたか」他人の声、かなたで聞こえている声のようだった。彼女は私に触れている。だが、かまわない。私は指先で彼女の頬を軽くなぞった。柔らかく滑らかな感触だった。次に親指で下唇に触れた。息もできなくなった。彼女と私の体はぴたりと寄り添っている。シャツの胸に乳房が押し当てられる感触、そこから伝わってくる彼女の温《ぬく》もり。なんと官能的だろう。さわやかで生き生きとした香りが鼻をくすぐった。祖父のリンゴ園を連想した。目を閉じて大きく息を吸いこみ、その香りを記憶に刻みつけた。まぶたを開けると、彼女はまだ私を見上げていた。訴えるような、懇願《こんがん》するような視線。彼女の目は私の唇に注がれていた。

くそ。キスを期待している。

私もキスしたい。この一度だけでいい。彼女の唇は軽く開かれ、キスを受け入れようとしていた。親指に触れる彼女の唇のなんと魅惑的なことか。

よせ。よせ。よせ。それはだめだ、グレイ。

この女はおまえ向きじゃない。

彼女が求めているのはロマンチックな恋愛だ。だがおまえは恋愛はしない。

目を閉じて視界から彼女を消し去り、誘惑と闘った。ふたたびまぶたを開けたとき、私の心は決まっていた。「アナスタシア」私はささやくような声で言った。「私に近づいてはいけない。きみにふさわしい男ではないんだ」

彼女の眉間に小さなV字形の皺が刻まれた。息を止めているように見えた。

「息をしなさい、アナスタシア。息をして」このまま彼女を胸に抱いていたら、愚かなことをしでかしてしまうに決まっている。だが、自分でも意外なことに、彼女を手放したくないと思った。あともう少しでいい、こうして彼女を抱いていたかった。「いいか、いまからきみをまっすぐ立たせて、手を離すよ」私は一歩下がった。私の腕をつかんでいた彼女の手が離れる。しかし案に相違して、安堵は訪れなかった。私は彼女の肩を両手でそっと支え、きちんと立っていられそうか様子を見た。屈辱感が彼女の表情を曇らせている。私の拒絶にプライドを傷つけられたのだろう。

ちくしょう。きみを傷つけるつもりはなかったのに。

「もう大丈夫です」そっけない調子ではあったが、声に失望がにじんでいた。他人行儀で冷ややかな態度を取りながら、しかし、私の手を振り払おうとしない。「ありがとう」

「ありがとう？　何に？」

「助けてくれたことにです」

こう言いたかった。私からきみを救っただけのことだと。きみを思いやった結果なのだと。だが、彼女が聞きたいのはそんなことではないだろう。「あの考えなしは一方通行を逆走していた。私が一緒で本当に幸いだった。あなたがどうなっていたかと思うと、寒気がします」今度は私が脈絡もなく話し続けている。しかも彼女から手を離すことができずにいた。ホテルで少し休んでいくかと尋ねた。一緒にいる時間を少しでも引き延ばそうという策略であることは自分でもわかっている。そこでようやく彼女の肩から手を離した。

彼女は首を振った。背中に定規でも入っているかのようにしゃちほこばった姿勢で立っている。それから両腕で胸を抱くようにして、いきなり交差点を渡った。私は急ぎ足でそのあとを追った。

ホテルに戻ると、彼女はくるりと振り返って私と向き合った。冷静さを取り戻している。

「紅茶をごちそうさまでした。それから、写真撮影に応じてくださってありがとうございました」そう言ってよそよそしい目で私を見つめた。私の胸のうちに後悔の炎が燃え広がった。

「アナスタシア……私は……」先が続かない。悪かったという言葉くらいしか思いつかない。

「何、クリスチャン？」彼女がいらだたしげに訊く。

おっと。私に腹を立てているらしい。私の名前の一音一音に持てるかぎりの嫌悪を注ぎこんで発音した。私にとっては初めての経験だった。しかも彼女は帰ろうとしている。まだ帰したくない。「試験……健闘を祈っていますよ」

彼女の目の奥に、傷ついた表情と怒りが閃いたのがわかった。「ありがとう」彼女は軽蔑のこもった声で言った。「さよなら、ミスター・グレイ」それだけ言い置いて私に背を向けると、歩道伝いに地下駐車場のほうへ歩き出した。私はその後ろ姿を目で追った。振り返るのではないかと期待したが、彼女はまっすぐ前を見たままだった。やがて建物のなかに消えた。後悔のかけらと、美しいブルーの瞳の記憶と、秋のリンゴ園の香りだけを残して。

2011年5月19日　木曜日

やめろ！　悲鳴が寝室にこだまし、私は悪夢から飛び起きた。全身が汗で濡れていた。ビールと煙草と貧困の饐《す》えた臭いが鼻腔《びこう》にこびりつき、酒が振るう暴力の恐怖が心の奥でくすぶっている。起き上がって両手で頭を支え、早鐘《はやがね》のように打っている心臓と乱れた呼吸が落ち着くのを待った。夜中に飛び起きるのは四日連続だ。時計を確かめると、午前三時だった。

明日は……もう今日か……大事な打ち合わせがふたつある。少しでも眠って、きちんと頭が働くようにしておかなくては。くそ、ひと晩ぐっすり眠れるなら、引き換えにどんなことだってする。そうだ、午後からはバスティーユとゴルフの約束もあるんだった。ゴルフはキャンセルしたほうがいいだろう。負けるためにプレイするようなものだと思うと、ただでさえ真っ暗な気分がますます暗くなる。

ベッドから這い出し、廊下をぼんやり歩いてキッチンに向かった。グラスに水を注いだところで、キッチンの反対側の壁を埋める鏡に、上半身裸にパジャマのズボンだけを穿いている自分の姿が映っているのがちらりと見えた。嫌悪を感じて目をそむけた。

おまえは彼女を拒絶した。

彼女はおまえを求めていたのに。

おまえは彼女を拒絶した。

彼女のためを思ってしたことだ。

ここ数日、そのことがずっと心にまつわりついていた。あの美しい顔が唐突に脳裏に浮かんで、私を嘲《あざけ》る。イギリスに休暇旅行に出かけたかかりつけの精神科医がもう戻ってきていれば、電話で話ができるのに。わけのわからない心理学用語を駆使しながら理屈をつけてもらえば、この最悪な気分も少しは持ち直すだろうに。

いいかグレイ、ちょっときれいなだけのただの女だろう。

息ぬきが必要なのかもしれない。たとえば新しいサブミッシブ。スザンナと終わってずいぶんになる。朝を待ってエレナに電話してみようか。彼女なら適当な候補を紹介してくれるだろう。しかし正直なところ、新しいサブミッシブなど欲しくない。

私が欲しいのはアナだ。

彼女の失望、彼女の傷ついた自尊心と怒り、私に向けられた軽蔑。どうしても忘れられない。彼女は一度も振り返ることなく歩み去った。コーヒーを飲もうと誘ったせいで、私は彼女に期待させてしまったことだろう。期待させておいて拒絶し、失望を味わわせた。

何かの形で謝罪できないだろうか。申し訳なかったという気持ちさえ伝えることができれば、この一件を、彼女をきれいさっぱり忘れられるだろう。グラスをシンクに置き――洗うのはハウスキーパーの仕事だ――私はとぼとぼとベッドに戻った。


アラーム機能つきのラジオが五時四十五分に起動したが、私はとっくに目を覚まして天井をぼんやり眺めていた。結局あれから一睡もできず、疲れ切っていた。

ちくしょう！　いつまでこんな馬鹿げたことが続くんだ。

ラジオを聴いていると少し気がまぎれたが、それもふたつめのニュースが流れるまでのことだった。希少な原稿がロンドンでオークションにかけられることになったというニュースだった。ジェーン・オースティンの『ワトソン一家』と題された未完の小説らしい。

彼女は本が好きだと言っていたな。

勘弁してくれ。ニュースまでもが私にミス〝本の虫〟を思い出させるとは。

彼女はイギリスの古典を愛する救いようのないロマンチストだ。とはいえ、私も同類と言えないことはない。ジェーン・オースティンやブロンテ姉妹の作品の初版は持っていないが……トマス・ハーディの初版なら二冊分、持っている。

そうか！　それだ！　いいことを思いついた。

ほどなく私は書斎のビリヤード台の上に『日陰者ジュード』の初版本と『ダーバヴィル家のテス』の初版本の箱入り三巻セットを並べていた。どちらも陰気な悲劇だ。ハーディは歪《ゆが》んだ邪悪な魂の持ち主だった。

私と同じだ。

その考えを振り払い、二種類の初版本を吟味した。コンディションは『ジュード』のほうが断然いい。ただ、『ジュード』は救いのない話だ。そこで『テス』を送ることにした。適切な引用文をつけて。ヒロインに降りかかる災いを思うと決してロマンチックな小説ではないことはわかっている。しかしイギリスの田園地方を舞台にしたロマンチックな恋愛をつかのま味わう。それに主人公のテスは自分をもてあそんだ男に復讐を果たす。

だが、肝心なのはそこではない。アナは好きな作家としてハーディの名を挙げたが、初版本を自分の本棚に並べたことはおろか、目にしたことさえないに違いない。

〝自分は最終消費者であるとおっしゃってるように聞こえます〟。インタビューのなかでぶつけられたあの非難がましい一言が耳に蘇った。そのとおりだ。私は物を所有するのが好きだ。将来、値が上がりそうなもの、たとえば初版本を買うのが好きだ。

いくらか落ち着きと冷静さを取り戻し、自分の妙案に小さな満足を覚えながら、寝室に取って返し、クローゼットからランニングウェアを取り出した。

車の後部座席で『テス』の初版第一巻をぱらぱらとめくり、引用するのにぴったりのフレーズを探した。同時に、アナの卒業試験はいつ終わるのだろうと考えた。この本は読んだことがあるが、何年も昔のことで、筋書きはほとんど覚えていない。十代のころの私にとって小説は聖域だった。母には私の読書家ぶりは意外だったらしい。一方、兄のエリオットは本には目もくれなかった。私にはフィクションの世界という逃避先が必要だったが、エリオットには逃げる必要がなかったからだ。

「ミスター・グレイ」テイラーが声をかけた。「着きました」車を降りて後部ドアを開ける。「今日はゴルフの予定ですね。二時にお迎えにまいります」

私はテイラーにうなずき、初版本を小脇に抱えてグレイ・ハウスに入った。受付の若い女が浮わついたしぐさで手を振って挨拶した。

毎日毎日……安っぽい音楽をリピート再生しているようだ。

受付係を無視して、私は自分のオフィスに直行するエレベーターに向かった。

「おはようございます、ミスター・グレイ」警備のバリーが出迎え、エレベーターの呼び出しボタンを押した。

「息子さんの具合はどうだ、バリー？」

「おかげさまでだいぶよくなりました」

「それはよかった」

エレベーターはロケットが打ち上がるように二十階まであっという間に私を運び上げた。扉が開くと、アンドレアが待っていた。

「おはようございます、ミスター・グレイ。ロズがダルフールのプロジェクトの件で打ち合わせをしたいそうです。バーニーも短時間の——」

私は片方の手を持ち上げて彼女を黙らせた。「それより先に頼みたいことがある。まず、ウェルチと電話をつないでくれ。それと、フリンが休暇から戻っているか確かめてもらいたい。今日のスケジュールをこなすのは、ウェルチと話をしたあとだ」

「かしこまりました、サー」

「もうひとつ。エスプレッソをダブルで頼みたい。オリヴィアに淹《い》れてもらってくれないか」

しかし、オリヴィアの姿はどこにもなかった。ほっとした。あの女は朝から晩まで私をうっとりと見つめてきて、実にうっとうしい。

「ミルクは入れますか、サー？」アンドレアが尋ねた。

さすが、如才ないな。私はアンドレアに微笑んだ。

「今日はブラックで」ミルクや砂糖を入れるか入れないか、訊かれるたびにわざと返事を変えることにしている。

「かしこまりました、ミスター・グレイ」アンドレアは満足げだった。まあ、自分を誇りに思う資格はある。彼女は私がこれまでに採用したなかでもっとも有能なパーソナルアシスタントだ。

三分後、ウェルチと電話がつながった。

「ウェルチ？」

「はい、ミスター・グレイ」

「先週頼んだ身辺調査の件だが。アナスタシア・スティール。ワシントン州立大学の学生の」

「ええ、覚えています」

「卒業試験の最終日がいつか調べてもらえないか。最優先で報告してくれ」

「かしこまりました、サー。ほかには？」

「いや、それだけだ」電話を切り、デスクに置いた初版本を見つめた。気のきいた引用文を探さなくては。

私の右腕であり、私の会社の最高執行責任者《COO》でもあるロズとの打ち合わせは、肝心要《かなめ》のポイントに差しかかっていた。「ポートスーダンに物資を下ろすにはスーダン当局の許可が必要ですが、これはすでに打診してあります。ただ、現地の人員は、そこから陸路でダルフールに入るのは危険が大きいだろうと懸念しています。そのプランで行けるかどうか、リスク評価をしているところです」物資の輸送の問題はかなり悩ましいのだろう。いつもは陽気なロズの顔が珍しく曇っている。

「空中投下も考慮しようか」

「クリスチャン、空中投下の費用は――」

「わかっている。まずは現地の協力NGOの判断を待とう」

「わかりました」ロズはため息をついた。「どのみち、国務省のゴーサインも待たなくてはなりませんし」

私はうんざりして天井を見上げた。まったく、お役所のやることはいちいち時間がかかる。

「誰かに鼻薬を嗅がせたほうが早いなら――あるいはブランディーノ上院議員に介入してもらったほうがよさそうなら――知らせてくれ」

「それから、新工場の用地獲得の件ですが。デトロイトの税控除はやはり魅力です。お送りした要約には目を通していただけましたか」

「ああ、見た。しかし、どうしてもデトロイトでなくてはだめか？」

「逆に、なぜデトロイトではだめなのかしら。私たちが求める条件はすべて満たしています」

「わかった。ビルに指示して、いま候補に挙がっている用地を調査してもらってくれ。だが念のために、税控除などの条件がもっといい自治体がほかにないか、もう一度リサーチを頼む」

「ビルはすでにルースをデトロイトに派遣して、商工業地域再開発局との調整に当たらせています。ルースに任せておけば間違いありませんが、ビルにも最終チェックを依頼しておきます」

デスクの上の電話が鳴った。

「何だ?」うなるような声でアンドレアに訊いた。打ち合わせを邪魔されるのは嫌いだと知っているだろうに。

「ウェルチからお電話です」

腕時計を見た。十一時三十分。仕事が早いな。「つないでくれ」

ロズにはそのまま待っていてくれるよう身ぶりで伝えた。

「もしもし、ミスター・グレイ?」

「ウェルチ。報告を聞こう」

「ミス・スティールの卒業試験最終日は明日です。五月二十日」

くそ。思ったより時間がないな。

「そうか、ありがとう。それだけわかれば充分だ」私は電話を切った。

「ロズ、あと一分だけ待ってくれ」

受話器を持ち上げた。アンドレアが即座に出た。

「アンドレア、贈答用のメッセージカードを一時間以内に用意してくれ」それだけ言って受話器を戻す。「よし、ロズ。どこまで話したかな」

十二時三十分、オリヴィアが静々とランチを運んできた。オリヴィアは長身のすらりとした美人だ。ただ残念なことに、その恋心を浮かべた美しい顔を向ける相手をつねに間違っている。まともに食べられるものがあのトレイに載っていることを私は願った。今日は朝から忙しかった。腹が減って死にそうだ。トレイをデスクに置くオリヴィアの手はぷるぷると震えていた。

ツナサラダのサンドイッチか。まあいいだろう。今回は合格とする。

オリヴィアはサイズ違いの白いカードを三枚並べた。それぞれのサイズに合った封筒が対になっている。

「ありがとう」私はつぶやいた。さ、もう行っていいぞ。オリヴィアが逃げるようにオフィスを出ていく。

まずは空腹感を和らげようとサンドイッチを一口かじった。それからペンを取った。引用文は決めてあった。警告だ。彼女を遠ざけるのにぴったりの一節を選んだ。世の中の男の全員がロマンス小説のヒーローというわけではない。この一節で〝世の男ども〟を代弁する。彼女なら理解するだろう。

男ってものはあぶないって、なぜお母さんは言ってくれなかったの？

お嬢さん連中は、こんな手管《てくだ》のことを書いてある小説を読んで、身の守り方を心得ているけれど……

カードを封筒に入れ、アナの住所を書いた。ウェルチの身辺調査報告書を確かめるまでもなく頭に入っている。それからアンドレアを電話で呼び出した。

「はい、ミスター・グレイ？」

「悪いが、ちょっと来てもらえないか」

「はい、サー」

アンドレアはすぐに戸口に現われた。「ミスター・グレイ？」

「これを包装して、アナスタシア・スティールの自宅に送ってくれ。先週、インタビューに来た大学生だ。住所はここに」

「すぐに手配します、ミスター・グレイ」

「遅くとも明日にはかならず着くように頼む」

「かしこまりました。ほかにご用は？」

「もうひとつ。代わりを探してくれ」

「この本の代わりということでしょうか」

「そうだ。初版本だ。オリヴィアに探してもらってくれ」

「なんという本でしょう？」

「『ダーバヴィル家のテス』」

「かしこまりました」アンドレアは珍しく微笑んだあと、オフィスを出ていった。

あの笑みはなんだ？

アンドレアの笑顔など初めて見た。まあいい。それより、あの初版本のセットはこれで見納めになるはずだ。だが、正直に認めよう。私は心のどこかで、そうならないことを願っていた。

2011年5月20日 金曜日

五日ぶりにぐっすり眠った。アナスタシアに初版本を送り、この件はこれでもう悩まなくていいと安心したからだろうか。髭を剃《そ》っていると、灰色の瞳をしたつまらない男が鏡のなかから冷ややかな視線を向けてきた。

この嘘つき。

最低だな、おまえは。

言うな。わかっている。私は彼女から電話があるのではと期待している。番号は彼女も知っている。

キッチンに入っていくと、ミセス・ジョーンズが顔を上げた。

「おはようございます、ミスター・グレイ」

「おはよう、ゲイル」

「朝食は何を差し上げましょう？」

「オムレツをお願いしようかな」私はキッチンカウンターに座り、朝食の支度《したく》ができるまでのあいだ、『ウォールストリート・ジャーナル』と『ニューヨーク・タイムズ』にざっと目を通し、次に『シアトル・タイムズ』を開いて熟読していると、携帯電話が鳴った。

エリオットからだ。兄貴がなんの用事だ？

「エリオット？」

「よう。実はさ、今週末、シアトルにいたくないんだよな。俺のモノにやたらご執心な女がいて、ちょっと解放されたいんだよ」

「モノ？」

「そうさ。わからないのか？　おまえにもついてるだろ？」

兄の愚弄は無視した。そのとき、小ずるい考えがふと浮かんだ。「そういうことなら、ポートランド近郊でハイキングというのはどうかな。今日の午後から行こう。週末はポートランドに泊まって、日曜に戻ってくればいい」

「いいね。チョッパーでひとっ飛びか？　それとも車？」

「チョッパーじゃなくてヘリコプターだ、エリオット。今回は車で行こう。昼ごろオフィスに来てくれないか。そのまま出発する」

「ありがとうな、クリスチャン。ひとつ借りができた」エリオットはそう言って電話を切った。

兄は昔から我慢ということができない。兄がつきあう女たちもだ。最新の不運な女がどこの誰だか知らないが、エリオットの長い長い〝一夜のお相手リスト〟のなかのひとりにすぎない。

「ミスター・グレイ。週末のお食事はどうなさいますか」

「軽めのものを用意して冷蔵庫に入れておいてもらえるとありがたい。明日帰るかもしれないから」

うまくいけば帰らないかもしれないが。

いいか、彼女は一度も振り返らなかったんだぞ、グレイ。

他人の期待をいかに操るか。私は社会に出てからの年月の大部分をその努力に費やしてきた。過度の期待を抱かないよう、自分のこともう少しうまくコントロールできてもよさそうなものだろうに。

ポートランドまでの道中、エリオットはほとんどずっと眠りこけていた。かわいそうに、精も根も尽き果てているのだろう。仕事に精を出す。女とやる。エリオットの生き甲斐はそのふたつだ。おかげでいまは、助手席にだらしなく伸びて豪快にいびきをかいている。

ありがたい旅の道連れだ。

ポートランドに着くのは三時を回ってからになりそうだった。そこで私は車のハンズフリーフォンからアンドレアに電話をかけた。

「ミスター・グレイ？」呼び出し音がふたつ聞こえたところでアンドレアが出た。

「ヒースマン・ホテルにマウンテンバイクを二台、手配してもらえないか」

「何時までにお届けすればよろしいですか」

「三時に頼む」

「社長とお兄様の分ですね？」

「そうだ」

「お兄様の身長は百八十五センチくらいでしたでしょうか」

「ああ」

「さっそく手配します」

「ありがとう」いったん電話を切り、次にテイラーにかけた。

「ミスター・グレイ？」テイラーは最初の呼び出し音で出た。

「何時ごろ来る？」

「午後九時ごろ、ホテルにチェックインします」

「R８で来てもらえるとありがたい」

「喜んで、ミスター・グレイ」テイラーも相当な車好きだ。

「頼んだよ」私は電話を切り、ステレオの音量を上げた。ザ・ヴァーヴが大音量で轟くなか、エリオットはいつまで寝ていられるか、見ものだ。

州間高速五号線を快調に飛ばしていると、高揚感が湧き上がった。

本はもう配達されただろうか。アンドレアにもう一度電話して確かめたい誘惑に駆られたが、大量の仕事を押しつけて出てきたばかりだ。それに、従業員にゴシップの種を提供したくなかった。私はふだん、誰かに物を贈ったりしない。

そもそも、どうして本を贈ろうと思った？

彼女にまた会いたかったからだ。

バンクーバーの出口を通り過ぎた。卒業試験はもう終わっただろうか。

「いまどこだ？」エリオットが突然訊いた。

「おっと、お目覚めか」私はつぶやいた。「もうじき着く。マウンテンバイクで山を走ろう」

「自転車？」

「そうだ」

「いいね。なあ、父さんがよく連れていってくれたな、覚えてるか」

「ああ」懐かしい思い出が蘇って、私は首を振った。父はあらゆる分野に通じた本物のルネサンス的教養人だ。学問にもスポーツにも秀でている。都会の暮らしも似合うが、大自然のなかではさらに伸び伸びしているように見える。三人の養子を迎えて愛情を注ぐこともした……だが、私はひとりだけ父の期待に応えられなかった。

とはいえ、私が思春期を迎えるまでは、父と強い絆で結ばれていた。父は私のヒーローだった。父はよく私たちをキャンプに連れていき、私がいまも愛好しているスポーツ、ヨット、カヤック、マウンテンバイクなどの手ほどきをしてくれた。

しかし思春期が訪れ、すべてが変わってしまった。

「着くのが夕方近くになりそうだから、ハイキングの時間はないかと思ってね」

「言えてるな」

「で、いったいどんな女から逃げてる？」

「俺はほら、〝来るもの拒まず〟タイプだからさ。な？　セックスだけの関係だよ。おまえも経験あるだろう？　女って、会社の経営者だってわかったとたん、目の色変えて迫ってくる」エリオットは横目でちらりと私を見た。「おまえは賢いよ。〝自分のモノは自分だけのモノ〟だもんな」

「いつから私のモノの話になったんだ。誰かさんのモノの話だったろう。逃げ場をなくして縮こまっている誰かさんのモノの話だ」

エリオットは肩を揺らして笑った。「途中から人数もわからなくなった。ともかく、そろそろ〝休チン日〟が欲しい。ところで、商取引やら金融取引やらの世界は楽しいか」

「本当に知りたいか」私はエリオットに鋭い視線を投げた。

「やめとく」エリオットが弱々しい声で言い、私は兄の無関心とボキャブラリーの貧しさを笑った。

「仕事は順調か」私は尋ねた。

「投資先の経営チェックか」

「そうさ」それも投資家の責任のうちだ。

「先週、スポカーニ・イーデンのプロジェクトに着工した。スケジュールどおり進行してる。って言っても、まだ始まって一週間だけどな」エリオットはそう言って肩をすくめた。言動からはちゃらんぽらんな男に思われがちだが、その仮面の下にはエコ戦士の顔が隠れている。兄は自然環境と共存できる住まい造りに内なる情熱を燃やしており、我が家の日曜の夕食のテーブルでは、兄の発言をきっかけに激論が始まることも少なくない。目下はシアトル北部でエコフレンドリーかつ廉価な住宅建設に取りかかったところだ。

「前にもちょっと話した、最新の雑排水システムを導入できるといいんだけどな。実現すれば、水の使用量が激減して、水道料金を二十五パーセント節約できる」

「それはすごいな」

「ああ、実現すればね」

それきりふたりとも黙りこんだ。ポートランドのダウンタウンに入り、ヒースマン・ホテル――最後に彼女と会った場所――の地下駐車場に乗り入れようとしたところで、エリオットがふと思い出したように言った。「今夜はマリナーズの試合に行かれないな」

「テレビで観戦すればいいだろう？　今夜はモノに休暇をやって、のんびり野球中継を眺める」

「いいね、そうしよう」

置いていかれないようにするだけで精一杯だ。エリオットはいつもの無鉄砲ぶりを存分に発揮してトレイルコースをかっ飛んでいく。本当に怖いもの知らずだ。それが私が兄を敬愛する理由でもある。ただ、このペースで自転車を走らせていると、周囲の景色を楽しんでいる余裕がないのが残念だ。地面で大口を開けて待ちかまえている穴に落ちないよう用心するだけでいっぱいいっぱいで、緑色に輝く豊かな森は視界の隅をかすめる間もなく背後に飛び去っていく。

終点に着いたときには、ふたりとも土埃《つちぼこり》にまみれて疲れきっていた。

「服を着たままでこんな楽しい思いをしたのは久しぶりだよ」ヒースマン・ホテルのベルボーイに自転車を預ける前に、エリオットはそう言った。

「同感だ」私は答えた。無謀な自転車乗りから救ったあと、アナスタシアをしばらく抱いたままでいたときのことを思い出していた。彼女の温もり、シャツの胸に押しつけられた乳房の感触、五感を揺さぶった彼女の香り。

あのときは服を着ていた……「同感だ」私はもう一度そうつぶやいた。

最上階に向かうエレベーターのなかで、それぞれ携帯をチェックした。

メールが何通かと、エレナからこの週末の予定を尋ねる携帯メールが届いていたが、アナスタシアからの着信は記録されていない。時刻は午後七時になろうとしている。本はもう届いているはずだ。そう考えると、気持ちが沈んだ。はるばるポートランドまで来たのに、またも骨折り損になるのか。

「くそ、例の女から五回も電話がかかってる。携帯メールも四通。ほとんどストーカーだって自分で気づかないのかな」エリオットが情けない声を出す。

「妊娠でもしたんじゃないか」

エリオットが青ざめ、私は笑った。

「笑い事じゃないぜ」エリオットはうめくように言った。「それに、ついこのあいだ知り合ったばかりなんだ。まだそう何度もやってない」

軽くシャワーを浴びたあと、私はエリオットのスイートルームに行き、シアトル・マリナーズ対サンディエゴ・パドレス戦を途中から見た。ステーキとサラダ、ポテトフライ、ビールをルームサービスで注文し、ゆったりくつろいで試合を楽しんだ。エリオットなら一緒にいて気を使わずにすむ。このときにはもう、アナスタシアから電話はかかってこないとあきらめていた。マリナーズはずっとリードを保っていて、この調子なら完封勝利だろうと思いながら見ていた。

あいにくそうはならなかったが、四対一でマリナーズが勝った。

でかした、マリナーズ！　エリオットとビールで乾杯した。

試合後の素人分析をしているところに、携帯電話が着信音を鳴らした。見ると、ミス・スティールの電話番号が表示されていた。

彼女だ。

「アナスタシア？」驚きも歓喜も隠さなかった。背景で聞こえている音からして、パーティの会場かどこかのバーにいるようだ。エリオットがちらりとこちらをうかがった。私はソファから立ち上がって、エリオットに聞かれない場所に移動した。

「どうして本なんか送ってくるのよ？」呂律《ろれつ》が怪《あや》しい。不安の波が背筋を駆け上がってきた。

「アナスタシア、大丈夫ですか。話しかたがいつもと違う」

「おかしいのはわたしじゃない。そっちでしょ」責めるような声だった。

「アナスタシア、酒を飲んでるんですね」

くそ。誰と一緒にいる？　あのカメラ小僧か？　親友のケイトはどうした？

「飲んでるとしたら、何？」呂律が回っていないうえに喧嘩腰だ。酔っているのだとわかる。ついでに無事でいるのかどうかも知りたい。

「ただ……訊いただけですよ。いまどこに？」

「バー」

「どこの？」教えてくれ。腹の底から不安が湧き上がる。若い女性が、泥酔して、ポートランドのどこかにいる。放っておくわけにはいかない。

「ポートランドのバー」

「どうやって家に帰るつもりでいるんです？」鼻の付け根を指で強くつまみ、暴れ回ろうとしている怒りから気をそらそうとした。

〝なんとかする〟だって？　その状態で車を運転するとでも？　どこのバーにいるのかもう一度尋ねたが、まともな答えは返ってこなかった。

「なんで本なんか送ってきたの、クリスチャン？」

「アナスタシア、そこはどこだ？　きちんと答えなさい」

どうやって家に帰るつもりなんだ？

「あなたってば、ほんとにどうしようもなく……傲慢《ごうまん》ね」彼女はさもおかしそうにくすくすと笑った。こんな状況でなければ、魅力的な笑い声に聞こえたところだろう。しかしいまは――私がどれほど傲慢になれるか見せてやりたかった。頭がどうかしてしまいそうだった。

「アナ、おい、いまどこなのか教えてくれ」

低い笑い声。くそ。この女は私を笑っている！

またしても！

「だから、ここはポートランドよ……シアトルからは遠く遠く離れたポートランド」

「ポートランドのどこかと訊いている」

「じゃあね、おやすみ、クリスチャン」電話はそこで切れた。

「アナ！」

私より先に電話を切った！　信じがたい思いで携帯を見つめた。私がまだ話しているのに電話を切られるなど初めてだ。ちくしょう！

「どうした？」エリオットの大きな声がソファから聞こえた。

「酔っ払いの電話だ」私はエリオットをじっと見つめた。エリオットは驚いた様子でぽかんと口を開けている。

「おまえに？」

「そうさ」私はリダイヤルボタンを押した。怒りと不安がいまにも爆発しそうだった。

「はい？」かすれた、おずおずとした声。さっきより静かな場所にいる。

「迎えにいく」私は怒りを抑えつけ、北極の氷のように冷たい声でそうひとこと言って携帯を乱暴に閉じた。

「電話をかけてきた女を捜して、家に送っていく。一緒に来るか？」

エリオットは、頭が三つ生えた人間でも見るような目で私を見ていた。

「おまえが？　女を迎えにいく？　おい、それは見逃せないぞ」エリオットは脱いであったスニーカーを拾って履いた。

「その前に一本電話をかけさせてくれ」私はバーニーとウェルチのどちらに連絡すべきか迷いながら、エリオットの寝室に向かった。バーニーは私の会社のテレコム事業部長で、天才エンジニアでもある。しかし私がいまやろうとしていることは、合法とは言いがたい。

この件に会社を巻きこまないほうが無難だろう。

短縮ダイヤルでウェルチにかけた。まもなくウェルチのだみ声が応じた。

「ミスター・グレイ？」

「アナスタシア・スティールの現在地をすぐに知りたい」

「現在地ですか」一瞬の間があった。「お任せください、ミスター・グレイ」

違法な行為であることはわかっている。しかし、彼女はいまこの瞬間にもトラブルに巻きこまれようとしているかもしれない。

「ありがとう」

「すぐに調べてご報告します」

リビングルームに戻ると、エリオットは締まりのない笑みを顔に張りつけ、期待に満ちた様子で手をこすり合わせていた。

なんだよ、何がそんなに楽しみなんだ？

「こいつはどうしたって見逃せないよな」エリオットがうれしそうに言う。

「車のキーを取ってくる。五分後に駐車場で」私は兄のほくほく顔を無視し、思いきり不機嫌な声で言った。


バーは込み合っていた。楽しまなくては損だとばかりにはしゃぐ学生で満員だ。スピーカーからはインディーズバンドのよくわからない曲が大音量で流れ、ダンスフロアは踊りまくる人々で波打っているように見えた。

一気に年を取ったような気がした。

このどこかに彼女がいる。

エリオットはずっとすぐ後ろをついてきていた。「どうだ、いたか？」騒がしさに負けない大きな声で訊く。店内をざっと見回すと、キャサリン・キャヴァナーの姿が見えた。友人らしきグループとボックス席に座っている。彼女を囲んでいる全員が男だった。アナの姿はどこにもない。ショットグラスやビールのタンブラーがテーブルを埋め尽くしていた。よし。ミス・キャヴァナーがアナと同じく友人に誠実な人物なのか確かめてみようじゃないか。

ボックス席に近づくと、私に気づいた彼女が驚いたように私を見上げた。

「キャサリン」私は挨拶代わりにそう声をかけた。アナはどこかと尋ねる間もなく、彼女がしゃべり始めた。

「クリスチャン、あなたがこんな店に来るなんて」周囲の騒音に負けじと声を張り上げる。テーブルを囲んだ男三人が敵意を込めた視線をエリオットと私にじっと注いだ。

「近くに来ていたものだから」

「こちらは？」彼女はいくらかまばゆすぎる笑みをエリオットに向けて、私の話をまたしてもさえぎった。まったく腹の立つ女だ。

「兄のエリオットだ。エリオット、こちらはキャサリン・キャヴァナー。アナはどこだ？」

彼女はいっそう大きな笑みを作ってエリオットに向けた。意外なことに、エリオットのほうも同じくらい大きな笑みを返している。

「外の空気が吸いたいって、さっき出ていったきりだと思うけど」ケイトはそう答えたが、目は私を見ていない。ミスター〝来るもの拒まず〟以外は誰も目に入らないらしい。ふむ。この女も捨てられて泣く運命にあるというわけだ。

「外？　どこだ？」私も声を張り上げた。

「え？　ああ。そっち」彼女はバーの奥の両開きのドアを指さした。

私は敵意丸出しの男三人と、〝笑顔対決〟中のエリオットとケイトを残し、人をかき分けながら奥のドアに向かった。

両開きのドアの先の通路には、婦人用トイレの順番待ちの列ができていた。その先のドアを抜けると屋外に出た。バーのちょうど裏手にあたる。皮肉なことに、さっき車を停めた駐車場がすぐそこに見えていた。

ドアのすぐ先は、両側に花壇のあるちょっとした広場になっていた。何人かが集まって煙草を吸い、酒を飲み、おしゃべりをしている。いちゃついているカップルもいた。彼女はすぐに見つかった。

くそ！　あのカメラ小僧らしき男と一緒だ。暗くてよく見えないが、あいつだろう。男は彼女を抱き寄せているが、彼女は体をよじって逃れようとしているように見えた。男が何事かささやき、彼女の顎に沿ってキスをした。

「ホセ、やめて」彼女の声が聞こえた。これで確定だ。彼女はカメラ小僧を押しのけようとしている。

彼女は嫌がっている。

その瞬間、カメラ小僧の首をねじ切ってやりたくなった。私は体の両脇でこぶしを固め、つかつかと歩み寄った。「その女性はやめてと言っているようだが」偶然に訪れたつかのまの静寂に、冷たく尖った私の声がやけに大きく響いた。私は怒りを爆発させまいと懸命にこらえていた。

カメラ小僧がアナを離す。アナは酔ってぼんやりした目に驚愕《きょうがく》を浮かべて私を見つめた。

「ミスター・グレイ」硬直したような声でカメラ小僧が言った。私はありったけの自制心を結集して、そのがっかりしたような顔を叩きつぶしてやりたい衝動を抑えつけた。

そのとき、アナが苦しげなぐえという声を漏らしたかと思うと、身をかがめていきなり地面に嘔吐した。

言わんこっちゃない！

「うわ――汚《ディオス・ミオ》ねえな、アナ！」ホセはあわてて飛びのいた。

この役立たず。

私はカメラ小僧を無視して彼女の髪をつかみ、吐物の通り道から避難させた。彼女は今夜食べたものを残らず戻しそうな勢いで吐いている。しかし腹立たしいことに、ほとんど固形物は腹に入れていなかったようだ。私は彼女の肩に腕を回し、好奇の視線から守ろうと花壇のそばに連れていった。「また吐くなら、ここで。そばについているから」ここのほうが暗い。周囲を気にせず吐けるだろう。彼女は煉瓦《れんが》の縁に手をついて、何度も何度も吐いた。苦しそうだ。ようやく胃袋が空《から》っぽになると、今度は空嘔吐《からえずき》が出た。げえとひどい音を立てている。

やれやれ、いったいどれだけ飲んだんだ？

ようやく彼女の体から力が抜けた。一段落したらしい。彼女を支えていた手を離し、ハンカチを差し出した。ジャケットの内ポケットに魔法のごとく入っていたハンカチだ。

ありがとう、ミセス・ジョーンズ。

彼女はそれで口もとを拭い、こちらを向いて煉瓦の縁にちょこんと腰を下ろした。私と目を合わせないようにしている。恥ずかしくて気まずいのだろう。それでも私の胸は彼女との再会を喜んで浮き立っていた。カメラ小僧に対する怒りさえ鎮火していた。ミス・アナスタシア・スティールが一緒なら、ポートランドの学生御用達のバーの駐車場だろうとどこだろうと喜んで行く。

彼女は両手で顔を覆《おお》って肩を縮こまらせた。それから指の隙間からのぞくようにして私を見る。まだ恥ずかしくてまともに目を合わせられないらしい。それから店の入口のほうを向き、私の肩越しに誰かをにらみつけた。おそらく〝友達〟だろう。

「えっと……先になかに戻ってる」ホセの声が聞こえたが、奴をにらみつけるためだけに振り返る労力を使う気にはなれなかった。うれしいことに、彼女もホセを無視して私に視線を戻した。

「ごめんなさい」長い沈黙のあと、彼女が言った。ハンカチをぎゅうぎゅう握り締めている。

よし、お楽しみといこうか。

「何について謝っているつもりかな、アナスタシア？」

「おもに電話のこと。それに吐いちゃったことも。挙げたらきりがない」つぶやくような声だった。

「誰でも一度は通る道だ。まあ、きみほどドラマチックに経験する人はそう多くないだろうが」彼女をからかうのはなぜこうも楽しいのだろう。「自分の限界をわきまえるべきだよ、アナスタシア。いや、限界に挑むこと自体には決して反対しないが、それにしてもこれはやりすぎだろう。きみはいつもこんなふうなのか？」

アルコール依存の問題を抱えているのだろうか。そう考えると不安になった。母に連絡して、評判のよいリハビリ施設を紹介してもらったほうがいいかもしれない。

アナは怒ったように眉をひそめた。いつものように眉間に小さなVの字が刻まれた。私はそこにキスをしたい衝動に抗《あらが》った。しかしその表情と裏腹に、次に口を開いたとき、彼女の声は懺悔《ざんげ》をするかのようだった。

「いつもじゃない。酔っ払ったのは今日が初めて。いまはもう二度とお酒に飲まれたくないと思ってる」そう言って私を見上げる。目の焦点がやや怪しい。体も微妙にふらついている。このままでは失神しかねない。考えるより前に、私は彼女を抱き上げていた。

驚くほど軽かった。軽すぎる。そう思うと腹が立った。酔って当然だ。

「来なさい。家まで送ろう」

「帰るなら、ケイトに伝えなくちゃ」彼女はそう言いながら私の肩に頭をもたせかけた。

「兄から伝えてもらえばすむ」

「え？」

「兄のエリオットがいま、ミス・キャヴァナーと一緒にいる」

「え？」

「きみから電話があったとき、兄も一緒にいた」

「シアトルで？」

「いや、ヒースマン・ホテルに泊まっている」

わざわざ来た甲斐があったよ。

「どうしてこの店にいるってわかったの？」

「携帯電話の電波を追跡した」私は車に向かって歩き出した。車で送っていきたい。「店に置きっぱなしのジャケットやバッグは？」

「えっと……両方とも置いてきた。クリスチャン、お願い、ケイトと話したいの。心配させちゃう」

私は言いかけた言葉を呑みこんだ。キャサリン・キャヴァナーは、情欲に目がくらんだカメラ小僧が親友とここにいると知っていて放っておいた。ロドリゲス。そうだ、あのカメラ小僧の名はロドリゲスだ。キャサリン・キャヴァナーめ、大した親友じゃないか。バーから漏れる明かりがアナの不安げな顔を淡く照らしていた。

気は進まなかったが、私は彼女を下ろし、一緒に店に戻ることにした。手をつないでなかに入り、ケイトのいたテーブルまで歩く。三人いた男たちのひとりはまだそこにいた。怒ったような、途方に暮れたような顔をしている。

「ケイトは？」アナが周囲の騒々しさに負けない大きな声で尋ねた。

「踊ってる」男はそう言って暗い視線をダンスフロアに向けた。アナはジャケットとバッグを取った。それから思いがけず私の腕をつかんだ。

私は凍りついた。

心拍数が限界まで急上昇し、腹の奥底から闇がせり上がってきて、私の喉に爪を食いこませ、締め上げた。

「ケイトはどこかで踊ってるみたい」彼女の声が私の耳をくすぐった。そちらに気を取られて、恐怖から意識がそれた。気づくと闇は消え、あれほど激しく打っていた心臓も落ち着きを取り戻していた。

いったいどういうことだ？

内心の動揺を隠そうと、呆れた表情で大げさに目を回して見せた。それから彼女を連れてカウンターに行き、ミネラルウォーターを注文して、出てきた大きなグラスを彼女に渡した。

「飲んで」

グラスの縁越しに私を見つめながら、彼女はおずおずと一口飲んだ。

「全部」私は命令口調で言った。彼女は明日の朝、二日酔いの地獄を見ることになるだろう。

いまのうちに水を飲んでおけば、少しは軽くすむかもしれない。

それにしても、あのとき私が割って入っていなかったらどうなっていただろう。そう考えると気分が沈んだ。

ついさっき私自身に起きたことについても考えた。

彼女に触れられたときの私の反応。

気分がますます沈んだ。

水を飲んでいるアナは、あいかわらず微妙に揺れている。私は肩に手を置いて彼女を支えた。そうしていると安心だった——彼女に触れていると安心できる。彼女は、私の内側で激しく渦を巻く黒い淵をなだめてくれる。

ふん……なかなか詩的じゃないか、グレイ。

彼女が水を飲み終えた。私はグラスを受け取ってカウンターに置いた。

いいだろう。彼女は名ばかりの親友と話をしたがっている。私は人がひしめくダンスフロアに目を凝らした。他人の体にもみくちゃにされながら目的地に向かうのだと思うと不安が募った。

覚悟を決め、彼女の手を取ると、先に立ってダンスフロアのほうへ歩き出した。彼女がためらうのがわかったが、親友と話がしたいなら、ほかの選択肢はない。私とダンスをするしかないのだ。エリオットが波に乗ったらもう誰にも止められない。安息の週末はここまでだ。

手を引いて彼女を抱き寄せる。

これくらいなら大丈夫だ。彼女と体が触れ合うとあらかじめわかっていれば、どうということはない。ジャケットも着ていることだし、なんでもない。踊っている人々のあいだをすり抜けるようにしてエリオットとケイトに近づいていった。ふたりは人目もはばからずに派手な動きで踊っている。

私たちがすぐ隣に来たのに気づいて、エリオットがストラットの途中でこちらに身を乗り出し、信じられないというような目で私たちふたりをじろじろと眺め回した。

「アナを送っていく。ケイトに伝えてくれ」私はエリオットの耳もとで怒鳴るように言った。エリオットがうなずき、ケイトをぐいと抱き寄せた。

ああ、わかったよ、そっちは任せた。私はミス〝酔いつぶれた本の虫〟を送っていく。ただ、どうしたわけか彼女はためらっている。心配そうな目でケイトのほうを見ている。ダンスフロアから抜け出したところで、ケイトを振り返り、それから私を見た。体がまた微妙にふらついている。どこか茫然《ぼうぜん》としたような表情を浮かべていた。

「くそ《ファック》！」バーのど真ん中で失神した彼女が床に倒れる前に抱きとめられたのは奇跡だ。そのまま肩にかついでいこうかと思ったが、それではあまりにも目立ちすぎる。そこでまたお姫様のように抱き上げ、頭を私の胸にもたせかけておいて、外の車まで運んでいった。

「えい、くそ」彼女を抱えたままジーンズのポケットから車のキーを取り出すのはことだった。それでもどうにか彼女を助手席に座らせてシートベルトを締めた。

「アナ」そう声をかけて軽く揺すって見た。あまりにも静かすぎる。「アナ！」

彼女の口から言葉にならない音が漏れ、どうやらかろうじて意識は保っているらしいとわかった。家まで送っていくのがいちばんだが、バンクーバーまではかなりの道のりだ。それに、途中でまた吐くかもしれない。大事なアウディにゲロの臭いが染みついたら笑えない。そうでなくても彼女の服はかなり強烈な臭いを発していた。

ヒースマン・ホテルに連れ帰ることにした。彼女のためを思ってすることなのだと自分に言い聞かせながら。

そうだよな、決しておまえがそうしたいからじゃないよな、グレイ。

エレベーターが地下駐車場から最上階に上るあいだ、彼女は私の腕のなかで眠り続けていた。一刻も早くジーンズと靴を脱がせたい。せまい空間に吐物の臭いが充満していた。できれば風呂に入れたいところだが、それはさすがにまずいだろう。

だったら、これは適切なのか？

スイートルームに入って彼女のバッグをソファに置き、そのまま寝室に行って彼女をベッドに横たえた。彼女はまた何かわけのわからないことをつぶやいたが、目は覚まさなかった。靴とソックスを手早く脱がせ、ホテル備え付けのランドリーバッグに入れた。次にジーンズのジッパーを下ろして脱がせ、ポケットに何も入っていないことを確認してから、これもやはりランドリーバッグに入れた。彼女は手足を投げ出してベッドに横たわっている。まるでヒトデみたいな格好だ。腕も脚も透き通るほど色が白い。一瞬、手首を壁の十字の板に縛りつけられ、脚を私の腰に巻きつけている彼女の姿が脳裏をよぎった。膝に青痣《あおあざ》の名残《なごり》がある。私のオフィスにヘッドスライディングしたときにできたものだろうか。

あの日、彼女も運命の刻印を押されたのだ……私と同じように。

私は彼女を抱え起こした。彼女が目を開ける。

「やあ、アナ」私はささやき、ジャケットを脱がせた。彼女の協力が得られなかったおかげで、脱がせるのに時間がかかった。

「グレイ。唇」彼女がつぶやく。

「そうだな、アナ」私は適当な相槌を打って彼女をベッドにそっと横たえた。彼女はまた目をつむって横向きになり、今度はボールのように体を丸めた。その姿は小さく無防備に見えた。私は毛布をかけてやり、髪に口づけをした。汚れた服を脱がせたいまは、いつもの彼女の香りをほのかに感じた。リンゴ、秋、さわやか、甘い……アナ。唇を軽く開いている。青白い頬に長いまつげが扇のように広がっていた。滑らかな肌はシミひとつない。あと一度だけ触れずにはいられなかった。私は人差し指の背で彼女の頬をそっとなぞった。

「おやすみ」そうささやき、リビングルームに戻って、ランドリーバッグの伝票に必要事項を記入した。それからいやな臭いをさせている袋を廊下に出しておいた。ホテルの従業員が回収して洗濯をすませてくれるはずだ。

ＰＣメールをチェックする前にウェルチに携帯メールを送り、ホセ・ロドリゲスの前科の有無を調べてくれと依頼した。単なる好奇心だ。あのカメラ小僧は泥酔した若い女を狙うような男なのかどうか。次にミス・スティールの衣類の問題を解決すべく、テイラーに簡単なメールを送った。

差出人：　クリスチャン・グレイ
件名：　ミス・アナスタシア・スティール
日付：　2011年5月20日　23時46分
宛先：　J・B・テイラー

おはよう。
ミス・スティールのために、以下に箇条書きにした品物を見繕って、午前十時までにいつもの部屋に届けてもらいたい。

ジーンズ：　ブルーデニム　サイズ4
ブラウス：　青、きれいめのデザイン、サイズ4
コンバース：　黒、サイズ7
ソックス：　サイズ7
下着：　パンティ（サイズS）、ブラ（おそらく34C）

よろしく頼む。

クリスチャン・グレイ
グレイ・エンタープライズ・ホールディングスCEO

次にエリオットに携帯メールを送った。
〈アナは私と一緒にいる。
まだケイトといるなら、伝えてくれ〉
返信があった。
〈伝えておく。
ヤれるといいな。
たまりまくってるだろうから^-^〉
思わず鼻を鳴らして笑った。
おっしゃるとおりだよ、エリオット。彼女が欲しくてたまらない。

最後に仕事関連のメールを開いて、目を通し始めた。

2011年5月21日　土曜日

二時間近く過ぎたころ、私はベッドに戻った。時刻は一時四十五分を回っていた。彼女はよく眠っていた。最後に見たときと寝相さえ変わっていない。私は服を脱ぎ、パジャマのパンツとTシャツを着て、彼女の隣にもぐりこんだ。彼女は熟睡している。やたらに寝返りを打って私の体に触れる可能性はなさそうだ。腹の底から闇が広がりかけたのを感じて一瞬躊躇《ちゅうちょ》したが、それ以上せり上がってくる気配はない。彼女の胸が呼吸に合わせて規則正しく上下するのを見ていると、催眠術にかかったようにリラックスするからだろう。気づくと私もそのリズムに合わせてゆっくりと呼吸を繰り返していた。吸う、吐く。吸う。吐く。そのまま何秒か――数分のことだったかもしれないし、数時間だったかもしれない――私はただ彼女の寝顔を見つめていた。眠っているのをいいことに、その美しい顔をとっくりと観察した。黒っぽい長いまつげはときおりかすかに震え、唇がわずかに開いてきれいにそろった白い前歯が見えた。何か意味不明の寝言をつぶやく。舌がちらりとのぞいて、唇を舐める。ぞくりとした。実にエロチックだ。いつしか私も夢を見ない深い眠りに落ちていた。

目を開けると、部屋は静まり返っていた。ここはどこだろう？　すぐには思い出せなかった。ああ、そうか。ヒースマン・ホテルだ。ベッドサイドテーブルの時計を確かめる。七時四十三分だった。

こんなに寝坊したのはいつ以来だろう？

アナ。

ゆっくりと顔の向きを変えた。彼女はこちらを向いてぐっすり眠っていた。穏やかで美しい寝顔だった。

女と寝たのは初めてだ。セックスなら数えきれないほどしてきた。しかし魅力的な若い女の隣で目を覚ますのは初めての経験、きわめて刺激的な経験だった。股間も同意を表明している。

まずいぞ。

私はしぶしぶベッドを出てランニングウェアに着替えた。体を動かして発散しよう。要らぬエネルギーを燃焼させてしまおう。スウェットスーツに着替えながら、これほどよく眠ったのはいつ以来だろうと考えたが、思い出せなかった。

リビングルームでノートパソコンを起動してメールをチェックし、ロズからの二通とアンドレアからの一通に返信した。ふだんより時間がかかった。すぐ隣の部屋でアナが眠っていることをどうしても意識してしまう。彼女はどんな気分で目を覚ますだろう。

二日酔い。そうだった。

ミニバーからオレンジジュースのボトルを取ってグラスに注いだ。それを持って寝室に行くと、彼女はまだ眠っていた。マホガニー色の奔放な髪が枕に広がっている。毛布が腰のあたりまでめくれていた。Tシャツの裾が持ち上がって、腹部とへそがのぞいている。それを見て、私の体はまたしても反応した。

おい、いいかげんにしろよ、グレイ。そうやっていやらしい目でじろじろ見るのはよせ。後悔するようなことをしでかしてしまう前に部屋を出たほうがいい。ベッドサイドテーブルにグラスを置き、バスルームに行ってトラベルキットに入っていた鎮痛剤を二錠取って戻り、オレンジジュースのグラスの横に置いた。

未練がましくもう一度だけアナスタシア・スティールを見つめたあと——私が一緒に寝た最初の女だ——ランニングに出た。

走り終えて部屋に戻ると、初めて見る店の名前が入った袋がリビングルームに置いてあった。なかを確かめると、アナの新しい着替えが入っていた。ざっと見たところ、テイラーはいい仕事をしていた。しかも九時前にすべてそろえた。

驚異的な任務遂行能力だ。

彼女のバッグは、昨夜私が置いたままソファにある。寝室のドアは閉まっていた。彼女はまだ帰っていないし、おそらくまだ眠っている。

ほっとした。ルームサービスのメニューをすみずみまで検討し、朝食を注文することにした。彼女は腹ぺこで目を覚ますだろう。しかし、食の好みはさっぱり見当がつかない。そこでこんな贅沢《ぜいたく》は今回かぎりだと自分に言い訳しながら、朝食メニューに載っているものをすべて持ってきてもらうことにした。三十分ほどで届くという。

そろそろ麗しのミス・スティールを起こしておいたほうがいいだろう。睡眠時間はもう充分だ。

スポーツタオルと新しい服が入った袋を持ち、ノックしてから寝室のドアを開けた。よかった。彼女はもう目を覚ましてベッドに座っていた。鎮痛剤とジュースものんだようだ。いい子だ。

私が入っていくと、彼女の顔が青ざめた。

ふだんどおりに振る舞え、グレイ。誘拐容疑で告発されるなんてごめんだぞ。

彼女が目を閉じた。恥ずかしいのだろう。

「おはよう、アナスタシア。気分はどうだ?」

「思ったよりひどくない」彼女はもごもごと答えた。私は衣類の袋を椅子に置いた。こちらを向いた彼女の目は、ありえないほど大きく、ありえないほど青かった。髪はぼさぼさだが……それでも彼女は信じがたいほど美しかった。

「わたし、どうしてここに?」彼女が訊く。答えを知るのを恐れているような声だった。

安心させてやれ、グレイ。

私はベッドの端に腰を下ろし、事実だけを淡々と述べた。「失神したきみを大事な革張りの車に乗せてはるばるバンクーバーまで送っていくのは気が進まなかった。そこで、しかたなくここに連れてきた」

「あなたがベッドに寝かせてくれたの？」

「そうだ」

「また吐いちゃったりした？」

「いや」ありがたいことにな。

「服を脱がせたのもあなた？」

「そうだ」ほかの誰だと思う？

彼女は顔を赤らめ、青白かった頰にようやく少しだけ血の気が戻った。あの完璧な並びの前歯が下唇を嚙む。私は思わずうめき声を漏らしそうになるのをこらえた。

「あの、わたしたち——？」かすれた声だった。目はじっと自分の手を見つめている。

くそ、私を獣《けだもの》だとでも思っているのか？

「アナスタシア。きみは気を失っていた。私には反応のない体に性的魅力を感じる趣味はない」辛辣《しんらつ》な調子でそう答えた。「きちんと感じられて、きちんと反応する女性がいい」何もなかったとわかって安堵したのか、彼女の肩から目に見えて力が抜けた。ひょっとして、前にも似たようなことがあったのだろうか。飲みすぎて気を失い、見たこともない部屋のベッドで目を覚まし、同意のないまま見知らぬ男からファックされていたという経験があるとか？　それがあのカメラ小僧のいつもの手口なのかもしれない。そう思うと心が乱れた。しかしそこで、彼女が昨夜話していたことを思い出した——酔っ払うまで飲んだのは初めてだと言っていた。そうか、それなら心配ない。しじゅうこんなことを繰り返しているわけではないのだ。

「本当にごめんなさい」彼女は消え入りそうな声で言った。

くそ。もっと手加減してやるべきだったか。

「心乱される一夜だった。すぐには忘れられそうにない」これでいくらか慰められたはずだ。

ところが彼女は眉間に皺を寄せた。

「居場所を突き止めてなんて誰も頼んでない。ねえ、ジェームズ・ボンドが持ってるみたいな小道具でも使ったの？　いちばん高く買ってくれる人に売りつけるつもりで発明した技術とか？」

おっと。今度は怒っているらしい。どういうことだ？

「第一に、携帯電話の電波を追跡するテクノロジーは、インターネットを使えば簡単に手に入る」

まあ、厳密には簡単ではないが……

「第二に、私の会社はいかなる種類の監視装置の開発にも投資していないし、製造もしていない」

平常心を保つのはかなり困難になりかけていたが、最後まで言わずにはいられない。「第三に、私が行っていなかったら、きみは今朝、あのカメラマンのベッドで目を覚ますことになっていただろう。それに私の記憶に誤りがなければ、きみはカメラマン氏の自己本位な求愛をさほど喜んではいなかった」

彼女はぱちぱちと目をしばたたかせたあと、ふいにおかしそうに笑った。

笑っている。この私を、またしても！

「ねえ、中世ヨーロッパの歴史ドラマか何かから抜け出してきたの？　いまの言いかた、正義の騎士のせりふみたい」

おもしろがっている。私を挑発している……またしても。だが、その生意気な態度が新鮮に思えた。目新しくて痛快だった。とはいえ、自分は光り輝く鎧《よろい》に身を包んだ騎士だなどという幻想にとらわれてはいない。それは大いなる勘違いだ。勘違いさせておいたほうが好都合ではあるかもしれないが、私は騎士道や高貴さとは無縁の人間であると警告せずにすませるわけにはいかない。「アナスタシア。私はそうは思わないな。暗黒の騎士ならまだ理解できるが」ああ、本当のことを言えたら――いや、それより、どうして私の話などしているのだ？　私は話題を変えた。「昨夜は何か食べたのか」

彼女は首を振った。

やっぱり！

「きちんと食事をしなくてはいけないよ。空《す》きっ腹にいきなり飲むから、あんなに悪酔いするんだ。酒を飲む前の基本ルールだろう」

「お小言《こごと》はまだ続くの？」

「これは小言だと思うのか」

「ええ」

「小言程度ですんで運がいいと思うことだ」

「どういう意味？」

「きみが私のものなら、昨夜のような騒ぎを起こせば、尻が腫れて一週間はまともに椅子にも座れないだろうからだ。食事をせず、酒を飲みすぎ、危険に身をさらした」恐怖に胸を鷲づかみにされて、私はたじろいだ。なんと無責任でリスクを顧みない行動か。「きみがどうなっていたか、想像さえしたくない」

彼女は顔をしかめた。「べつに何事もなかったはず。ケイトと一緒だったし」

何かあったってあの女は知らん顔していただろうよ！

「あのカメラマンは？」私は鋭い声で言った。

「ホセはちょっと調子に乗っただけよ」彼女はそう言って私の心配を退け、乱れた髪を肩から払いのけた。

「次に調子に乗ることがあったら、誰かが規律を叩きこんでやるべきだろうな」

「規律、規律ってうるさいのね」彼女が噛みつくように言った。

「アナスタシア。このくらいはまだ序の口だ」

ベンチに拘束され、尻に力を入れることができないよう、皮をむいたショウガをアヌスに押しこまれた彼女の姿が思い浮かぶ。お仕置きとして、その尻にベルトやストラップが振り下ろされる。いいね……それで彼女も無責任な行為を慎むことを覚えるだろう。想像しただけでぞくぞくする。

彼女は目を見開き、放心したような顔で私を凝視していた。急に居心地が悪くなった。まさか私の心が読めるのか？　それとも単にこの整った顔に見とれているだけか？

「シャワーを浴びてくる。きみが先に浴びたければ、順番を譲るが」私は言った。しかし彼女はまだぼんやりと私を見ている。そうやって口をぽかんと開けていても、やはり彼女は美しい。その魅力に抗うのは不可能に近かった。少し触れるくらいかまわないだろうと自分に言い訳しながら、私は親指で彼女の頬の輪郭《りんかく》をなぞった。そのまま下唇に触れると、彼女が息を呑む気配が伝わってきた。

「息をしなさい、アナスタシア」私はささやくように言って立ち上がり、あと十五分ほどで朝食が運ばれてくるはずだと伝えた。彼女は黙っている。あの生意気な口が珍しく何も言い返さなかった。

バスルームに入り、深呼吸をした。それからスウェットスーツを脱いでシャワーブースに入った。一発抜きたい気分だったが、現場を見つかったらという遠い昔に刷りこまれた恐怖が蘇って、一気に萎《な》えた。

エレナがいい顔をしないだろう。三つ子の魂百まで。

頭からシャワーを浴びながら、挑発的なミス・スティールとのたったいまのやりとりを思い返した。彼女はまだここにいる。私のベッドにいる。つまり、私を生理的にいやがっているわけではないということだ。指先に伝わってきた、彼女が息を呑む気配。部屋を動き回る私をじっと追っていた目。

そうさ。希望はある。

しかし、彼女はサブミッシブ向きだろうか。

BDSMの世界をまるで知らないのは明らかだ。最近の大学生がどんな婉曲語を使うのか知らないが、〝ファック〟や〝セックス〟に類する言葉を口にすることさえできないらしいのだから。うぶもいいところだ。あのカメラ小僧のような相手と軽いペッティングくらいはしたことがあるかもしれないが。

彼女がほかの男とペッティング。想像しただけで腹が立った。

その気はあるかと単刀直入に訊けばいいではないか。

だめだ。彼女が私との関係を受け入れるにしても、自分がどのような行為に同意しようとしているのか、事前に知らせなくてはならない。

朝食のテーブルをはさんで、もう一度舌戦を交えてみよう。

石鹼の泡を洗い流し、アナスタシア・スティールとのラウンド2に備えて気持ちを落ち着けようと、熱い湯を頭から浴びた。湯を止め、ブースから出てタオルを取る。湯気で曇った鏡をさっとのぞき、今日は髭剃りを省略することにした。そろそろ朝食が届く。腹が減って死にそうだ。大急ぎで歯を磨いた。

バスルームのドアを開けると、彼女はベッドから出てジーンズを探していた。私に気づいて顔を上げ、暗闇で突然ヘッドライトに照らされた子鹿そのものの目をしてこちらを見た。すらりと伸びた脚、大きな目。

「ジーンズを探しているなら、ランドリーサービスに預けてある」すばらしく美しい脚だ。パンツで隠してしまうなどもったいない。彼女が怒ったように目を細めた。何か文句があるのだと思い、先回りして言った。「吐物まみれだったからね」

「あ」彼女がつぶやいた。

なるほど。〝あ〟か。まあ、そのくらいしか言うことはないだろうね、ミス・スティール。

「ティラーに新しいジーンズと靴を買ってこさせた。その椅子の上の袋に入っている」私は袋のほうにうなずいた。

彼女が眉を吊り上げた。驚いて、だと思う。「じゃ……シャワーを浴びてきます」ぼそりと言い、それから思い出したように付け加えた。「ありがとう」

袋をつかみ、私を迂回してバスルームに飛びこむ。ドアに鍵をかける音がした。

ふむ……一秒でも早くバスルームに逃げこみたいといった勢いだった。

一秒でも早く私から逃げたかったか。

やや楽観的に考えすぎていたかもしれない。

落胆しながら、タオルでさっと体を拭って服を着た。リビングルームでメールをチェックしたが、急ぎの用件は特にない。途中でドアにノックの音が響いた。ルームサービスの若い女性スタッフ二人組だった。

「朝食はどちらにご用意いたしましょうか」

「ダイニングテーブルに頼む」

私は寝室に戻った。ふたりがこそこそ盗み見ているのがわかったが、無視した。注文した食事の量を思うと罪悪感にとらわれた。私と彼女だけではとうてい食べきれないだろう。

「朝食が届いた」私はバスルームのドアを軽くノックして言った。

「あ、はい、すぐ行きます」アナの声はいくぶんくぐもって聞こえた。

リビングルームに取って返すと、テーブルを料理の皿が埋め尽くしていた。ホテルのスタッフの一方、黒髪に黒い目をしたひとりが伝票を差し出した。私はそれにサインをしたあと、財布から二十ドル札を二枚抜いてふたりに渡した。

「ご苦労様」

「お食事がすみましたら、ルームサービスにお電話ください。お皿を下げにまいります」黒い目のほうが媚びた表情で言った。それ以上のサービスも受け付けますとでも言いたげだった。

私が冷たい笑みを向けると、媚びた表情はすっと消えた。

新聞を取ってテーブルにつき、コーヒーを注ぐと、アナを待たずにオムレツを食べ始めた。電話がぶるっと震え、エリオットから携帯メールが届いたことを知らせた。

〈アナがまだ生きてるか、ケイトが心配してる〉

私は声を立てずに笑った。名ばかりの親友がアナの心配をしているとは、意外だ。それにエリオットの奴、たまには〝休チン日〟が欲しいとあれだけ言っていたくせに、結局は酷使する羽目になったわけだ。私は返事を送った。

〈生きてるどころかぴちぴちしている(^^)〉

数分後、アナが現われた。髪は湿ったままで、女性らしいデザインの、瞳と同じブルーのブラウスを着ていた。テイラーの奴、なかなかいい趣味をしている。彼女はとても美しかった。部屋を見回し、自分のバッグに目を留めた。

「ケイト!」唐突に叫ぶ。

「きみがここにいて、まだ無事に生きていることは知っているはずだ。エリオットにメールで知らせておいたから」

彼女は返事の代わりに弱々しい笑みを浮かべ、テーブルに近づいてきた。

「座って」私は彼女の分のカトラリーがセットされた席を指さした。彼女はテーブルに並んだ大量の料理を見て眉をひそめた。私の罪悪感はなおも深まった。

「きみの好みがわからなかったから、朝食のメニューにあるものをひととおり注文した」私は言い訳がましくつぶやいた。

「ずいぶんな散財ぶりですこと」彼女がぼそりと応じる。

「まあ、そうかもしれないな」罪悪感がピークに達した。しかし彼女がパンケーキとスクランブルエッグ、ベーコン、メープルシロップを自分の皿によそい、食欲旺盛《おうせい》に食べ始めたのを見て、私は自分を許すことにした。彼女が食べる姿を見ているだけでうれしい。

「紅茶は？」私は尋ねた。

「いただきます」彼女は食べる合間に答えた。よほど腹が減っているらしい。私は湯の入った小ぶりなティーポットを彼女の前に置いた。ちゃんとトワイニングのイングリッシュ・ブレックファスト・ティーであることに気づいて、彼女は幸せそうな笑みを私に向けた。

その笑顔を見て、息が止まりそうになった。ふいに落ち着かない気分になった。

またもや期待感が頭をもたげた。

「髪が濡れたままだ」私は言った。

「ヘアドライヤーが見つからなかったから」気まずそうな返事だった。

まったく、風邪をひいても知らないぞ。

「服、ありがとう」

「どういたしまして、アナスタシア。その色は似合うね」

彼女は目を伏せて自分の手を見つめた。

「きみは褒《ほ》め言葉を素直に喜ぶことを学ぶべきだよ」

他人から褒められた経験があまりないのだろう……しかし、なぜだ？　飾り気がないとはいえ、これほどの美人なのに？

「服の代金をお返ししなくちゃ」

なんだって？

私は彼女をにらみつけた。彼女は早口に付け加えた。「本ももらったし。もちろん、あれは受け取れません。でも、この服は……この代金は返させてください」

やれやれ。

「アナスタシア。本当に、私にはなんでもない金額なんだよ」

「そういう問題じゃなくて。だって、買ってもらう理由がないでしょ？」

「私には買う金がある。それが理由だ」私はとてつもない大金持ちなんだよ、アナ。

「お金があるからって、あなたが支払う理由にはなりません」彼女の声は静かだった。しかし、ふいに落ち着かない気持ちになった。この女は私の心が読めるのではないか。よこしまな考えをすべて見透かされているのではないか。「あの本を送ってきたのはどうしてなの、クリスチャン？」

きみにまた会いたかったからさ。思惑どおり、こうしてまた会えた……

「きみが危うく自転車にぶつかられそうになったとき──私に抱き寄せられたきみがこちらを見上げて、〝キスして、キスして、クリスチャン〟と無言で訴えたとき──」あの瞬間が蘇って私はいったん言葉を切った。私の体にぴたりと押しつけられた彼女の体の感触。くそ。私は肩をすくめてその記憶を振り払った。「きみに謝罪と警告をしなくてはならないと考えた。アナスタシア、私は女性に花束を贈るような種類の男ではない。ロマンチックな恋愛にはまるで興味がないんだ。私の嗜好《しこう》は一般的な種類のものとは違っている。だから、私には近づかないことだ。ただ、きみには特別な何かを感じる。近づかずにいることができない。おそらくそのことはきみもすでに察しているだろうが」

「だったら、近づいてくれればいいのに」彼女がささやくように言った。

え？

「きみは自分が何を言っているのかわかっていない」

「そう思うなら、教えて」

彼女の言葉は私の股間に直行した。

くそ。

「じゃあ、あなたはセックスレスの人というわけじゃないのね」

「そう、アナスタシア、私は禁欲主義者ではない」きみを縛らせてもらえるなら、いまここでそのことを証明してみせられるのに。

彼女が目を見開き、頬をピンク色に染めた。

ああ、アナ。

実際に見せるしかない。それしか彼女の意向を確かめる方法はない。「これから数日の予定は？」私は尋ねた。

「今日はアルバイト。お昼から。あ、いま何時ですか」彼女はあわてた様子で叫んだ。

「十時を回ったところだ。時間は充分にある。明日は？」

「ケイトと荷造りを始めることになってます。今度の週末にシアトルに引っ越すから。今週はずっとクレイトンのアルバイトです」

「引っ越し先はもう決まっているのかな」

「はい」

「住所は？」

「番地は覚えてません。パイクプレース・マーケット地区」

「私の家からすぐだな」いいぞ！「シアトルではどんな仕事を？」

「何社かのインターンシップに応募してるところで、いまは連絡待ちです」

「私の会社にも応募したね？ そのように提案したと思うが」

「いえ……してません」

「私の会社のどこが気に入らない？」

「あなたの会社《カンパニー》、それともあなたとの会話《カンパニー》？」彼女はそう言って片方の眉を吊り上げた。

「私を笑っているのか、ミス・スティール？」愉快な気分を隠せない。

ああ、この女を調教するのはさぞ楽しいだろう……挑発的で腹立たしい女。

彼女は食べかけの朝食の皿に目を落として下唇を嚙んだ。

「その唇を嚙みたい」私は低い声で言った。それは本心だった。

彼女がはっと顔を上げ、椅子の上でそわそわと身動きをした。それから、顎を持ち上げるようにし、挑むような目で言った。「だったら嚙めばいいのに」静かな声だった。

よせ。そそのかさないでくれ、ベイビー。だめなんだ。いまはまだ。

「きみに触れるつもりはないからだ、アナスタシア——書面で同意を得るまでは」

「それ、どういう意味？」

「文字どおりの意味だよ。とにかく見てもらうまで話になりそうにないな、アナスタシア」実際にその目で見て、理解してもらうまでは。「今日のアルバイトは何時まで？」

「八時ごろまでです」

「今日の夜か、土曜の夜にシアトルに行こうか。私の家で食事をしよう。そのときに実物を見せて説明する。今日でも土曜でも、きみの都合に合わせるよ」

「どうしていま教えてくれないの？」

「いまは朝食やきみとの会話を楽しみたいからだ。事実を知れば、おそらくきみは私の顔を二度と見たくないと考えるだろう」

私の言ったことの意味を考えているのだろう、彼女はつかのま眉根を寄せた。それから言った。「じゃあ、今夜」

おっと。決断が早いな。

「イヴと同じで、知恵の木の実はすぐにでも食べたいらしい」私はからかうように言った。

「わたしを笑ってるんですか、ミスター・グレイ？」

私は目を細めて彼女をにらみつけた。

いいだろう、ベイビー。忘れるな、きみが自分で選んだことだ。

電話を取り、短縮ダイヤルでテイラーにかけた。即座にテイラーが出た。

「ミスター・グレイ？」

「テイラー。チャーリー・タンゴの手配を頼む」

私がEC135をポートランドに待機させるよう指示しているあいだ、彼女はじっと私の顔を見ていた。

私が考えていることを具体的に説明し、現物を見せる。そのあとどうするかは彼女が決めることだ。一目見るなり家に帰りたいと言うかもしれない。パイロットのステファンにも待機してもらっておいたほうがいいだろう。万が一、彼女が私とは金輪際関わりたくないと言った場合に、代わりにポートランドまで送り届けてもらう。彼の出番がないことを切に願うが。

そのとき初めて気がついた。彼女をチャーリー・タンゴに乗せてシアトルに連れていけると思っただけで、私は有頂天になっている。

これもまた〝初めて〟だ。

「二十二時三十分からエスカーラにパイロットを待機させてくれ」私はテイラーに念を押して電話を切った。

「いつもこの世の全員があなたの命令に従うの？」彼女の声にははっきりと非難が込められていた。今度は私を叱ろうとでもいうのか？　生意気もそこまで行くとうっとうしい。

「そう、だいたいは従うな。クビになりたくなければ」私が雇用している人間をどう扱おうと私の勝手だろう。

「あなたに雇われてない人は？」

「私がその気になればどんな相手でも説得できるんだよ、アナスタシア。さあ、朝食を食べなさい。家まで送っていこう。今夜は八時にクレイトンに迎えにいく。そのあとシアトルに飛ぶ」

「飛ぶ？」

「そうだ。ヘリを用意させた」

彼女がぽかんと口を開け、唇が小さなOの字を作った。胸のすく光景だった。

「ヘリコプターでシアトルに行くの？」

「そうだ」

「どうして？」

「私にはその金があるから。それが理由だ」私はにやりとした。ときどき、私でいること自体がとてつもなく痛快に思えることがある。「さあ、早く食べなさい」

彼女は驚きのあまり身動きもできずにいるらしい。

「食べなさい」少し強い口調で繰り返した。「アナスタシア。食べ物を無駄にするのはきらいなんだ。食べなさい」

「こんなに食べきれない」彼女の目がテーブルの料理を見回す。罪悪感がぶり返した。たしかに、ふたりで食べるには多すぎる量の料理がある。

「その皿に取った分だけでいい。昨日、まともに食事をしていたら、きみはいまごろここにはいなかったろう。きみがいまここにいなければ、これほど早く手の内を明かそうと考えなかった」

ちくしょう。私はたぶん、とんでもない間違いを犯そうとしている。

彼女は上目遣いに私をうかがいながら、皿の上の料理をフォークで追い回していた。やがて唇の端が小刻みに上下した。

「何がそんなにおかしい？」

彼女は首を振り、パンケーキの最後の一切れを口に入れた。私は吹き出したいのをじっとこらえた。やれやれ、この女には驚かされてばかりだ。臆病で、何をするか予想がつかなくて、自由闊達《かったつ》で。見ているとどうしても笑いたくなる。だがもっと意外なのは、自分のことまで笑いたくなることだ。

「いい子だ。さて、家に送っていこうか。ただし、その髪を乾かしてからだ。風邪などひいてもらいたくはないからね」私は言った。

今夜に備えて体力を温存しておくべきだよ。私が教える予定でいるものに備えて。

彼女が唐突に立ち上がった。つい〝誰が立っていいと言った？〟と叱りつけそうになって、口をつぐんだ。

彼女はおまえのサブミッシブではないんだぞ、グレイ……いまのところはまだ。

寝室に戻ろうとして、彼女はソファのそばで足を止めた。

「ゆうべはどこで寝たの？」

「ベッドで寝た」きみと。

「そう」

「私にとっても目新しい経験だったよ」

「一緒のベッドで寝たのに……セックスはしなかったことが？」

おやおや、初めて〝セックス〟と言ったぞ……案の定、またもや頬をピンク色に染めている。

「違う」

どう言ったらいい？　なんと説明しても奇妙に聞こえるだろう。

ありのままを話せばいいだろう、グレイ。

「他人と同じベッドで寝たことが、だ」そう言ってさりげなく新聞のスポーツ欄に視線を戻し、マリナーズの昨夜の戦いぶりを絶賛する記事を読んでいるふりをしながら、寝室に戻る彼女の後ろ姿を盗み見た。

な、口に出してみればべつに奇妙な話でもなんでもなかっただろう？

ミス・スティールと次のデートの約束を取りつけた。いや、デートではないか。まずは私を知ってもらうところからだ。私はふうと息を吐き、オレンジジュースの残りを飲み干した。今日はきわめて刺激的な一日になりそうだ。まもなくヘアドライヤーの音が聞こえてきて、私は満足した。一方で、彼女が言われたことに従ったのを意外に思った。

彼女を待つあいだにホテルのフロントに電話をかけ、車をエントランスに回しておいてくれと頼んだ。それから念のため、彼女の住所をグーグルマップで再確認した。次にアンドレアに携帯メールを書き、秘密保持契約書《NDA》をメールで送ってもらった。アナが本当に知りたいなら、口外しないと誓ってもらわなくてはならない。そのとき電話が鳴った。ロズからだった。

ロズと電話で話している最中にアナが寝室から出てきてバッグを拾い上げた。ロズはダルフールの話をしていたが、私の注意はミス・スティールに引きつけられていた。バッグをかき回し、ヘアゴムを見つけてほっとしたような顔をしている。

彼女の髪は美しい。艶やかで長く豊かだ。あの髪を三つ編みにしてみたいとぼんやり考えた。彼女は髪をひとつに結んでジャケットを着ると、ソファに座って私の電話が終わるのを待った。

「……わかった。やろう。状況をまめに報告してくれ」私はロズとの通話を終えた。ロズが奇跡的な手腕を発揮してあらゆる手はずを整え、ダルフール向けの支援物資を無事に届けるめどがついていた。

「支度はいいか？」私はアナに確かめた。彼女がうなずく。私は自分のジャケットを着て車のキーを持ち、ドアを開けて彼女を先に通した。長い廊下を歩いていると、彼女が長いまつげの下から上目遣いに私のほうをうかがった。唇に小さな笑みを浮かべている。それを見て、私の唇の端もひくついた。

まったく、ほかの女と何が違うというのだろう？

エレベーターが来た。彼女を先に乗せ、私は一階のボタンを押した。扉が閉じる。せまい空間にふたりきりでいると、彼女の存在を痛烈に意識した。彼女の甘い香りが五感を刺激する……彼女の呼吸のリズムが変わった。かすかに速くなっている。あのきらめくブルーの瞳が私を誘うようにこちらを見上げた。

くそ。

彼女が唇を噛む。

わざとやっている。ほんの一瞬、その官能的で魅惑に満ちた眼差しの引力から逃れられなくなった。彼女も目をそらさない。

私は勃起《ぼっき》していた。

瞬時に。

この女が欲しい。

ここで。

いますぐ。

エレベーターのなかで。

「くそ、同意なんかくそくらえだ」いつしかそうつぶやいていた。本能に衝き動かされるままに彼女を壁に押しつけた。体をまさぐられないよう、彼女の両手をつかんで頭上に持ち上げ、もう一方の手で彼女の髪を引いて上を向かせる。唇が彼女の唇を探し当てた。

彼女が低くうめく。私の耳にはまるでセイレンの歌声のようだった。ようやく彼女の味を確かめることができた。ミントと紅茶。甘く熟れた実をたわわにつけた果樹園。外見から想像していたとおりの味だった。豊かな時代を思い出す。ああ。彼女が欲しい。彼女の顎をつかみ、舌をもっと奥まで差し入れた。彼女の舌がおずおずと伸びてきて……私の舌を探った。迷いながら感触を確かめている。私のキスに応えている。

ああ。まるで楽園だ。

「きみは……たまらなく……美しい」私は唇を押し当てたままささやいた。もう何も考えられない。彼女の香りと味に酔いしれていた。

エレベーターが停止し、扉が開き始めた。

正気にかえれ、グレイ。

私は体を離し、彼女から触れられない距離を置いて立った。

彼女は息を弾ませている。

私もだ。

こんなふうに自制心を失ったのはいつ以来だろう？

ビジネススーツの男が三人乗ってきて、心得顔で私たちを見比べた。

私は階数ボタンのパネルの上に貼られたポスターに気を取られているふりをした。ヒースマン・ホテルでロマンチックな週末をという広告だった。アナのほうを横目でうかがい、息を吐いた。

彼女が小さく微笑む。

私の唇の端がまたしてもひくついた。

この女は私にいったい何をした?

エレベーターが二階で停まり、三人組が降りて、私とミス・スティールはふたたびふたりきりになった。

「歯を磨いたんだな」私は皮肉なユーモアを込めて言った。

「あなたの歯ブラシを借りてね」彼女はいたずらっぽく目をきらめかせた。

そうだろう……なぜか愉快になった。痛快だ。私は笑みを押し殺した。「やれやれ、アナスタシア・スティール。きみはまったく困った人だな」一階に着いてエレベーターの扉が開き、私は彼女の手を取って降りながら、独り言のようにつぶやいた。「エレベーターという場所は、人を狂わす力を持っているらしい」彼女が訳知り顔でこちらをちらりと見る。私たちは磨き抜かれた大理石張りのロビーを横切った。

車はホテル正面の車寄せのひとつで待っていた。駐車場係がその前をそわそわと行ったり来たりしている。私はチップをたっぷりはずみ、助手席のドアを開けてアナを乗せた。彼女は無言で何か考えこんでいる様子だった。

それでも、私から逃げずにまだここにいる。エレベーターで襲いかかったにもかかわらず。その一件について何か言うべきだろう。だが、何を言えばいい？悪かったと謝る？ご感想はと訊く？きみは私にいったい何をしたんだと尋ねる？

エンジンをかけた。ここは言わぬが吉だろうと思った。ドリーブの『花の二重唱』の鎮静効果を持った旋律《せんりつ》が車内を満たし、私は肩の力を抜いた。

「これ、なんて曲？」サウスウェスト・ジェファーソン・ストリートに入ったところで、アナが訊いた。私は曲名を教え、気に入ったかと尋ねた。

「クリスチャン、これってものすごくきれいな歌」

自分のファーストネームが彼女の口から発せられるのを聞いて、不思議な喜びを覚えた。彼女はもう五、六回は私の名を口にしているが、そのたびに響きが違っていた。今日は感動が込められていた。音楽に対する感動。彼女がこの曲を気に入っているとわかってうれしかった。私の大好きな曲のひとつでもある。いつしか私は微笑んでいた。エレベーターで欲望を炸裂《さくれつ》させた一件は不問に付されたらしい。

「もう一度、頭から聴いていい？」

「もちろん」私はタッチパネルに軽く触れ、同じ曲をもう一度再生した。

「クラシックが好きなの？」フレモント・ブリッジにさしかかったころ、彼女が訊いた。それをきっかけに、私の音楽の好みについてくつろいだ会話が始まった。まもなくハンズフリーに設定していた電話に着信があった。

「グレイだ」

「ミスター・グレイ。ウェルチです。ご依頼の情報が入りました」ああ、カメラ小僧の前科か。

「よし。メールで送ってくれ。ほかには？」

「それだけです、サー」

私はボタンを押して電話を切った。音楽がふたたび鳴り始める。私たちは無言で聴き入った。このときはキングス・オブ・レオンの骨太な音が流れていた。だが、じっくり聴いている暇はなかった。また電話がかかってきて、音楽鑑賞のひとときはまたしても中断した。

えい、くそ。

「グレイだ」

「いまNDAをメールしました、ミスター・グレイ」

「よし。ほかに用はないよ、アンドレア」

「失礼します、ミスター・グレイ」

私はアナの表情を盗み見た。いまの会話で何か察しただろうか。しかし彼女はウィンドウの外のポートランドの景色を見つめていた。気を使って、電話のやりとりを聞いていないふりをしているのだろう。運転に集中するのは至難の業《わざ》だった。彼女をただ見ていたかった。不器用なところはあっても、耳の裏から肩にかけて唇でたどりたくなるような美しい首筋をしている。

くそ。私はシートの上で座り直した。彼女が秘密保持契約書に同意してくれることを祈った。私の提案を受け入れてくれることも。

州間高速五号線に乗ったところで、また電話がかかってきた。

エリオットからだ。

「よう、クリスチャン。ものにしたか？」

どうどう……落ち着け、グレイ。落ち着け。

「おはよう、エリオット。念のため言っておくが、スピーカーフォンモードになっている。さらに言えば、車に同乗者がいる」

「誰だ？」

「アナスタシア・スティール」

「やあ、アナ！」

「おはよう、エリオット」彼女は快活に応えた。

「きみの噂《うわさ》はたっぷり聞いたよ」エリオットが言った。

まったく。どんな噂だ？

「ケイトの言うことは話半分以下で聞いておいて」朗《ほが》らかな声だ。

エリオットが笑った。

「そろそろアナスタシアをそこで下ろす。ついでに拾おうか？」私はふたりのやりとりをさえぎった。

エリオットのことだ、緊急脱出の口実を探しているに違いない。

「頼む」

「すぐだ。待っていてくれ」私は電話を切った。

「ねえ、〝アナスタシア〟にこだわるのはどうして？」

「それがきみの名前だからだ」

「わたしは〝アナ〟のほうが好きなんだけど」

「ふん、そうか」

〝アナ〟という名は彼女には平凡すぎる。それに耳に慣れすぎている。ああ、その二文字に隠れた破壊力ときたら……

そう考えたとき、彼女に拒絶されたら、その衝撃は計り知れないだろうと思った。断られた経験がないわけではない。しかし、ここまで……そう、すべてがこれに懸かっているように感じるのは初めてだ。まだよく知りもしないのに、彼女が欲しい。独り占めしたい。私が追う立場になったのは初めてだからかもしれない。

グレイ、そう先走るな。ルールに従え。さもないと大惨事に終わるぞ。

「アナスタシア」またそう呼んだことに対する彼女の非難がましい視線を無視して、私は続けた。「エレベーターでのことだが——二度とあのようなことは起きない。事前にプランニングした場合は例外として」

彼女は黙りこんだ。私は彼女のアパートの前に車を停めた。彼女が何か言う前に車を降り、助手席側に回ってドアを開けた。

歩道に降り立った彼女は、私を一瞥してぼそりと言った。「エレベーターでのこと——わたしはうれしかったのに」

え、本当に？ 彼女の言葉に、私は思わず動きを止めていた。うれしい驚きだった。意外性に満ちたミス・スティール。彼女はさっさと玄関前の階段を上っていく。私はあわててそのあとを追った。

なかに入ると、エリオットとケイトが顔を上げた。学生のふたり暮らしにふさわしい、家具の乏しい部屋にぽつんと置かれたダイニングテーブルについている。書棚の脇に引越用の段ボール箱がいくつか置いてあった。エリオットはリラックスした様子をしていた。一刻も早くここから逃げたいという焦りはかけらもない。驚きだ。

ケイトが跳ねるように立ち上がり、アナをハグしながら、疑いの眼差しで私の全身を眺め回した。

私が親友に何をしたと疑っているのだ？

私は自分が何をしたいかちゃんとわかっている……

ケイトはアナの両肩に手を置いてそっと押しやり、彼女の無事を確かめるように見つめた。

その様子を見て安心した。ケイトのほうもアナを大切な親友だと思っている。

「おはよう、クリスチャン」ケイトの声は冷たく横柄《おうへい》だった。

「おはよう、ミス・キャヴァナー」ようやく親友に関心を示したなといやみのひとつも言ってやりたいところだったが、自制した。

「クリスチャン。彼女の名前はケイトだ」エリオットがどこかいらだたしげに言った。

「ケイト」しかたなく言い直した。単に礼儀として。エリオットがアナを抱き締めた。もうそのくらいでいいだろうと言いたくなるくらい長い抱擁だった。

「やあ、アナ」エリオットは顔全体をほころばせて微笑んだ。

「おはよう、エリオット」彼女も微笑んだ。

もういい、もう充分だ。「エリオット、行こう」ついでに言わせてもらえば、その手を離せ。

「わかった」エリオットはようやくアナから離れると、今度はケイトを抱き寄せて、やけに長いキスを交わした。

おいおい、勘弁してくれ。

アナは居心地悪そうにしている。当然だろう。しかし私の視線に気づいてこちらを向くと、怒ったように目を細めた。

何を考えている？

「またな、ベイビー《レーターズ》」エリオットがよだれを垂らしそうな顔でケイトに言った。

頼むよ、そのでれでれした顔はなんだ。みっともない。

アナはとがめるような目でまだ私を見つめている。エリオットとケイトのべたべたぶりを見たくないからかと思ったが——そうか！　彼女もこれを求めている。露骨《ろこつ》なくらいの愛情を示されたいと思っているのだ。〝ロマンチックな恋愛にはまるで興味がないんだ……〟。

髪が一筋、彼女が軽く首をかしげ、彼女の額に落ちかかっていた。私は反射的にその髪を耳の後ろに押しやった。私は驚いた。彼女は私の手に頬を押し当てるようにした。その愛情のこもった身ぶりに私は驚いた。親指であの柔らかな下唇に触れた。もう一度キスしたい。だが、できない。同意を得るまではだめだ。

「またな、ベイビー《レーターズ》」私はそうささやいた。彼女の表情がふっとゆるみ、笑みを作った。

「じゃあ、今夜八時に」私は名残惜しく思いながら向きを変え、玄関のドアを開けた。エリオットも一緒にアパートを出た。

「くそ、寝不足だよ」車に乗りこむなり、エリオットが言った。「彼女、ものすごく積極的でさ」

「へえ」私は皮肉が滴《したた》るような声で言った。逢い引きの一部始終を聞かされたらたまらない。「そっちはどうだった、プレイボーイ？　ついに童貞を捨てたか？」

私は横目で兄を一瞥した——〝くたばりやがれ〟。

エリオットは笑った。「おまえってほんと、お堅くてつまらない野郎だよな」エリオットはシアトル・サウンダーズの帽子を顎まで引き下ろすと、シートの上で尻をずり下げて昼寝の態勢に入った。

私はステレオの音量を上げた。

寝られるものなら寝てみろよ、レリオット！

ふう。兄がうらやましい。女の扱いに慣れていて、いつでもどこでも眠れて……しかもつまらない野郎ではない兄が。


ホセ・ルイス・ロドリゲスの身辺調査の結果、一度だけマリファナ所持で違反切符を切られていることが判明した。性犯罪での前科はなかった。私が邪魔していなかったら、昨夜、最初の性犯罪を犯すことになっていたのかもしれない。あの小僧はマリファナをやるのか。アナの前では吸わずにいてくれていることを願った。アナ当人にも吸ってもらいたくない。

アンドレアのメールを開き、秘密保持契約書をエスカーラの自宅の書斎のプリンターに送った。プレイルームに案内する前にこの書類にサインしてもらわなくてはならない。次に、魔が差したとでも言うべきか、自信過剰のせいか、あるいはこれまで経験したことのない楽観主義からか——どれが当たっているのかわからない——ドミナント／サブミッシブ契約の雛型に彼女の氏名と住所を入力し、それも書斎のプリンターに送った。

ドアをノックする音が聞こえた。

「よう、プレイボーイ。ハイキングでも行こうぜ」エリオットがドア越しに言った。

おやおや……子供が昼寝から起きてきたぞ。

マツ、湿った土、春の終わりの温もり。自然の香りは鎮痛剤のように私の神経を落ち着かせてくれた。子供時代の楽しい思い出が蘇った。養父母の注意深い目に見守られながら、エリオットや妹のミアと森を駆け回った日々。静けさ、どこまでも続く森、解放感……踏み締められたマツ葉が立てる音。

雄大な自然に抱かれていると、すべてを忘れられる。

悪夢からの避難所だ。

エリオットは際限なくしゃべり続けている。私はときおり思い出したように相槌を打つだけでいい。ウィラメット川の砂利敷きの岸を歩いているあいだも、気づくとアナスタシアのことばかり考えていた。これほど甘い期待が心に満ちあふれるのはいつ以来だろう。私の胸は高鳴っていた。

私の提案を受け入れてくれるだろうか。

隣で眠っていた彼女を思い浮かべる。柔らかで、華奢で……思い出すだけで股間が期待にうずいた。あのとき、彼女を起こしてファックすることもできた――それもまた目新しい経験になっていただろう。

じきに彼女とファックできる。

手足を拘束し、あの生意気な口に枷を嚙ませてファックする。

クレイトンの店は静かだった。最後の客は五分ほど前に帰っていき、私は――またしても――いらいらと指先で膝を叩きながら待っている。私は忍耐強いほうではない。エリオットとかなりの長距離を歩いたのに、それでも有り余るエネルギーを消費しきれていなかった。エリオットはケイトと一緒にヒースマンで食事をしている。二日連続で同じ女とデートするなど、エリオットには珍しいことだ。

店内の蛍光灯がふいに瞬いて消え、正面の入口が開いて、アナがポートランドの暖かな夜の通りに現われた。私の心臓は早鐘を打ち始めた。ついにその時がきた。新しい関係の始まり。あるいは、終わりの始まり。アナは一緒に出てきた若い男にじゃあねと手を振った。この前ここで会ったのとは別人だ。男は私の車に向かって歩き出した彼女の尻を目で追っていた。テイラーが車のドアを開けて降りようとしたが、私は引き止めた。ここは私が行くべきだ。車を降りて、ドアを押さえて彼女を待った。初めて見る男は店の戸締まりに忙しく、ミス・スティールをいやらしい目で追うのはやめていた。

近づいてきた彼女は、唇の端をほんのわずかに持ち上げて気恥ずかしげな笑みを作っていた。ポニーテールに結った髪が夜のそよ風に揺れていた。

「こんばんは、ミス・スティール」

「こんばんは、ミスター・グレイ」彼女は黒いジーンズを穿いていた。またジーンズか。後部座席に乗りこみ、テイラーにも挨拶の声をかけた。

私は隣に乗りこみ、彼女の手を取った。車はポートランドのヘリポートに向けて無人の通りを走り出した。「アルバイトはどうだった？」私は彼女の手の感触を慈《いつく》しむようにしながら尋ねた。

「長かった」彼女の声はかすれていた。

「私も一日を長く感じたよ」

ただ待つだけだったこの二時間ほどは、地獄のようだったよ！

「今日は何したの？」

「エリオットとハイキングに出かけた」彼女の手は温かく柔らかだった。しっかりとつながれた私たちの手を彼女がちらりと見下ろした。私は親指で彼女の指の関節をそっとなでた。彼女が息を呑む気配がし、私たちの視線がぶつかり合った。彼女の目の奥に欲望が見えた……期待も。どうか提案を受け入れてくれますように。

ありがたいことに、ヘリポートまではあっという間のドライブだった。車を降りるなり、私はまた彼女の手を取った。彼女はどこか困惑したような表情を浮かべていた。

そうか。ヘリコプターはいったいどこにあるのかと不思議に思っているらしい。

「覚悟はいいか？」私は尋ねると、彼女はうなずいた。私は彼女の手を引いて建物に入り、エレベーターに向かった。彼女が意味ありげな目をして私を見上げた。

今朝のキスのことを思い出している。私もだ。

「たった三階上がるだけだ」私は言った。

エレベーターのなかで、私は頭のなかのメモ帳に新たな項目を加えた。いつかエレベーターで彼女とファックすること。彼女が契約に応じてくれたらという条件つきだが。

屋上でボーイング・フィールドから到着したばかりのチャーリー・タンゴが待機していた。ここまで操縦してきたパイロットのステファンの姿はない。しかしポートランドのヘリポートを管理しているジョーは、小さなオフィスで待っていた。私が彼に気づくと、軽く会釈をした。私の祖父よりもっと年配の男性で、ジョーが知らないことはそもそも必要な知識ではないと言っていいほど航空機に詳しい。朝鮮戦争では負傷者搬送ヘリのパイロットを務めていたとかで、身の毛のよだつような経験をいくつもしてきている。

「こちらが今夜のフライトプランです、ミスター・グレイ」ジョーが言い、その声の重みが初めて彼の年齢を感じさせた。「外観点検はすませておきました。準備完了です。いつでも離陸できますよ」

「ありがとう、ジョー」

アナの顔をちらりとうかがった。興奮しているようだ。私もわくわくしている。初めての経験だからだ。

「行こう」また彼女の手を取り、ヘリポートを横切ってチャーリー・タンゴに近づいた。ユーロコプターが製造している同クラスのヘリコプターのなかでもっとも安全性の高いモデルで、操縦も楽しい。この機は私の誇りであり、喜びでもある。ドアを開けてアナを先に乗せた。彼女はよじ登るようにして乗りこみ、私も続いて乗りこんだ。

「そっち側だ」私は前列のシートを指さした。「座って——そのへんのものにむやみに手を触れないように」意外なことに、アナはおとなしく言われたことに従った。

シートに腰を下ろすと、彼女は畏敬の念と好奇心が入り混じった目で計器類をひととおり観察した。私はその傍《かたわ》らにしゃがみ、全裸の彼女を想像してしまわないよう用心しながらハーネスを締めてやった。必要以上に時間をかけた。ここまで彼女に接近できるのはこれが最後になるかもしれないからだ。彼女の甘く誘うような香りを胸いっぱいに吸いこむのはこれが最後かもしれない。私の嗜好を知ったとたんに逃げ出しかねない……だが、私のライフスタイルを受け入れようとするかもしれない。その可能性もないとは言い切れないのだと考えるだけで、気持ちの高ぶりを抑えきれなくなる。彼女は私のすることをじっと見つめている。すぐそこに彼女がいる……なんと美しいのか。最後のハーネスを締めた。これでもう彼女は逃げられない。少なくともいまから一時間ほどは。

興奮を隠して、私はささやいた。「これなら安心だ。もう逃げられない」彼女が短く息を吸いこむ気配がした。「息をしなさい、アナスタシア」私はそう付け加え、指先で彼女の頬をそっとなぞった。顎を持ち上げ、身を乗り出して、その唇に軽いキスをした。「このハーネスはなかなか気に入っている」そう小声で言った。革のハーネスもあるのだと話したかった。そのもうひとつのハーネスで拘束され、天井から吊り下げられた彼女の姿を見てみたい。だがそんなことはおくびにも出さず、シートに座って自分のハーネスを締めた。

「それを着けて」私はアナのすぐ前のヘッドセットを指さした。「少し待ってくれ、飛行前点検をすませる」すべての計器をチェックし終えると、スロットルを操作してエンジンの回転数を一五〇〇rpmに上げ、トランスポンダーをスタンバイにセットし、ビーコンライトを点灯した。準備完了だ。いつでも離陸できる。

「操縦のしかた、知ってるの？」彼女が感心したように言った。四年前にライセンスを取ったと答えた。彼女の笑顔を見ていると、こちらまでつい微笑んでしまう。

「私といれば危険はない」私はそう言ったあと、付け加えた。「少なくとも、ヘリで飛んでいるあいだは」ウィンクすると、彼女が明るい笑みを作り、私は目がくらんだ。

「さて、準備はいいかな」彼女が隣に座っているだけで、これほど心が浮き立つとは。

彼女がうなずいた。

管制とやりとりを始めた。この時間でももちろん管制官は勤務についている。エンジンの回転数を二〇〇〇rpmまで上げて待機した。離陸許可が出ると、最終点検をした。オイル温度は四〇度。よし。マニフォールド・プレッシャーを十四に、エンジンの回転数を二五〇〇まで上げて、レバーを引き上げた。チャーリー・タンゴは優雅な鳥のように空に飛び立った。

地面があっという間に下方に消えるのを見て、アナスタシアは息を呑んだ。遠ざかっていくポートランドの街の灯を無言でうっとりと見つめている。まもなく私たちは闇に包みこまれた。唯一の明かりは目の前に並んだ計器のランプだけだ。暗闇にじっと見入っているアナの顔を赤や緑の光がほのかに照らしていた。

「不気味だろう？」

そう言ったものの、私はそうは思わない。私にとってここは安らぎの場だ。ここには私を傷つけるものはない。

暗闇に隠れていれば安全だ。

「正しい方角に進んでるって、どうしてわかるの？」アナが訊いた。

「これだよ」私は計器パネルを指さした。計器飛行規則について退屈な話を長々と聞かせたくはないが、目的地まで私たちを導くのは、ここに並んだ計器類だ。姿勢指示器、高度計、昇降計、それに言うまでもなく、GPS。チャーリー・タンゴがどういうヘリコプターなのか話し、計器があれば夜間の飛行も危険はないのだと説明した。

アナは驚嘆《きょうたん》した顔で私を見ている。

「私の自宅があるビルの屋上にヘリポートがある。目的地はそこだ」

計器パネルに視線を戻し、すべてのデータを確認する。こうしていると安心できる。コントロールすること。自分の安全と幸福は、目の前に並んだ最新技術の精髄にゆだねられている。「日が暮れてから飛ぶのは、手探りも同然だ。計器を信頼するしかない」

「どのくらいで着くの？」少しうわずったような声だ。

「一時間かからずにすみそうだ――追い風だから」私はまた彼女のほうに視線を向けた。

「酔ったりしていないか、アナスタシア？」

「大丈夫」どことなくそっけない声だった。

緊張しているのだろうか。それとも、こうして私と来たことを後悔し始めているのか。急に不安になった。説明するチャンスもないままになるのだろうか。管制官からの連絡が入って、しばしそのやりとりに気を取られた。ヘリコプターが雲から抜けたとたん、彼方にシアトルが見えた。暗闇にぽつんと浮かんで手招きしている小さな光の集まり。

「ほら、あそこ」私はきらめく光を指さした。

「ねえ、こうやって女を感激させるのが常套手段《じょうとう》ってこと？　〝ぼくのヘリで夜空を案内するよ〟とか言って？」

「いや、女性をヘリに乗せたことは一度もないよ、アナスタシア。これも私の〝初めて〟のひとつだ。感激だろう？」

「そうね、クリスチャン。感心してる」彼女がささやくように言った。

「〝感心〟？」思わず口もとをゆるめていた。『永遠の王』を朗読する私の髪をなでる母のグレースとの思い出が蘇った。

〝クリスチャン、とても上手よ。感心したわ〟。

私は七歳で、その少し前からようやく言葉を話し始めたばかりだった。

「だってあなたは……なんでもこなしちゃうから」

「これはこれは、お褒めに与って実に光栄ですよ、ミス・スティール」思いがけない褒め言葉に、顔が熱くなるのがわかった。彼女に気づかれていないことを願った。

「楽しいのね」しばらくして、彼女が言った。

「ヘリの操縦には支配力と集中力が必要だ」私はそのふたつを発揮するのを何よりも好む。

「私が心から楽しまないはずがないだろう？　とはいっても、何より好きなのはソアリングだ」

「飛ぶのが」

「何が？」

「ソアリング？」

「そう。グライダーと言うほうがわかりやすいかな。グライダーとヘリコプター――どちらでも飛ぶ」

ソアリングにも連れていきたい。

おい、そう先走るな、グレイ。

だいたい、他人と一緒に飛んだことは一度もないだろうが。

チャーリー・タンゴに誰かを乗せたことも一度もない。

管制塔からの指示が聞こえ、放浪を始めた私の思考は現実に引き戻された。私は飛行経路に意識を集中した。ヘリコプターはシアトル郊外の上空を飛んでいる。目的地はもうすぐそこだ。これが夢物語にすぎないのかどうか、その答えはもうすぐわかる。アナは窓の外の夜景をうっとりしたように見つめていた。

私はそのアナをうっとりと見つめた。

頼む。イエスと言ってくれ。

「きれいだろう?」私は声をかけた。こちらを向いてほしかった。顔が見たい。彼女がこちらを向いて大きな笑みを浮かべた。股間がきゅっと反応した。「まもなく着陸だ」

その瞬間、キャビンの雰囲気が一変して、私は彼女の存在をいままで以上に強烈に意識した。大きく息を吸いこむ。彼女の香り。ふくらむ期待。アナの、そして私の期待。

高度を落としながらチャーリー・タンゴをダウンタウンへと進め、自宅のあるエスカーラを目指した。鼓動が早くなる。アナがそわそわと体を動かしていた。彼女も緊張しているのだ。逃げ出さずにいてくれることを祈った。

ヘリポートが見えてきて、私はもうひとつ深呼吸をした。

ついにその時が来た。

滑らかに着陸し、エンジンを切って、ローターブレードの回転がゆっくりになり、やがて完全に止まるのを待った。ふたりとも無言でいた。聞こえるのはヘッドセットのホワイトノイズだけだった。私はヘッドセットを外し、アナのヘッドセットも外した。「着いたよ」私は静かに言った。誘導ランプの淡い光のなか、彼女の顔は青白く見えた。瞳はきらきらと輝いている。

ああ。美しい。

ハーネスを外し、手を伸ばして彼女のハーネスも外す。

彼女は私を見上げていた。信頼にあふれた目。若さ。そして美しさ。彼女の甘い香りは私を破滅に導きかねない。

彼女にそんな選択を押しつけていいのか。

彼女は充分に大人だ。

自分のことは自分で決められる。

私という人間を知ったあとでも、同じ目で私を見てもらいたい。私が彼女に何をするかを知ったあとでもまだ。「気が進まないことはする必要がない。それはわかっているね？」そう念を押す。私は彼女の服従を望んでいる。だがそれより何より、彼女の同意が欲しかった。

「したくないことを無理にしたりしないわ、クリスチャン」彼女は真剣な目をしてそう言った。その言葉を信じたい。その言葉に励まされた思いで、私はシートから立ち上がってドアを開け、ヘリポートに飛び下りた。手を取って支えながら彼女を降ろす。強い風が彼女の髪を乱している。少し不安げな顔をしていた。私とふたりきりでここにいることが不安なのか、それとも地上三十階にいるからなのか。たしかに、これだけ高いと平衡感覚が狂いそうになる。

「こっちだ」私は彼女を強い風から守ろうと腰に腕を回し、エレベーターホールに向かった。ペントハウスに下りる短い旅のあいだ、ふたりとも無言だった。彼女は黒いジャケットの下に淡い緑色のブラウスを着ている。よく似合っていた。私は頭のなかのメモ帳を開き、私が提示する条件に同意してもらえたら、彼女のワードローブに青と緑の服を加えることと書きつけた。こんな安物ばかり着ていてはせっかくの美貌がもったいない。エレベーター内のガラス越しに目が合った。と同時に、私の部屋の階に着いて扉が開いた。

玄関ホールを抜け、廊下の先のリビングルームに案内する。「ジャケットを預かろうか」私が尋ねると、アナは首を振り、脱ぐ気はないと強調するかのように襟《えり》もとをかき合わせた。

そうか。いいだろう。

「飲み物は？」私は別のアプローチを試みた。酒でも飲まなければこの緊張はほぐれそうにない。

私は何をこうも緊張しているのだ？

彼女が欲しいからだ……

「私は白ワインを飲む。一緒にどうかな？」

「ありがとう、いただきます」

キッチンに行き、ジャケットを脱いで、ワインクーラーをのぞいた。空気を和ませるにはソーヴィニヨン・ブランあたりがいいだろう。どんな場面でも重宝なプィィ・フュメを選んだ。アナはバルコニーのガラスドア越しに夜景を眺めていた。やがて振り返ってキッチンのほうに来た。私はこのワインでかまわなかったかと尋ねた。

「ワインのことはまったくわからないの。どれを選んでもらってもおいしくいただけると思う」彼女は気弱な声で答えた。

くそ。まずいぞ。この部屋に気圧《けお》されているのか？　そういうことか？

グラスふたつにワインを注ぎ、リビングルームの真ん中に突っ立っている彼女のところに行った。まるで生贄《いけにえ》の子羊といった風情だ。あの天真爛漫《てんしんらんまん》さはすっかり影をひそめている。

途方に暮れたような顔をしていた。

　私と同じだ……

「どうぞ」私はグラスを渡した。彼女はワインをじっくりと味わおうとするかのように目を閉じて一口飲んだ。グラスを下ろすと、唇はワインでしっとりと濡れていた。

　ワイン選びが当たったようだな、グレイ。

「ずいぶん無口だね。赤面もしない。率直に言って、そんなに青ざめたきみを見るのは初めてだと思うな、アナスタシア。ところで、腹は減っているか？」

　彼女は首を振り、ワインをもう一口飲んだ。私と同じく、景気づけの酒が欲しい気分なのだろう。

「すごく大きな家だから」

「大きい？」

「大きい」

「まあ、広いほうかな」否定はできない。面積は千平方メートルほどもある。

「弾《ひ》けるの？」彼女がピアノに視線を向ける。

「ああ」

「上手？」

「ああ」

「そうよね、何しても上手だもの。あなたに上手にできないことって、何かあるの？」

「ある……いくつかあるよ」

料理。

冗談も苦手だ。

心惹《ひ》かれた女性とくつろいだ会話をするのも。

触れられることも……

「座ろうか」私はソファを手で指し示した。彼女が小さくうなずいた。彼女の手を引いてソファのほうに連れていく。腰を下ろすなり、彼女はいたずらっぽい目をして私を見た。

「何がそんなにおかしい？」私は隣に腰を下ろして尋ねた。

「わざわざ『テス』を選んだのはどうして？」

ふむ。この話はどこに行こうとしている？　「トマス・ハーディが好きだと聞いていたからね」

「それだけ？」

あれはもともと私物として持っていた初版だということ、『テス』のほうが『日陰者ジュード』よりふさわしいと考えたということは話したくなかった。「ぴったりだと思えたからだ。私はエンジェル・クレアのように、きみにありえないほど高い理想を押しつけることもできるし、アレック・ダーバヴィルのように、徹底的に堕落《だらく》させることもできる」その答えはあながち嘘ではない。それに皮肉が効いていると思った。これから提案する内容は、おそらく彼女の想像を超えた話だろう。

「もしも究極の選択を迫られたら、堕落するほうを選ぶ」彼女が小さな声で言った。「くそ。おまえの望みどおりの答えじゃないか、グレイ？

「アナスタシア、頼むからそうやって唇を噛むのをやめてくれないか。気が散ってしかたがない。きみは自分が何を言っているかわかっていないね」

「わかってないから、こうしてここにいるとも言えるかも」彼女はそう応じた。ワインで濡れた下唇に前歯が食いこんだ痕《あと》がかすかに残っていた。

あの彼女が戻ってきていた。飾るところがなく、私を驚かせてばかりいる女。私の股間も同意した。

会話はいよいよ核心に切りこもうとしている。しかし本題に触れる前に、秘密保持契約書にサインをもらわなくてはならない。ちょっと失礼と断って、私は書斎に向かった。契約書と秘密保持契約書がプリンターで待っていた。契約書はデスクに置き――それが必要になるかどうか、いまの時点ではまだわからない――秘密保持契約書をホチキスで留めてアナのところに戻った。

「秘密保持契約書だ」彼女の目の前のコーヒーテーブルに置く。彼女は当惑し、驚いた顔をした。「弁護士がうるさくてね」私はそう付け加えた。「第二の選択肢――堕落を選ぶなら、これにサインしてもらう必要がある」

「サインしなかったら？」

「その場合は、エンジェル・クレアになるな。高い理想を捨てられない男。少なくともあの本の大部分では理想を保ち続けている」私はきみに指一本触れられない。ステファンにきみを送らせ、私はきみを忘れようとここで必死の努力をする。胸の内側に不安がふくらむ。この取引は成立しないかもしれない。

「この契約書にはどんな意味があるの？」

「私ときみのあいだに今後起きることについて、いっさい口外しないという意味を持つ。誰にも、どんな小さなことでも、話してはいけない」

彼女は私の表情を探るような目で見ている。当惑しているのだろうか。それとも不愉快に思っているのか。

どちらに転ぶだろう？

「わかった。サインする」彼女が言った。

ひゅう。ここまでは楽勝だった。私はモンブランのペンを差し出した。彼女はいきなり署名欄にサインしようとした。

「内容に目を通さなくていいのか」

「いい」

「アナスタシア。いいか、どんな書類でも、サインする前にかならず目を通さなくてはいけない」どうしてそう世間知らずなんだ？　親は何も教えなかったのか？

「クリスチャン。あなたにはわかってないみたいだけど、どのみちわたしたちのことは誰にも話すつもりはないの。ケイトにもね。だから、契約書にサインしてもしなくても、結果は同じってこと。でも、あなたにとって——事前に相談したらしい弁護士さんにとってはどうしても必要なものだっていうなら、かまわない。サインする」

何を言っても言い返される。こんな女は初めてだ。「実に理にかなった指摘だ、ミス・スティール」私は冷ややかに言った。

彼女は非難がましい目をこちらにちらりと向けたあと、契約書にサインした。

いよいよ本題に入ろうとしたところで、彼女が言った。「サインしたってことは、今夜、わたしたち、愛を交わすってこと、クリスチャン？」

え？

私が？

愛を交わすだって？

グレイ、いますぐ誤解を解いておいたほうがいいぞ。「いや、アナスタシア。それは違う。第一に、私は愛を交わしたりはしない。私がするのは〝ファック〟だ……しかもかなり激しいファック」

彼女が仰天したように息を呑む。これでまず誤解は解いた。

「第二に、サインが必要な契約書はまだまだある。第三に、きみは自分がどのような行為の当事者になろうとしているのか、まだわかっていない。悲鳴をあげて逃げることになるかもしれない。おいで。プレイルームを見せよう」

彼女は困惑しきった顔をしていた。眉間に小さなVの字が刻まれた。「Ｘｂｏｘか何かで遊ぶの？」

私は思わず笑った。

おいおい、冗談だろう？

「いや、アナスタシア、Ｘｂｏｘで遊ぶのでも、プレイステーションで遊ぶのでもないよ。おいで」ソファから立ち上がって手を差し出した。彼女がその手を取る。私は廊下に出て上階に向かった。プレイルームのドアの前で立ち止まる。心臓は胸を突き破らんばかりに激しく打っていた。

ついに勝負の時がきた。吉と出るか、凶と出るか。これほど緊張したのは初めてかもしれない。この鍵を回し、ドアを開けた瞬間、私の望みが現実のものとなるかどうかが決まる。その前に念を押しておきたかった。「帰りたくなったら言ってくれ。いつでも帰れるよう、ヘリはすぐ飛べるようにしてある。または、今夜は泊まって、明日の朝帰るのでもかまわない。どちらを選ぶかはきみしだいだ」

「早くドアを開けてなかを見せて、クリスチャン」彼女は一歩も譲らないといった表情で腕組みをしていた。

私は運命の岐路に立っている。彼女に逃げられるのはいやだ。しかしこれほど自分が無防備に思えるのは初めてだ。エレナとの関係でもこんな気持ちになったことはない。アナはこのライフスタイルについて何ひとつ知らないとわかっているからだろう。

私はドアを開けた。彼女を先に通し、自分もなかに入った。

私の聖域。

私がありのままの自分でいられる唯一の場所。

アナは部屋の真ん中で立ち止まり、私の人生の大きな一部を形成する道具類一式を見つめた。フロッガー、ケイン、ベッド、ベンチ……彼女は一言も発さずにいる。すべてをひとつずつ観察している。私の耳に聞こえるのは、鼓膜の奥がどくんどくんと鳴るほどの自分の心臓のやかましい音だけだった。

さあ、わかったろう。

これが私だ。

彼女が振り返り、何か言ってくれるのをじっと待っている私に射抜くような視線を向けた。だが、私の苦悶の時間はまだ終わらなかった。彼女は部屋のさらに奥へと足を進めた。私はしかたなくそのあとを追った。

彼女の指がスウェードのフロッガーをそっとなでた。私のお気に入りのひとつだ。それはフロッガーという道具だと教えたが、返事はなかった。今度はベッドに近づき、彫刻の入った柱の一本に掌《てのひら》をすべらせた。

「何か言ってくれないか」私は言った。沈黙にもう耐えきれない。彼女が逃げ帰ろうとしているのかどうか、いますぐ知りたい。

「あなたは誰かにする側？　それともされる側？」

ああ、やっと何か言ってくれた！

「誰かに？」鼻を鳴らしたい衝動を抑えつけた。「私を求めてくる女たちに、私がする」会話に応じる気があるなら、希望もあるはずだ。

彼女は額に皺を寄せた。「進んで志願する人が大勢いるなら、わたしはどうしてここにいるの？」

「きみとしたいからだ。心からしたいと思っている」この部屋のここで、あそこで、さまざまな姿勢で拘束された彼女の想像図が次々と脳裏に押し寄せ、あふれた。壁の十字で。ベッドで。ベンチで……

「そう」彼女はそう言ってベンチに近づいた。私の目は、革の感触を確かめるようにそっとなぞっている彼女の指に吸い寄せられた。好奇心の強い指のゆっくりとした動きは、実に官能的だった。わかってやっているのだろうか。

「サディストってこと？」ふいにそう尋ねられて、私はどきりとした。

くそ。見透かされている。

「私は支配者《ドミナント》だ」早口で言った。とにかく会話を続けたい一心だった。

「何それ。どういう意味？」好奇心と驚きが入り交じった声に聞こえた。

「自らの意思で私に身をゆだねてもらいたいということだよ。あらゆる場面において」

「身をゆだねる動機は？」

「私を喜ばせるため」私はささやくように言った。きみに求めているのはそれなんだ。「簡単に言えば、私はきみに私を喜ばせたいと思ってもらいたいんだ」

「どうやって？」

「ルールがある。きみにはそれに従ってもらいたい。ルールはきみを守るためのものであり、私の喜びのためでもある。ルールに従って私を満足させてくれれば、褒美を与える。従わなければ、罰を与える。そうやってきみはルールに従うことを覚えていく」

きみを訓練するときが待ちきれない。あらゆる意味で私のものにしたい。

彼女はベンチの奥に並んだケインを見つめた。「で、これはどう関係するの？」部屋全体を曖昧に指す。

「動機のひとつとでも言おうか。褒美でもあり、同時に罰でもある」

「つまり、あなたはわたしを好きに従わせることから快感を得るってこと？」

よくできました、ミス・スティール。

「好きにさせてもらうためにはまず、きみの信頼や敬意を勝ちとらなくてはならない」きみの許可が必要だということだよ、ベイビー。「きみが服従すれば、私は大きな喜びを得る。幸福と言ってもいいかもしれない。きみが言いなりになればなるほど、私の喜びは大きくなる。そういう単純な方程式だ」

「わかった。で、わたしには何が手に入るの？」

「私だ」そう言って肩をすくめた。悪いな、ベイビー。きみの手に入るものは私だけだ。ただし、私のすべてだ。きみもそのことに喜びを覚えるはずだ……

彼女の目がかすかに見開かれた。私をじっと見つめている。だが、何も言わない。ああ、もどかしい。「きみが何かを手放す必要はひとつもないんだよ、アナスタシア。階下《した》に戻ろう。そのほうが落ち着いて話ができる。きみとこの部屋にいると、気が散ってしかたがない」

私は手を差し出した。このとき初めて、彼女は私の手を見たあと、私の顔に視線を移した。迷っている。

くそ。

怯えさせてしまったらしい。「きみを傷つけたりはしないよ、アナスタシア」

彼女はおずおずと私の手を取った。私は高揚感に包まれた。とりあえず逃げられずにすんだ。

安堵した私は、ついでにサブミッシブの部屋を見せておこうと思った。

「きみが同意してくれると仮定して、先に見せておきたいものがある」廊下を突き当たりまで歩く。「ここがきみの部屋になる。内装は好きに手を加えてもらってかまわない。何を持ちこんでもいい」

「わたしの部屋？　一緒に住まなくちゃだめなの？」悲鳴のような甲高い声だった。

しまった。これは後回しにしたほうが得策だったな。

「ずっとというわけではない」私は安心させるように言った。「たとえば、そうだな、金曜の夜から日曜とか。それに関しても話し合いが必要だな。きみが同意してくれるなら」

「わたしはこの部屋で寝るってこと？」

「そうだ」

「あなたと一緒じゃなく、ひとりで？」

「そうだ。今朝言ったろう、私は他人と一緒には寝ない。きみが飲みすぎて失神した場合は例外だが」

「あなたはどこで寝るの？」

「私の寝室は下の階にある。おいで、腹が減ったろう」

「どうしてかしらね、食欲が完全に失せちゃったみたいなの」またあの意固地になったような表情を浮かべている。

「きちんと食事をとらなくてはいけないよ、アナスタシア」

私のものになることに同意した場合、最初に解決すべき問題は彼女の食生活になりそうだ。それと、そわそわと落ち着きのないところ。

何度も言わせるな、グレイ。そう先走りするなって！

「私はきみを闇の道に引き入れようとしている。そのことはきちんと理解しているよ、アナスタシア。だからこそ、よく考えたうえで返事をしてもらいたい。

彼女を連れて、下の階のリビングルームに戻った。「訊いておきたいこともあるだろう。秘密保持契約書にはサインしてもらったから、なんでも訊いてくれてかまわないし、私もきちんと答えるよ」

この取引を成立させるには、まずきちんと話し合わなくてはならない。キッチンに行って冷蔵庫を開けた。チーズの盛り合わせとぶどうが載った大きな皿がひとつだけ。ゲイルは私が客を連れてくるとは予期していなかったからだろう。だが、これでは食事にならない。近くのレストランから料理を宅配させようか。それより、食事に連れて出るほうが早いか。

デートみたいに。

二度めのデート。

妙に期待させるのは気が進まない。

恋愛はごめんだ。

ただ、彼女となら……

考えていると腹立たしくなった。ブレッドバスケットに焼いたばかりのバゲットがある。パンとチーズ。それならいいだろう。第一、食欲がないと聞いたばかりだ。

「座って」私はカウンターのスツールのひとつを指さした。アナはその言葉に従って腰を下ろすと、落ち着き払った目を私に向けた。

「契約書があるって言ってたわよね」

「言った」

「どんな契約書？」

「秘密保持契約書のほかに、私ときみがどんなことをするか、どんなことはしないかを定めた契約書がある。私はきみの限界を事前に知っておかなくてはならないし、きみは私の限界を知っておかなくてはならない。すべては合意のうえに成り立つことなんだ、アナスタシア」

「もしわたしがそんな契約は結びたくないと言ったら？」

くそ。

「かまわない」私は嘘をついた。

「その場合は、わたしたちにはもうなんの関係もなくなるということ？」

「そうだ」

「どうして？」

「私はほかの種類の関係にはいっさい興味がないからだ」

「どうして？」

「そういう人間だから」

「どうしてそういう人になったの？」

「人がその人であることにはどういう理由があるか。答えるのはなかなか難しい問題だね。チーズが好きな人と嫌いな人がいるのはなぜだ？　ところで、チーズは好きか？　ミセス・ジョーンズ――私が頼んでいるハウスキーパーが、夕食にこれを用意してくれているんだが」私は皿を彼女の前に置いた。

「わたしが守らなくちゃならないルールというのは？」

「書面にしてある。食事をすませたら、ひとつずつ説明しよう」

「お腹空《なか》いてないの。ほんとに」彼女は小さな声で言った。

「食べなさい」

彼女は挑むような目で私を見た。

「ワインのお代わりは？」私は和解を試みようとそう尋ねた。

「お願い」

彼女のグラスにお代わりを注ぎ、隣に腰を下ろした。「好きなものを取って食べてくれ、アナスタシア」

彼女はぶどうを何粒か取った。

それだけか？　それしか食べないのか？

「ずっと前からこうなの？」彼女が尋ねた。

「ああ」

「相手は簡単に見つかるもの？」

ああ、驚くほどな。「見つかる。あっけないほど簡単に」私は皮肉な口調で言った。

「なら、どうしてわたしなの？　本気で不思議なんだけど」本当に困惑しているらしい。

ベイビー、きみは美しいんだよ。不思議でもなんでもないだろう？

「アナスタシア、前にも言ったろう。きみには何か特別なものを感じる。近づかずにはいられない。炎に引き寄せられる蛾《が》みたいなものだ。きみが欲しくてたまらない。とくにいまみたいな瞬間に。きみがそうやって下唇を噛んでいるのを見ると、たまらなくなる」

「いまあなたが言った炎と蛾の比喩は逆だと思う」彼女がつぶやくように言った。その告白に私の心は揺れた。

「食べなさい!」話題を変えたくて、私はそう命じた。

「いやよ。まだなんの契約書にもサインしてない。いまのところは自由意思を行使させてもらうから。あなたさえよければ、だけど」

まったく……生意気な口をきく女だ。

「お好きなように、ミス・スティール」私は笑みを噛み殺しながら言った。

「これまでに何人?」彼女はそう唐突に訊いて、生意気な口にぶどうを一粒放りこんだ。

「十五人」目を合わせていられない。

「ひとりとつきあう期間は長いの?」

「そうだね、何人かとはかなり長かった」

「怪我させたことはある?」

「ある」

「ひどい怪我?」

「いや」ドーンはいくらか怯えてはいたが無事だった。正直なところ私もそのときはいくらか恐怖を感じた。

「わたしを傷つけたりする?」

「どういう意味で?」

「身体的に」

あくまでもきみが耐えられる範囲でだ。

「必要が生じればお仕置きをする。かなり痛いだろうと思う」

たとえば泥酔して危険に身をさらしたりした場合。

「あなたがお仕置きされたこともあるの？」

「ある」

何度もある。何度も。エレナのケインさばきは実に巧《たく》みだった。体に触れられても平気でいられたのは、あのお仕置きだけだ。

彼女は意外そうに目を見開いた。まだ口に入れていなかったぶどうを皿に戻し、ワインをもう一口飲んだ。ほとんど何も食べようとしないことにいらだちが募り、私の食欲まで減退した。ここは我慢してさっさとルールを見せるべきだろう。

「この続きは書斎で話し合おうか。見せたいものがある」

彼女は私と一緒に書斎に来ると、デスクの前の革張りの椅子に腰を下ろし、腕組みをした。私はデスクにもたれた。

彼女は知りたがっている。関心を持ってくれただけでもありがたい。いまのところ逃げ帰らずにこうしてここにいる。デスクに置いてあった契約書のなかから、ルールが書かれたページだけを抜き取って彼女に差し出した。「これがルールだ。修正は可能だよ。これも契約の一部になる。契約書はあとで渡そう。とりあえずはこのルールに目を通してくれ。それから話し合おう」

彼女がひととおり目を通す。「ハードリミットって？」

「簡単に言えば、きみがしないこと、私がしないこと。その内容を契約書に具体的に記す必要がある」

「服を買うお金を出してもらうのはちょっと。なんとなくいや」

「きみには金を惜しみたくない。服くらい買わせてくれ。パーティや何かに同行してもらうこともあるかもしれない」

おいグレイ、何を言っている？　パーティに同伴するだって？　それも〝初めて〟だな。

「そういったときにきちんとした格好をしていてほしいという理由もある。就職口が見つかったとしても、私が望む種類の服は買えない」

「あなたと一緒じゃないときは着なくていいのね？」

「ああ、かまわない」

「わかった。週四日もエクササイズするのはいや」

「アナスタシア、柔軟性と筋力とスタミナを備えておいてもらいたい。そのためには、エクササイズが必要だ」

「でも、週四回は多すぎ。三回じゃだめ？」

「四回だ」

「これって交渉なんだったわよね」

おっと、今度も単刀直入に矛盾を指摘された。「いいだろう、ミス・スティール。またしても理にかなった指摘だ。週三回、一時間ずつに加えて、もう一回は三十分。それでどうだ？」

「週三回、合計三時間。ここに来れば、あなたにさんざんエクササイズさせられそうな気がするし」

そうだな、そうなるといい。

「そのとおりだ。わかった。週三回で手を打とう。私の会社でインターンとして働くのはどうしてもいやか？　きみには交渉の才能があると見た」

「断る。気が進まない」

もちろん、やめたほうがいいに決まっている。そもそもそれが私の基本ルールその一だ――従業員とは寝ない。

「次はリミットだ。まず、私の分から」私はリストを差し出した。

運命の瞬間だ。自分のリストの項目は諳《そら》んじている。彼女が目を通しているあいだ、私は頭のなかのリストにひとつずつチェック済みの印をつけていった。先へ行けば行くほど彼女の顔から血の気が引いていった。

頼む。怖じ気づいて逃げ出したりしないでくれ。

彼女が欲しい。彼女を支配したい……どうしても。彼女の喉がごくりと鳴った。不安げな目で私をちらりと見上げる。どう言って説得すれば、まずは試してみようという気にさせられるだろうか。不安を取り除かなくてはならない。私も思いやりを持ち合わせているところを示さなくては。

「追加しておきたいことは？」

心の奥底では、何もないことを祈った。彼女の白紙委任状が欲しい。彼女はあいかわらず言うべき言葉が見つからない様子で私を見つめている。もどかしい。答えを待つことに慣れていない。「ここに書いてある以外に、避けたい行為はないか？」私は促した。

「わからない」

予想外の返事だった。

「わからない？　それはどういう意味だ？」

彼女は椅子の上でもぞもぞと体を動かした。気まずそうな顔で、下唇を噛んでいる――まいったな。

「こういうこと、したことないから」

いや、それくらいは言われるまでもなくわかっている。

忍耐だ、グレイ。いいか、どれだけ大量の情報を一度に押しつけたか、考えてみろ。私はソフトなアプローチを続けた。これも新しい経験だ。

「これまでの経験を思い返して、二度としたくないと思った行為は思い浮かばないか？」昨日、彼女の体をまさぐっていたカメラ小僧のことを思い出した。

彼女は顔を真っ赤にした。好奇心が頭をもたげた。いったいどんな行為だ？　何をもう二度としたくないと思った？　ベッドでは大胆なタイプなのか？　彼女は――あまりにもうぶに見えた。ふだんの私は経験の浅さに魅力を感じない。

「どんな小さなことでも話してくれ、アナスタシア。互いに正直にならなければ、この関係は成立しないんだ」どうにかして彼女の気持ちをほぐさなくては。セックスの話をするだけでこんな状態では、先が思いやられる。彼女はまたしてもそわそわと体を動かし、自分の手を見つめた。

話してくれ、アナ。

「話してみなさい」私は命令口調で促した。えい、くそ、本当にもどかしい。

「その、実を言うと……セックスの経験がないの。だから、わからない」消え入るような声だった。

地球が回転を止めた。

信じられない。

どうやって？

どうして？

嘘だろう！

「一度も？」とうてい信じられない。

彼女は目を見開いてうなずいた。

「まさか、バージンということか？」ありえない。

彼女は恥ずかしそうにうなずいた。私は目を閉じた。彼女を見ていられない。

私は、どうして、どこで、何を間違えた？

怒りに胸を貫《つらぬ》かれた。バージンだって？　話にならない。私は激しい怒りに全身を震わせながら彼女をにらみすえた。

「どうしてそれを先に言わない？」私はうめくように言い、いても立ってもいられずに書斎を歩き回った。バージン相手に何をしろと？　彼女は申し訳なさそうに肩をすくめ、途方に暮れたように黙りこんでいる。

「いったいどうしていままで黙っていた？」怒りを隠しきれなかった。

「一度も話題にならなかったから。新しい知り合いができるたびに、初体験をもうすませたかどうか打ち明ける習慣もないし。そもそもわたしたち、お互いのことをよく知ってるとは言えないわよね」

またしても的を射た反論だ。大乗り気でプレイルームに案内してしまった自分が信じられない。秘密保持契約書がなかったらどうなっていたことか。

「そうかな、きみのほうは私に関してすでにかなりの知識を得たと言えそうだがね」私は突き放すように言った。「経験が浅いことは察していたが、バージンとは！　アナ、きみにあの部屋を見せたのは……」

プレイルームだけではない。ルールもハードリミットも見せた。だが、彼女は何も知らないのだ。ああ、どうしてこんなことに？　「ふう、信じられない」低い声でつぶやいた。途方に暮れていた。

そこであることに思い当たって愕然とした。エレベーターでのキス。あのとき、あの場で、とか？

「キスくらいは経験があるんだろうな。私とした以外に」頼む、イエスと言ってくれ。

「あるに決まってるでしょ」彼女が答えた。やけに憤慨《ふんがい》した様子だった。なるほど、そうか、キスはしたことがあるが、回数はたかが知れているということだろう。そう考えると……なぜかうれしくもあった。

「魅力的な若者に抱き上げられてベッドに運ばれたことは一度もないというのか？　理解できない。きみは二十一歳だろう。じきに二十二になる。しかもこれほど美しいのに」なぜ誰もまだ彼女をベッドに押し倒していないのだ？

くそ、宗教上の理由かもしれない。いや、それはないか。もしそうならウェルチが調べ上げているはずだ。彼女は自分の手をじっと見下ろしている。口もとに笑みが浮かんでいるように見えるのは錯覚か？　何がおかしい？　自分を蹴飛ばしたい気分だった。「なのに――経験したことさえないのに、私が何をしたいかについて真剣に話し合っていたというわけか」

言葉が続かない。どうしてこんなことに？

「よく二十一年もセックスを避けてこられたものだな。いったいどうしたらそんな芸当ができる？　ぜひ教えてもらいたい」さっぱり理解できない。彼女は大学生だ。私の大学時代には、周囲の学生は誰もがウサギのようにやりまくっていた。

誰もが。私を除いて。

憂鬱な記憶。私はそれを脇へ押しのけた。

アナは華奢な肩を軽くすくめた。「この人ならって思える相手……」声がだんだん小さくなって、よく聞き取れなかった。

相手が、なんだ？　誰もきみの魅力に気づかなかったのか？　誰もきみの理想を満たさなかったのか？　だが、私は満たしたというのか？

私が？

彼女は本当に何も知らない。セックスがどんなものかも知らずに、サブミッシブになどなれるわけがない。だめだ、この取引は失敗だ……あれだけ下準備をしたのに、すべて水の泡だ。この契約はまとまらない。

「どうしてそんなに怒ってるの？」

もちろん、私が彼女に腹を立てていると思っているだろう。誤解を解いてやれ、グレイ。

「きみに怒っているのではない。自分に腹を立てているんだよ。確かめもせずに話を進めていた自分に……」きみに腹を立てるわけがないだろう？　ああ、なんだってこんなことに。

私は髪をかきあげ、怒りを鎮めようとした。

「どうだ、帰りたくなったか」私は不安になって訊いた。

「ううん。あなたが帰れって言うなら帰るけど」彼女は小さな声で言った。どこか沈んだ口調だった。

「帰れなどと言うわけがないだろう。きみといる時間を楽しんでいるんだ」自分の言葉に驚いた。たしかに、彼女といると楽しい。一緒にいるだけで。彼女は……ほかの誰とも違う。彼女をファックしたい。お仕置きをしたい。私の手に叩かれて、あの透き通るように白い肌がピンク色に染まるのを見たい。だが、その望みはもうかなわない。いや、そうだろうか。ただファックするだけなら……それはまだできるかもしれない。意外な思いつきだった。彼女をベッドに誘うことはできる。彼女の初体験。私にとっても新しい経験になるだろう。彼女はその気になるだろうか。さっきこう訊かれた──彼女と愛を交わすつもりかと。やってみるか。彼女を縛らずに。

だが、縛らなければ、体に触れようとするかもしれない。

くそ。私は腕時計を確かめた。もう遅い。彼女に視線を戻す。下唇を噛んでいるのを見て、股間がうずいた。

やはり彼女が欲しい。無垢だとわかってもなお欲しい。彼女をベッドに誘えるだろうか。私のライフスタイルを知ったいまでもなお、その気になってくれるだろうか。わからない。見当もつかない。率直に訊くべきか。彼女はまた唇を噛んでいる。だめだ、我慢できなくなる。私はまた唇を噛んでいるぞと指摘した。彼女は謝った。

「謝ることはない。ただ単に、私もその唇を噛んでみたいというだけのことだから。思いきり噛んでみたい」

彼女が息を呑む。

ふむ。まんざらでもないのかもしれない。よし。試してみよう。私は心を決めた。

「おいで」私は手を差し出した。

「え？」

「いますぐ問題を解決しよう」

「どういうこと？　問題って何？」

「きみだよ。アナ、いまからきみと愛を交わす」

「あ」

「むろん、きみが望むなら、だが。ここであまり調子に乗るのもどうかと思うからね」

「愛を交わしたりはしないんじゃなかったの、クリスチャン？　〝激しくファックする〟だけだと思ってたけど？」彼女の声はかすれていた。その声はおそろしくセクシーだった。目を見開いている。瞳孔が広がっていた。欲望が彼女の頬を燃え立たせている。彼女もその気なのだ。

　ぞくぞくするような感覚が思いがけず胸のなかに広がった。「たまには例外もいい。あるいは、ふたつを組み合わせるのもいいだろう。だが、ともかくきみと愛を交わしたい。頼む、一緒にベッドに来てくれ。ぜひともこの関係を成立させたい。しかしそのためには、自分がいったいどんなことに首を突っこもうとしているのか、きみがぼんやりとでも理解していることが大前提になる。今夜からさっそくトレーニングを開始しよう――まずは基礎の基礎からだ。ただし、ロマンス派に転向したという勘違いはしないでもらいたい。これはあくまでも目的のための手段だ。といっても、いやいやするのではなく、したいからするわけだがね。

きみも同じように思ってくれるといいが」言葉が奔流《ほんりゅう》のようにあふれ出た。

　グレイ、少し落ち着けって。

　彼女の頬はピンク色に染まっていた。

　どっちだ、アナ。イエスかノーか。待ちきれなくて死んでしまいそうだ。

「だけど、さっきのルール一覧にあったこと、まだ何ひとつしてない」おずおずとした声だった。怖いのか？　そうでないといい。怯えてもらいたくない。

「ルールはとりあえず忘れよう。今夜は細かいことは気にしない。きみが欲しい。きみが私のオフィスに頭から飛びこんできた瞬間から欲しくてたまらなかった。きみも同じ気持ちでいるのはわかっている。そうでなければ、いま、そんなに落ち着いた顔でお仕置きやハードリミットについて交渉しているはずがない。お願いだ、アナ。今夜は一緒に過ごしてくれ」

　私はもう一度手を差し出した。今度は彼女もその手を取った。彼女を腕のなかに引き寄せ、しっかりと抱き締めた。驚いたように息を呑む気配が伝わってきた。彼女の体が私の体に押しつけられている。しかし、闇は腹の底でおとなしくしていた。私のリビドーの勢いに気圧されているのだろう。彼女が欲しい。彼女の魅力に抗しきれない。この女は私の心を乱す。あらゆる面で私を揺るがす。私は自分の暗い秘密を明かした。それでも彼女はまだここにいる。私から逃げずにこうしてここにいる。

　彼女の髪をつかんで上を向かせ、あの魅惑をたたえた瞳をのぞきこんだ。

「きみは勇敢な女性だ」私はささやいた。「尊敬に値する」身をかがめてそっとキスをし、下唇を軽く嚙んだ。「この唇を嚙みたい」それから歯ではさんで軽く引いた。彼女の唇からうめき声が漏れた。それに呼応するように私の股間のものが固くなった。

「お願いだ、アナ。きみと愛を交わしたい」私は唇を重ねたまま、ささやいた。

「いいわ」彼女が答えた。私の全身が光にあふれた。独立記念日を祝う花火に包まれたように。

自制が必要だぞ、グレイ。契約はまだだ。リミットも設定されていない。やりたいことを好きにやれるというわけではないんだ。そう自分に言い聞かせながらも私は歓喜に包まれていた。高ぶっていた。経験したことのない、しかし気分を浮き立たせる感覚だった。この女を求める欲望が全身を駆け巡っている。巨大なジェットコースターの最高点まで上り詰めて、いざスタートしようとしているような気分だった。

バニラ・セックス。

私にそんなことができるのか？

無言のまま、彼女の手を引いて書斎を出た。リビングルームを突っ切り、自分の寝室に向かう。やはり無言でついてくる彼女は私の手を痛いほどしっかりと握っていた。

そうだ。避妊。彼女はピルを飲んでいないだろう……幸い、こういうときのためにコンドームを用意してある。彼女がこれまでに寝た男が妙な病気を持っていなかったか心配せずにすむのはいい。私はベッドのそばで彼女の手を離し、腕時計を外してチェストに置き、靴とソックスを脱いだ。

「ピルは服用していないだろうね」

　彼女は首を振った。

「そうだろうと思った」抽斗《ひきだし》からコンドームの小袋を取り出し、備えのいい男であることを示した。彼女は私がすることをじっと見つめている。美しい顔、ありえないくらい大きな瞳。一瞬の迷いが心に芽生えた。彼女にとってこれは一大事のはずだ。エレナと初めて経験したときのことを思い出した。どれだけまごついたことか。だが、同じ行為が最良の解放を私にもたらした。意識の奥底では、彼女をこのまま家に帰らせるべきだとわかっている。しかし本音を言えば帰らせたくない。彼女が欲しい。それに、私の内側で燃えているのと同じ欲望を彼女も感じているとわかる。瞳の色の変化を見ていればわかる。

「ブラインドは閉めたほうが安心か？」

「どっちでも」彼女は答えた。「自分のベッドで他人を眠らせるのはいやなんじゃなかったの？」

「誰がここで眠ると言った？」

「あ」彼女の唇が小さく完璧なOの字を作った。股間のものがいっそう固くなった。あのOを、あのOの字を犯したい。私は獲物に忍び寄る肉食獣のように彼女に近づいた。ああ、ベイビー、きみのなかに深々と埋もれたい。彼女の息遣いは浅く速くなっていた。頬は薔薇色に染まっている。緊張しながらも期待に胸を高鳴らせている。彼女は私のなすがままだ。そう考えると、全身に自信が満ちあふれた。私がこれから何をするか、彼女は知らずにいる。「ジャケットを脱ごうか」私は彼女のジャケットを優しく脱がせ、丁寧に畳んで椅子に置いた。

「私がどれだけ強くきみを求めているか、想像できるかい、アナ・スティール？」

彼女が息を吸いこむ鋭い音が聞こえた。唇は軽く開いていた。私は彼女の頬をなぞった。指先に触れる感触は花びらのように柔らかだった。そのまま指を顎先まですべらせた。彼女は魔法にかかったように恍惚《こうこつ》とした表情を浮かべていた。彼女はもう私のものだ。そう思っただけで有頂天になった。

「これから私がどんなことをしようとしているか、想像できるかい？」私はそうささやき、彼女の顎を親指と人差し指で持ち上げ、キスをした。唇と唇がぴたりと寄り添う。私のキスに応える彼女の唇は柔らかくて甘く、積極的だった。私は彼女を見たいという強烈な衝動に駆られた。彼女を見たい。彼女のすべてを見たい。ボタンを手早く外し、ブラウスをゆっくり脱がせてそのまま床に落とした。一歩下がって彼女の姿を確かめる。テイラーが用意した淡い水色のブラを着けていた。

美しい。

「ああ、アナ。きみの肌はなんて美しいんだ。透けるように白くて、疵《きず》ひとつない。すみずみまでキスしたい」傷痕や痣のひとつもない。そう考えたとたん、心が揺れ動いた。あの肌に私の痕跡をつけたい……ピンク色の……そう、たとえば乗馬鞭で打たれた細く小さなみみず腫れ。

彼女の頬がきれいな薔薇色に染まった——恥ずかしいのだろう。何よりもまず、自分の体に自信を持つことを教えてやりたい。髪を結っていたヘアゴムを取った。豊かな栗色の髪がふわりと彼女の顔を包みこみながら乳房の上に落ちた。

「ブルネットの髪。好みにぴったりだ」彼女は美しい。たぐいまれな美。宝石のようだった。

彼女の髪に指を差し入れていっそう強く引き寄せ、キスをした。彼女はうめき声を漏らし、唇を開いて、温かく潤《うるお》った口に私の舌を受け入れた。彼女の歓喜のうめき声は私の全身にこだました——コックの先端まで。彼女の舌がおずおずと私の舌を探し当て、私の口のなかをためらいがちに探った。その未熟な動き……それがなぜかおそろしくセクシーに感じられた。

彼女は甘美《かんび》な味がした。ワイン、ぶどう、それに純真さ。それらが渾然《こんぜん》一体となって私を陶酔させる。私は彼女をきつく抱き寄せた。彼女の手は私の上腕から動かない。そのことに安堵した。片方の手を彼女の髪に埋めて頭を支えたまま、もう一方の手で背筋をなぞり、尻をつかんで引き寄せ、股間の屹立《きつりつ》したものを押しつけた。彼女はまたうめき声を漏らす。キスを続け、彼女の口のなかを探索すると同時に、彼女の不慣れな舌に私の口のなかを探らせた。彼女の手が私の腕の上で動き始め、私は一瞬、身を固くした。次にどこに触れようとするだろう。その手は私の頬に優しく触れ、髪に指をすべらせた。落ち着かない気持ちになりかけたが、彼女がその指を私の髪にからませてそっと引き寄せたとき……

ああ。心がとろけそうにすばらしい感触だった。

私は思わずうめいていたが、彼女の手をそのまま自由にさせておくわけにはいかない。彼女がふたたび私に触れようとする前に、ベッドのほうにそっと押しやり、床に膝をついた。ジーンズを脱がせたい。服を脱がせ、もっと夢中にさせて……私に手を触れるゆとりを奪い去りたかった。彼女の腰を押さえておいて、ジーンズのウェストからへそに向けて舌の先でなぞった。彼女はぎくりとしたように息を震わせた。ああ、なんといい香りなのだろう。なんという甘い味なのだろう。秋の果樹園のようだ。味わい尽くしたい。彼女は両手を私の髪に埋めた。平気だ、気にならない。それどころか、そうされていると心地がよかった。私は彼女の腰骨に軽く歯を立てた。彼女が私の髪にいっそう強く指をからませる。目を閉じ、唇を軽く開け、息を弾ませている。私がジーンズのボタンを外すと、彼女が目を開いた。私たちの視線がからみ合う。私はゆっくりとジッパーを引き下ろし、両手を尻に回した。その手をウェストバンドの内側に差し入れる。柔らかな肌の感触を掌で楽しみながら、ジーンズをゆっくりと下ろした。

自分を止められない。彼女に不意打ちを食らわせたい……彼女の限界をいますぐ知りたい。私は視線をからませたまま、わざとらしく唇を舐めたあと、身をかがめて下腹部の峰をパンティの上から鼻先でなぞり、彼女の高ぶりの匂いを大きく吸いこんだ。目を閉じてその香りを楽しむ。

ああ、なんと魅惑的なのだろう。

「いい香りだ」私の声はかすれ、欲望を滴らせていた。もうジーンズを穿いていられない。

収まりきらなくなっている。彼女の肩をそっと押してベッドに座らせ、彼女の右足を持ち上げてスニーカーとソックスを手早く脱がせた。焦らすように足の甲を親指でなぞる。彼女がベッドの上で身をよじらせた。唇を開き、魅入られたような目で私を見つめている。私はかがみこむと、今度は舌の先で彼女の足の甲をなぞり、次に歯を軽く押し当てて同じ線をたどった。彼女はベッドに横たわり、目を閉じてうめいた。感じやすいらしい。願ってもないことだった。

「アナ、まだ始まったばかりだよ」私はささやいた。プレイルームで、私の下で身をよじらせる彼女のイメージが脳裏をよぎった。四柱式のベッドにつながれた彼女。テーブルに伏せて尻を突き出した彼女。壁の十字から吊り下げた彼女。もういかせてと彼女が懇願するまで焦らし、いたぶる……ジーンズの股間がいっそうきつくなった。

くそ。

もう一方の靴とソックスを手早く脱がせ、ジーンズも脱がせた。私のベッドに横たわった彼女はもう全裸も同然だ。栗色の髪が彼女の顔を美しく縁取り、すらりと伸びた真っ白な脚が私を誘っている。彼女は未経験だ。それに配慮しなければならない。しかし彼女は息を弾ませている。求めている。その目で私を見つめている。

自分のベッドでファックしたことは一度もない。これもまた〝初めて〟だな、ミス・スティール。

「きみは実に美しい、アナスタシア・スティール。いますぐにでもきみのなかに入りたい」

私は優しい声で言った。もう少しだけ焦らしたい。彼女がセックスをどこまで知っているのか確かめたい。「自分ではどうやるのか見せてくれ」彼女をじっと見つめて言った。

彼女は眉をひそめた。

「純情ぶっていないで、アナ、見せてくれ」心の片隅で、私はこう考えていた――尻を叩いてその純情ぶったところを追い出してやりたいな。

彼女が首を振る。「意味がわからない」

駆け引きのつもりか？

「ひとりのときはどうやっていくんだ？　見たい」

彼女は黙りこんでいる。またしても不意打ちを食らわせてしまったらしい。「したことがない」長い沈黙のあと、彼女は小さな声で言った。私は信じがたい思いで彼女を見つめた。この私でさえ、かつてはマスターベーションをしていた。私を支配するためにエレナから禁じられるまでは。

オーガズムを一度も経験したことがないということか。だが、にわかには信じられない。ひゅう。つまり、私は彼女と最初にファックし、最初のオーガズムをもたらすという大役を仰せつかったわけだ。失敗するわけにはいかない。

「そうか。それについては今後の課題としよう」きみを超特急でいかせてみせるよ、ベイビー。

とすると――男の裸を見るのも初めてか？　私は彼女の視線をとらえたまま、ジーンズのボタンを外し、ゆっくりと下ろして脱いだ。シャツを脱ぐリスクは冒《おか》せない。彼女が手を触れようとするかもしれないからだ。

しかし彼女なら……彼女なら大丈夫かもしれない。彼女に触られるのなら、平気かもしれない。

闇がせり上がってくる前にその考えを押しのけ、彼女の足首をつかんで脚を開かせた。彼女は目を見開き、両手でシーツを握り締めた。

そうだ。両手はそこに置いたままにしようか、ベイビー。

そろそろとベッドに上り、彼女の脚のあいだに割って入った。私の下で彼女が身をよじらせた。

「動くな」私はそう言うと、ももの内側の柔らかな肌にキスをした。そのまま上へと唇を這わせ、軽いキスをしながら下着を越え、腹部へとたどった。彼女が身悶えする。

「きみを動けないようにする方法を少しずつ試していかなくてはいけないな、ベイビー」

きみが同意してくれるなら。

快楽をただ受け入れることを教えたい。動くことを放棄して、すべての愛撫《あいぶ》、すべてのキスがもたらす快感をいっそう鮮烈に感じることを教えたい。そう考えただけで、いますぐ彼女のなかに入りたくなった。しかしその前に、彼女が愛撫にどこまで反応するかを確かめておきたかった。これまでのところ、敏感に反応している。自分の体が感じるままにゆだねている。ためらいはわずかも見せていない。欲しいからだ。本当に求めているからだ。私は彼女のへそに舌を忍びこませ、彼女の肌を味わいながら、北上の旅をゆっくりと続けた。姿勢を変え、片脚を彼女の脚のあいだに置いたまま、彼女の傍らに横たわる。掌を彼女の肌にそっとすべらせた。腰に。ウェストに。乳房に。乳房を優しく包んで、彼女の反応を確かめた。身をこわばらせたりせずにいる。私の手から逃れようともしなかった。私を信頼している。その信頼をより深めることはできるだろうか。私が肉体を、彼女を、完全に支配することを許すだろうか。そのことを考えると心が浮き立った。

「私の手にぴったりの大きさだ、アナスタシア」指をブラのカップにかけて下に引っ張り、乳房を露《あら》わにした。小さな乳首は薔薇色を帯びたピンク色をしていた。早くも固くなっている。ブラのカップをさらに引っ張る。カップとワイヤが乳房を下から押し上げる格好になった。もう一方の乳房も同じようにした。乳首が私の視線を感じていっそう固くそそり立つ。私は陶然《とうぜん》と見つめた。ああ……まだ手を触れてもいないのに。

「いいながめだ」私は畏敬の念を込めてささやいた。手前側の乳首にそっと息を吹きかけると、さらに固くそそり立った。私は歓喜に包まれた。アナスタシアが目を閉じて背を弓なりに反らす。

じっとしていろ、ベイビー。快感に身をゆだねろ。きみはこのあともっと濃密な快楽を知ることになる。

片方の乳首に息を吹きかけながら、もう一方を親指と人差し指でつまんで優しく転がすようにした。彼女の手がますますきつくシーツを握り締める。私はかがみこんで乳首を口に含み、強く吸った。彼女の体がふたたび弓なりに反り、唇から悲鳴に似た声が漏れた。

「これだけでいけるかやってみようか」私はそうささやき、そのまま乳首を責め続けた。彼女がすすり泣くような声を漏らす。

ああ、そうだ、ベイビー……感じろ。乳首はさらに固くそそり立ち、彼女は腰を回転させるように動かし始めた。じっとしていろよ、ベイビー。動かずにいることを教えてやらなくてはいけないな。

「あ……だめ」彼女が懇願する。両脚がこわばるのがわかった。感じている。絶頂に達しようとしている。私は淫らな攻撃を続けた。彼女の反応を見ながら左右の乳首を丹念に愛撫した。彼女の快感が伝わってきて、私まで気も狂わんばかりになった。ああ、彼女が欲しい。

「我慢するな、ベイビー」私は小声で言い、乳首をそっと噛んだ。彼女は甲高い声をあげてクライマックスに達した。

やった！　私は素早く動いて彼女の唇をふさぎ、悲鳴のような声を口で受け止めた。彼女は大きくあえぎながら快感に悶《もだ》えている。これで私のものだ。彼女の初めてのオーガズムは私のものだ。そう思うと、滑稽《こっけい》なほど有頂天になった。

「きみはとてもいきやすい体質らしいな。コントロールする方法を少しずつ身につけたほうがいい。その方法を教えるのはさぞかし楽しいだろう」それが楽しみでしかたがない。だが、いまは彼女が欲しい。彼女のすべてが欲しい。もう一度キスをしたあと、手をすべらせて脚のあいだに差し入れ、そこを包みこんだ。彼女の熱が伝わってくる。人差し指をレースのパンティの下にもぐりこませ、円を描くように愛撫した。ああ、もう濡れている。

「うれしいよ、こんなに濡れていて。いますぐきみが欲しい」私は指を入れた。彼女が声をあげる。そこの感触は熱く、きつく、そして濡れていた。彼女が欲しい。もう一度指を深く差し入れ、彼女の声を唇で受け止めた。掌をクリトリスに押し当て……優しく押し……円を描くように動かした。彼女があえぎ声を漏らしながら私の下で身をくねらせる。だめだ、欲しい。いますぐ欲しい。彼女の準備はできている。体を起こし、パンティを脱がせ、自分もボクサーショーツを下ろして、コンドームを取った。彼女の脚のあいだに割って入り、なおも大きく脚を開かせた。アナスタシアは……あの表情はなんだろう。恐怖？　勃起したペニスを初めて見たのだろう。

「心配ない。きみも広がるから」私はささやき、彼女の上に覆い被さると、両腕を彼女の頭の両側に置き、肘《ひじ》で体重を支えた。ああ、欲しい……だが、その前にもう一度だけ確かめた。

「本当にいいんだね？」

頼む、いまさらノーとは言わないでくれ。

「いいの。お願い」彼女が懇願する。

「膝を胸に引き寄せるようにして」私はそう促した。そのほうが楽に入る。こんなに高ぶったことがこれまであっただろうか。自制心が吹き飛びかけている。なぜだろう……彼女だからか。

彼女の何が特別なんだ？

グレイ、集中しろ！

いつでも貫けるよう体勢を整えた。彼女は目を大きく見開いて私を見上げている。その目は哀願していた。心の底から求めている……私に負けないくらい強く。優しく挿《い》れて痛みを長引かせるべきか、それとも一気に貫くべきか。

一気に行こう。とにかく彼女が欲しい。

「いまからきみを私のものにするよ、ミス・スティール。激しく」

そして一気に奥まで突き立てた。

あ……あ。

彼女のそこはきつくきつく締め上げてきた。彼女が悲鳴をあげた。

ちくしょう！　痛かったのだろう。動きたかった。彼女のなかに溺れたかった。だが自制心をかき集めて自分を引き止めた。「きつく締めつけてきている。どうだ、痛くないか？」私は訊いた。声がしゃがれていた。自分の耳にも不安げなささやき声と聞こえた。彼女はいっそう目を大きく見開きながら、大丈夫だとうなずいた。彼女のそこは、地上の楽園のようだった。私をぐいぐいと締めつけてくる。彼女の両手は私の腕に触れているのに、気にならない。闇は珍しく腹の底でおとなしくしていた。きっとあまりに長いあいだこの瞬間を待っていたからだろう。これほど強烈な欲望を……飢餓にも似た欲求を感じたのは初めてだ。新鮮な感覚だった。新しくて光り輝いている。私は多くのものを彼女に望んでいる。信頼、服従、降伏。彼女を私のものにしたい。しかしいまは、いまこの瞬間は……私が彼女のものだ。

「いいか、動くよ、ベイビー」私は張り詰めた声で言い、静かに腰を引いた。その快感ときたら、とても言葉にはならない。彼女の体が私のものを優しく包みこんでいる。もう一度彼女のなかに押し入った。彼女を征服した。誰もまだ征服したことのない彼女を。彼女がすすり泣くような声を漏らした。

私は動きを止めた。「もっと欲しいか?」

「もっと」一瞬の間があったあと、彼女がかすれた声で言った。

次はずっと深くまで貫いた。

「もっとか?」私は祈るような気持ちで尋ねた。全身の肌に汗の粒が浮かんでいた。

「もっと」

私を信頼してくれた——そう思ったとたん、もう我慢できなくなった。私は動き始めた。本腰を入れて動き始めた。彼女をいかせたい。彼女がいくまではやめない。この女を自分のものにしたい。体も、心も。彼女にきつく締め上げられていたい。

ああ——彼女も私に合わせて、私のリズムに合わせて動き始めている。わかっただろう、アナ、私たちはどれだけ相性がいいか。私は彼女の頭を両手で押さえて動けないようにして彼女の体を自分のものにし、キスをして彼女の唇を自分のものにした。私の下で彼女が体を固くする……いいぞ。彼女は絶頂に達しかけている。

「いまだ、いけ、アナ」私は命じるようにささやいた。彼女は小さな悲鳴をあげながら達した。背をのけぞらせ、大きく口を開き、目を閉じて……その姿態を目にしただけで充分だった。次の瞬間には私も彼女のなかで爆発していた。理性も理屈も吹き飛び、私は彼女の名前を叫びながら彼女のなかで激しく解き放った。

乱れた息を落ち着かせようとしながら目を開ける。私たちは額と額を合わせていた。彼女が私を見つめている。

ああ。私の完敗だ。

私は彼女の額にキスをし、彼女のなかから出ると、傍らに横たわった。

私が出るとき、彼女は軽く顔をしかめたが、それ以外は大丈夫そうだった。

「痛くなかったか？」私はそう尋ね、彼女の髪を耳の後ろに押しやった。なんでもいいから彼女に触れていたい。

アナは信じられないといった表情で微笑んだ。「痛くなかったかって、いま訊くこと？」

何を微笑んでいるのか、とっさに理解できなかった。

ああ。プレイルームのことか。

「一本取られたな」私は言った。この期《ご》に及んでもなお、彼女には驚かされる。「しかし、まじめな話、痛くなかったか？」

体の無事を確かめるように、彼女が傍らで体を伸ばす。それからおもしろがっているような、満ち足りたような笑みをこちらに向けた。

「質問にまだ答えていない」私はうなるように言った。彼女も楽しめたのかどうか知りたかった。情況証拠はすべて〝イエス〟を指し示していたが、彼女の口から言葉で聞きたかった。

答えを待つあいだにコンドームを外した。くそ、避妊具は嫌いだ。床の目立たない場所に置いた。

彼女が私を見つめていた。「またしたいくらい」そう言って内気な笑い声を漏らした。

え？

また？

もう？

「ほう、またしたいと言ったな、ミス・スティール」彼女の唇の端にキスをした。「この私に要求するとは生意気だ。うつぶせになれ」

それなら体に触られる心配をせずにすむ。

彼女は甘い笑みを一瞬向けたあと、腹ばいになった。私の股間がうれしげにむくりと動いた。ブラのホックを外し、彼女の背中から引き締まった尻まで掌をすべらせた。「ああ、見たこともないような美しい肌だ」彼女の顔を覆った髪をよけ、脚を開かせた。それから肩に優しいキスをした。

「どうしてシャツを着たままなの？」

まったく知りたがりだな。うつぶせの姿勢でいれば、彼女は私に触れない。そこで体を起こしてシャツを脱ぎ、床に放り出した。全裸で彼女に覆い被さった。彼女の温かな肌が私の肌と溶け合う。

いいね……これに慣れて何度でもこの感覚を楽しみたい。

「もう一度ファックされたいか」私は耳もとでささやきながらキスをした。彼女が私の下で身をよじらせる。

おっと、それはだめだ。じっとしていろ、ベイビー。

私は掌を彼女の全身にすべらせた。膝の裏側まで来ると、膝を持ち上げて大きく脚を開かせた。これでもう動けない。彼女が息を呑む。期待の表われであることを祈った。彼女は私の下で動きを止めている。

やっとか！

彼女の尻を掌で包むようにしながら、彼女に体重をかけた。「後ろからするよ、アナスタシア」空《あ》いたほうの手で彼女のうなじの髪をつかみ、動けないよう押さえつけた。彼女の両手は行き場を失ってシーツの上に大きく広げられている。私に触れることはできない。

「きみは私のものだ」私はささやいた。「私だけのものだ。それを忘れるな」

空いたほうの手を尻の側から脚のあいだに差し入れてクリトリスを探し当て、ゆっくり円を描くように愛撫した。

彼女が体をよじらせようとしているのが筋肉の動きで伝わってくる。だが、私の体重が彼女を釘付けにしていた。彼女の顎に沿って歯を立てる。私たちのセックスの匂いと彼女の甘い香りが混じり合った。「いい香りだ。たまらない」彼女の耳の裏に鼻をすり寄せた。

彼女が腰を動かして私の手にそこを押しつけてくる。

「動くな」私は警告した。

動くと、ここでやめるぞ……

ゆっくりと親指を挿れ、前側の壁を中心に、円を描くように愛撫した。

彼女があえぐ。また動こうとしているのがわかった。

「気持ちがいいか」私は焦らすように言い、耳たぶをそっと噛んだ。指でクリトリスを責めながら、親指をゆっくりと出し入れした。彼女の体に力が入った。だが、動けずにいる。

彼女は大きなうめき声を漏らした。目をきつく閉じている。

「たっぷり濡れている。たちまちのうちにここまで濡れるとはな。よほど感じやすいらしい。ああ、アナスタシア。すばらしい。とてもいいよ」

そう、とてもいい。きみがどこまで受け入れられるか試してみよう。

私は親指を抜き取った。「口を開けて」私は命じた。彼女が従うと、その口に親指を押しこんだ。「自分の味を確かめるんだ。この指をしゃぶれ、ベイビー」

彼女はしゃぶった……強く。

ああ。

一瞬、この親指がコックだったらと空想した。

「きみの口をファックしたいよ、アナスタシア。近いうちに」私の声はしゃがれていた。

彼女が私の指に歯を食いこませた……きつく。

くそ！　何をするんだ！

彼女の髪をぐいと引いた。彼女が私の親指を離す。「いけない子だな」いまの大それた行為を罰するための行為がパレードのように心をよぎっていった。彼女が私のサブミッシブなら、存分にお仕置きができるのに。考えただけで、コックがいまにもはち切れんばかりにいきり立った。彼女から手を離し、膝立ちになった。

「じっとしていろ。動くんじゃないぞ」ベッドサイドテーブルから新しいコンドームを取り、アルミの小袋を破いて、怒張したものにかぶせた。

そのあいだも彼女を見張っていた。彼女はじっと動かずにいる。期待に浅く速くなった呼吸に合わせて背中がわずかに上下しているだけだった。

それにしても美しい。

ふたたび彼女の上に覆い被さり、髪をつかんで頭を動かせないようにした。

「今度はじっくり時間をかけよう、アナスタシア」

彼女がごくりと喉を鳴らす。私は彼女のなかに分け入った。根本まで完全に埋めた。

ああ。なんという快感だろう。

円を描くように腰を動かしながらいったん退却し、ふたたびゆっくりと押し入った。彼女が甲高い声を漏らす。動かずにいられないのだろう、手足に力が入るのがわかった。

そうはいかないぞ。

じっとしているんだ。

私のコックだけを感じろ。

快感に没頭しろ。

「ああ、きみはすばらしい」私はうめくように言い、同じ動作を繰り返した。腰を回転させながら動かす。ゆっくりと。入って、出る。入って、出る。彼女の内側が小刻みに震え始めたのがわかった。

「まだだよ、ベイビー。まだいかせない」

まだまだいかせない。

こんなに気持ちがいいんだ、まだ終わらせない。

「お願い」彼女が叫ぶように懇願する。

「ここが痛くなるまで続けたいんだ、ベイビー」私は腰を引き、また突き出した。「明日、身動きをするたびに、私がここにいたことを思い出さずにはいられないくらいに。私のことしか考えられないように。きみは私のものだから」

「お願い、クリスチャン」

「何が欲しい、アナスタシア？　言ってみろ」私はゆっくりとした拷問《ごうもん》を続けた。「言ってみろ」

「あなたが欲しい。お願い」悲鳴のような声だった。

私を欲しがっている。

いい子だ。

私は速度を上げた。それに即座に呼応して、彼女の内側が痙攣《けいれん》するように震え始めた。

一突きするごとに言葉を切ってささやいた。「きみは……とても……すばらしい……きみが……欲しい……たまらない……ほど……きみは……私の……ものだ」

動きたいのに動けない彼女の手足が震えている。彼女は達しかけている。「さあ…… いけ、ベイビー」私はうなった。

その言葉を合図に、彼女は私を締め上げたまま激しく震えた。オーガズムの波が全身に広がっていき、彼女はマットレスに顔を埋めたまま私の名前を叫んだ。

彼女の唇から私の名前があふれ出た瞬間、私もクライマックスに達し、彼女の上に崩れ落ちた。

「ああ、アナ」疲れ切ってはいたが、恍惚感に包まれていた。私は即座に彼女から出て仰向けに転がり、コンドームを外した。彼女は私の隣で体を丸め、目を閉じると、そのまま眠りこんだ。

2011年5月22日　日曜日

ぎくりとして目が覚めた。意識に罪悪感が染み通っていた。何か恐ろしい罪を犯してしまったかのように。

アナスタシア・スティールとファックしたせいか？　処女を犯したせいか？

彼女は私に寄り添うようにして体を丸めていた。アラーム機能つきのラジオを確かめた。午前三時。アナは純真な者らしく熟睡している。そうか、もう純真ではないんだったな。彼女を見ていると腹の底で欲望が身動きをした。

起こしてしまおうか。

またファックしようか。

同じベッドで眠ることに一つ二つ利点があるのは確かなようだ。

グレイ。馬鹿なことを考えるのはよせ。

彼女とファックするのは、目的を手に入れる手段、刺激に満ちた気晴らしを手に入れる手段にすぎない。

そう、たいそう刺激に満ちた気晴らし。

もっと言えば、信じがたいほど刺激に満ちた気晴らし。

おい、頼むよ、ただのセックスじゃないか。

目を閉じて眠ろうとした。しかしその努力が実ろうはずがないことはわかっていた。寝室はアナで満ちている。彼女の香り。彼女の穏やかな寝息。私の初めてのバニラ・ファックの記憶。首をのけぞらせて絶頂を迎える彼女、私の名前を呼ぶ悲鳴に似た彼女の声、セックスに対する留まるところを知らない彼女の貪欲《どんよく》さ。それらが私の五感を占領している。

ミス・スティールは快楽を求める生き物だ。

調教はさぞ楽しいことだろう。

股間のものがひくついて同意を示す。

くそ。

眠れない。ただ、今夜、私を眠らせずにいるのは悪夢ではなく、ミス・スティールだ。ベッドを出て、使用済みのコンドームを拾い、口を結んでくず入れに捨てた。チェストからパジャマのパンツを出して穿く。私のベッドで眠っている魅惑的な女をもう一度だけ振り返って見たあと、キッチンに向かった。喉が渇いていた。

水を一杯飲んだら、眠れない夜にいつもすることをした——書斎に行ってメールをチェックした。シアトルに戻ったテイラーから、チャーリー・タンゴの待機を解除していいかと確認するメールが届いていた。ステファンはもう上で仮眠を取っているに違いない。この時刻だ。いまさら返事は必要ないだろうと思ったが、念のためにイエスと返事を送った。

リビングルームに戻り、ピアノの前に座った。ピアノはいつでも私を慰めてくれる。何時間でも没頭していられる。九歳のときにはもううまく弾けたが、演奏するのが心から楽しいと思えるようになったのは、自分の家を持って、初めて自分のピアノを置いたときからだ。すべてを忘れたいとき、私はピアノの前に座る。今夜は処女をベッドに誘い、ファックしたこと、なんの経験もない相手に性的な嗜好を明かしたことを忘れたい。鍵盤に手を置き、バッハの孤独な旋律に没頭した。

まもなく人の気配を感じて顔を上げると、アナがピアノの横に立っていた。キルトを体に巻きつけている。背中に滝のようにこぼれ落ちた豊かで奔放な髪。きらめく瞳。美しかった。

「ごめんなさい」彼女は言った。「邪魔するつもりはなかったんだけど」

なぜ謝る？　「いや、それは私のせりふだ」私は最後の音をいくつか奏でて立ち上がった。

「寝ていなくてはだめだろう」私は叱るように言った。

「いまの曲、すごくすてき。バッハ？」

「バッハ編曲だが、もとはアレッサンドロ・マルチェッロ作のオーボエ協奏曲だ」

「きれいな曲だけど、とても悲しい感じ。メランコリックな旋律」

メランコリック？　その言葉を私について使った人物が過去にもいた。


〝個人的な考えをお話ししてもかまいませんか、サー〟。私の傍らにひざまずいたレイラは言った。

〝聞こう〟。

〝サー、今日はとてもメランコリックな印象です〟。

〝私のことか？〟

〝はい、サー。私に何かできることはありませんか〟。


私は記憶を振り払った。アナはベッドで体を休ませているべきだ。私はベッドに戻るよう促した。

「でも、目が覚めたら、いなかったから」

「眠れなかった。他人と一緒に寝るのに慣れていない」この話はもうしたはずだろう。なぜ言い訳のように同じことを繰り返している？　私は彼女のむきだしの肩に腕を回した。彼女の肌の感触が心地よい。そのまま寝室に連れて戻った。

「いつからピアノを弾いてるの？　すごく上手よね」

「六歳のころからだ」そっけなく答えた。

「ふうん」おそらく察したのだろう――子供時代の話はしたくないということを。

「気分はどうだ？」私はベッドサイドテーブルの明かりをつけた。

「ばつぐんってとこ」

見るとシーツに血の染みがあった。彼女の血。いまはなき処女の証。彼女は血の染みを見つけるなり私を見上げ、またすぐに目をそらした。恥ずかしいのだろう。

「ふむ、明日の朝、ミセス・ジョーンズの頭にクエスチョンマークがひとつ、浮かぶことになりそうだな」

　彼女は恥ずかしそうな顔をした。

きみの体が残した痕跡というだけのことだよ、ベイビー。私は彼女の顎を持ち上げて表情を確かめた。自分の体を恥じてはいけないと簡単な説教をしようとしたところで、彼女が手を伸ばして私の胸に触れようとした。

　よせ。

　私は手の届かない位置まで離れた。闇が浮かび上がってくる。

やめてくれ。触らないでくれ。

「ベッドに戻れ」私はきつい調子で言った。意図した以上に険《けわ》しい口調になったが、内心の恐怖を悟られずにすんだことを祈った。彼女が当惑したように目を見開いた。傷ついてもいるかもしれない。

くそ。

「私も一緒に寝るから」私は和解を申し出るように言った。チェストからTシャツを出して、鎧代わりに手早くそれを着た。

彼女は突っ立ったまま私を見つめている。「ベッドに戻れ」私はさらに強い声で言った。彼女はあわててベッドに入って横になった。私もベッドに入り、彼女を背後から抱き寄せた。その髪に顔を埋めてあの魅惑的な香りを吸いこんだ。秋とリンゴ園の香り。背を向けている彼女は私に触れない。そうやってスプーンのように体を重ねたまま、彼女が眠りに落ちるのを待とうと決めた。眠ったら、私は起きて仕事に戻る。

「眠りなさい、美しいアナスタシア」髪に唇を押し当てて目を閉じた。彼女の香りが鼻腔を満たしている。幸せな時代の記憶が蘇って胸にあふれた。気持ちが休まった……

今日のママは楽しそうだ。歌を歌っている。

愛はすてきだって歌を歌ってる。

料理をしてる。歌ってる。

ぼくのおなかが鳴った。ママはベーコンとワッフルを焼いてる。

いいにおいだ。ぼくのおなかはベーコンとワッフルが好きなんだ。

すごくいいにおいだ。


次に目を開けると、窓から射しこむ光が部屋にあふれ、キッチンから美味しそうな香りが漂っていた。ベーコン。とっさに理解できなかった。ゲイルが妹の家から戻っているのか？

次の瞬間、思い出した。

アナ。

時計を見る。こんな時間か。ベッドから飛び出すように起きて、匂いを追いかけるようにキッチンに行った。

アナがいた。私のシャツを着て髪をお下げにし、音楽に合わせて踊り回っている。といっても、その音楽は私には聞こえない。彼女はイヤフォンをしていた。気づかれないまま、私はキッチンカウンターのスツールに腰を下ろし、ショーを眺めた。彼女は卵をかき混ぜて朝食を作っている。リズムに合わせて体重を動かすたびにお下げが左右に跳ねた。見ると、下着を着けていない。

いい子だ。

これほど身体のコントロールが不器用な女はほかに知らない。見ていると楽しく、チャーミングでもあり、また奇妙にエロチックでもあった。あの不器用さを改善する手段をあれこれ思い浮かべた。やがて彼女が振り返って私に気づき、その場に凍りついた。

「おはよう、ミス・スティール。朝から元気がいいね」お下げにしていると、年齢よりさらに幼く見える。

「よ……よく眠れたから」彼女は口ごもりながら答えた。

「それはどうしてだろうな」私は軽口を叩いた。たしかに、私もよく眠れた。もう九時を過ぎている。最後に六時半より遅くまで眠ったのはいつだろう。

昨日か。

彼女と一緒に寝たときだ。

「お腹空《ハングリー》いてる？」

「ああ、ものすごく」ハングリーなのは朝飯を待っているからか、それとも彼女が欲しいからか、自分でもよくわからない。

「パンケーキとベーコンと卵でいい？」

「文句なしだ」

「テーブルマットがどこにあるかわからなくて」彼女は途方に暮れたような顔で言った。恥ずかしいのだろう。踊っている姿を私に見られたから。哀れに思い、テーブルの用意は私がしようと申し出た。「音楽をかけようか？　きみが……その……ダンス？　を続けられるように」

彼女は頬をピンク色に染めて床に目を落とした。

くそ。かえって気まずくさせてしまったか。「私が来たからって、せっかくの楽しいショーを中断しなくていいんだよ」

彼女はくるりと向きを変え、躍起になって卵をかき混ぜ始めた。私のような人間が相手のとき、その行為がどれほど無礼にあたるか、想像もしていないのだろう……だが、知らなくて当然だ。そう考えると、どういうわけか唇が勝手に笑みを作っていた。彼女の背後に忍び寄り、お下げの片方を軽く引っ張った。「うーむ、そそられるな。私から身を守るつもりでこうしたんだとしたら、逆効果らしい」

私から身を守ることはできない。きみはもう私のものだから。

「卵の好みは?」彼女が思いがけずぶっきらぼうな調子で訊いた。声を立てて笑いたくなったが、こらえた。

「鞭か何かで叩いているみたいなその勢いで徹底的に泡立ててくれないか」私は答えた。まじめな顔で言ったつもりだが、口もとがにやけてしまった。彼女も笑みを噛み殺しながら卵をかき混ぜる作業を続けた。

彼女の笑顔に幻惑されかけた。

私は急いでテーブルマットを並べた。他人のためにテーブルの支度をしたのはいつ以来だ?

初めてだ。

ふだんなら週末のあいだはサブミッシブが家事をすべて引き受ける。

だが今日は期待できないぞ、グレイ。彼女はおまえのサブミッシブではないからな……いまの時点ではまだ。

オレンジジュースをふたり分用意し、コーヒーメーカーをセットした。彼女はコーヒーを飲まない。紅茶派だ。「きみには紅茶がいいかな」

「お願い。もしあれば」

戸棚からトワイニングのティーバッグを出した。買っておいてくれるよう、ゲイルに頼んであった。

ふう。本当にこれを使うときが来るとは。

ティーバッグを見て、彼女は唇をとがらせた。「わたしは〝初めからわかってた結論〟だったってこと？」

「どうかな。いまのところ、私たちはまだ何についても結論を出していないだろう、ミス・スティール」私は険しい視線を彼女に向けた。

そういうふうに自分を卑下するのはやめろ。

あの卑屈になりがちなところも直させなくてはいけないな。

彼女は私の視線を避け、朝食の支度を忙しく続けた。まもなくテーブルマットにふたり分の朝食が並んだ。彼女は冷蔵庫からメープルシロップを取ってカウンターに置いた。

彼女が目を上げるのを待って、私はスツールを身ぶりで指した。「どうぞこちらのお席へ、ミス・スティール」

「ありがとう、ミスター・グレイ」彼女はわざとらしく他人行儀で応じた。スツールに尻を乗せた瞬間、軽く顔をしかめたのがわかった。

「痛むか。どのくらい？」自分でも意外なことに、私は罪悪感を抱いているらしい。本心ではまた彼女とファックしたい。できれば朝食を終えたらすぐ。しかし痛むなら、考え直したほうがいい。代わりに今度は彼女の口でするのもいいだろう。

彼女は頬を染めた。「正直に言うと、比較対象がないから答えられない」そっけない声だった。「お大事にとでも言ってくれるつもりだった？」その辛辣な口調に、私は虚を衝かれた。彼女が私のサブミッシブなら、少なくとも尻を叩いてやるところだ。たとえばこのキッチンカウンターに腹ばいにさせて。

「いや、基礎トレーニングを今朝も続行すべきかどうかを確かめたかっただけだ」

「え」彼女はあっけにとられたようにつぶやいた。

そうさ、アナ。昼間にセックスしてはいけない理由はないんだよ。それに私としてはその生意気な口をファックしたいしな。

朝食を一口食べ、目を閉じてゆっくりと味わった。美味《うま》い。その一口を飲みこんでふと見ると、彼女は私をまだぼんやりと見つめていた。「食べなさい、アナスタシア」私は命じた。

「ところで、美味いよ」

彼女は料理ができる。しかも料理上手だ。

アナは自分の分を一口食べたが、そのあとは料理を皿の上でつつき回しているだけだった。

私は唇を嚙むのをやめてくれと言った。「気が散ってしかたがない。それに、私のそのシャツの下に何も着ていないことも知っている」

私のいらだちを知ってか知らずか、彼女は黙ってティーバッグをティーポットに浸した。

「どんな基礎トレーニングを考えてるの？」

まったく、好奇心の塊だな。だが、どこまでやる気がある？

「痛みがあるようだから、口《オーラル・スキル》でやるのをまず試してみようか」

紅茶のカップに口をつけたところだったアナが吹き出しそうになる。

おっと。窒息させるつもりはなかった。私は背中をそっとさすってやり、オレンジジュースのグラスを差し出した。「きみがすぐには帰らないという前提での話だが」あまり調子に乗ってはいけない。

「今日はここにいたい。迷惑じゃなければ。明日はアルバイトがあるから、帰らなくちゃいけないけど」

「何時から？」

「九時」

「明日朝九時までにはアルバイト先に送っていこう」

なんだって？　もうひと晩泊める気か？

自分に驚いた。

しかし、今夜も帰したくない。

「今日の夜には帰りたいんだけど――服も着替えたいし」

「新しいものを買えばいい」

彼女は髪を後ろに払い、困ったような顔で唇を噛んだ……またしても。

「どうした？」私は訊いた。

「今夜は家に帰る」

くそ、頑固だな。帰したくないが、契約が成立していないこの段階で無理強いはできない。

「いいだろう。今日のうちに送っていこう。さあ、食べなさい」

だが、彼女は皿の上の料理を見つめているだけだった。

「食べなさい、アナスタシア。昨日の夜から何も食べていないだろう」

「ほんとに食欲がないの」

まったく。焦れったい。「本気だぞ。朝食を全部食べなさい」私は低い声で言った。

「ねえ、どうしてそんなに食べ物にこだわるの？」彼女が挑むように言った。

それは訊くな。少しも楽しい話じゃない。「言ったろう。食べ物を無駄にするのはきらいなんだ。ほら、食べろ」私は彼女をにらみつけた。この件で意地を張るな、アナ。彼女は文句ありげな目でこちらを見たが、食べ始めた。

フォークで卵料理を口に運ぶのを確かめて、肩の力を抜いた。なかなか手ごわい女だ。こんな女にはお目にかかったことがない。初めての経験だ。それか。それだ。彼女は目新しいからだ。だからこれほど惹きつけられる……そうだろう？

朝食が終わると、私は彼女の皿も持って立ち上がった。

「きみは料理をした。私は片づけをする」

「それってすごく民主的」彼女は片方の眉を吊り上げて言った。

「たしかに。ふだんはこうではないんだが。皿を片づけたら、一緒に風呂に入ろう」

そこでオーラル・スキルの試験といこう。そう考えたとたんに高ぶりを感じ、何度か呼吸を繰り返して気持ちを落ち着けた。

やれやれ。

彼女の携帯電話が鳴り、彼女は話しこみながら何気なく部屋の隅に移動していった。私はシンクの前で動きを止めてその後ろ姿を見やった。一面がガラス張りになった壁からさんさんと射しこむ朝の光が、私の白いシャツを透かして彼女の体の線を浮かび上がらせている。口のなかがからからになった。華奢な体、長い脚、完璧な形をした乳房、完璧な形をした尻。あいかわらず電話で話を続けながら、彼女がこちらに戻ってきた。私は彼女のことは気にしていないふりをした。好色な視線で追い回していることに気づかれたくなかった。

誰と話しているんだ？

ケイトの名前が聞こえて、私は緊張した。何を話している？　私たちの視線がぶつかった。

彼女に何を話している、アナ？

彼女はこちらに背を向けた。まもなく電話を切り、こちらに戻ってきた。私のシャツの下で、尻が誘うようなリズムで揺れている。透けて見えていると正直に申告すべきか？

「秘密保持契約書。あれには全部が含まれるの？」彼女が訊いた。食器棚の扉を閉めようとしていた私は手を止めた。

「なぜ訊く？」この話の行き先はどこだ？　ケイトに何を話した？

彼女はひとつ深呼吸をした。「いくつか知りたいことがあるの。その、セックスのことで。ケイトに訊いてみたいんだけど」

「私に訊けばいい」

「クリスチャン、そう言ってくれるのはありがたいけど、でも――」彼女は口をつぐんだ。

どうした、恥ずかしいのか？

「しくみとかテクニックとか、そういうことを訊きたいだけ。苦痛の赤い部屋のことはひとこともしゃべらない」彼女はあわてたように早口で言った。

「苦痛の赤い部屋？」

なんだ、それは？

「いいか、アナスタシア、あの部屋の主役は苦痛ではなく快楽だよ。本当だ。それにきみのルームメイトは私の兄と寝ている。彼女とはできれば話をしてもらいたくない」

エリオットには私の性的な嗜好を知られたくない。しつこくからかったりあれこれ訊かれたりするのは目に見えている。

「家族の人たちは、あなたの、その……嗜好について知ってるの？」

「知らない。家族には関係のないことだ」

何か訊きたくてたまらないことがあるらしい。

「何を知りたい?」私はすぐ前に立って彼女の顔をじっと見つめた。

なんだ、アナ?

「いまはまだ具体的には」小さな声だった。

「では、たとえばこんな質問から始めてみるというのはどうかな。昨夜はどうだった?」私は固唾を呑んで返事を待った。彼女の答えが私たちの今後を左右するかもしれない。

「よかった」彼女はそう答え、とろけるようにセクシーな笑みを浮かべた。

ああ、その答えが聞きたかったよ。

「私もよかったよ。バニラ・セックスは初めてだった。なかなか悪くない。相手がきみだったからかもしれないが」

私の言葉に彼女が驚き、喜んでいるのがわかる。私はふっくらとした下唇を親指でなぞった。触れたくてたまらなくなっていた……またしても。「おいで、風呂に入ろう」キスをして、彼女の手を引いて寝室のバスルームに連れていった。

「そこで待っていろ」命令口調でそう言って蛇口をひねり、湯気を立て始めたバスタブに香りつきのオイルを垂らした。まもなく湯が溜まった。彼女はじっと私を見ていた。いつもなら、これから一緒に風呂に入ろうとしている女は慎み深く目を伏せているものだ。

だが、アナは別だった。

彼女は私をずっと目で追っている。その目は期待と好奇心できらめいていた。ただ、腕で自分の体を抱くようにしている——恥じらうように。

その恥じらいにぞくぞくした。

それに、彼女は男と一緒に風呂に入ったことがない。

またひとつ、彼女の〝初めて〟を私のものにできる。

風呂の準備が整うと、私はTシャツを脱いで手を差し出した。「ミス・スティール」

彼女はその誘いに応じてバスタブに入った。

「こっちを向け」私は優しく命じた。「その唇がどれだけ甘い味をしているかは知っている。誓ってもいい。ちゃんと知っている。しかし、頼むからそうやって噛むのはやめてくれないか。きみがそうやって唇を噛むのを見ているだけで、すぐにでもファックしたくてたまらなくなる。だが、いまのきみは痛くてファックには耐えられない。そうだろう？」

彼女はその言葉に息を呑み、唇を噛むのをやめた。

「ようやく理解したらしいな」

立ったまま、彼女はこくりとうなずいた。

「よし」彼女はまだ私のシャツを着ている。胸ポケットからiPodを取り出し、洗面台に置いた。「水と電気製品——あまり利口な組み合わせではない」シャツの裾をつかんで脱がせた。私が一歩下がって彼女の裸体をほれぼれ眺めると、彼女は即座に目を伏せた。

「いいか」私は穏やかな声で言った。彼女が上目遣いにこちらを見た。「アナスタシア。きみはとても美しい。何もかもが美しいんだよ。まるで恥じているみたいにそうやってうつむくことはない。きみは恥じるようなところはひとつもないんだからね。それに、こうして間近にきみを見ているだけで、私にとっては喜びなんだ」彼女の顎を持ち上げてこちらを向かせる。

私から隠れようとするな、ベイビー。

「座れ」

彼女はあわてたように座った。ひりひりする体に熱い湯が嚙みついたのだろう、軽く顔をしかめた。

よし……

彼女は目を閉じてバスタブの縁に頭をもたせかけた。次に目を開いたときには少しリラックスしたように見えた。「あなたも入ったら？」澄ました声で言う。

「入ろうか。前に寄れ」服を脱いで彼女の後ろに入り、彼女を胸に抱き寄せた。脚を伸ばし、両側から彼女の脚をはさみこむようにしながら、足を彼女の足首にのせて脚を開かせた。

彼女が胸のなかで身をよじらせる。私はその動きを無視して彼女の髪に鼻先をうずめた。

「とてもいい香りだ、アナスタシア」そうささやく。

彼女が動きを止めた。私はすぐそばの棚からボディソープを取った。掌に少し絞り出して泡立て、彼女の首から肩にかけてマッサージを始めた。彼女はうめき声を漏らし、私の優しい愛撫にうっとりしたように首を傾けた。

「気持ちがいいか」

「う……ん」満足げな声だった。

両腕から腋《わき》へと手をすべらせていき、最初の目的地にたどりついた。乳房。ああ。この感触。

理想的な乳房だ。もみしだきながら、ときおり焦らすように乳首に軽く触れた。彼女は低くうめきながら腰を動かした。息遣いが速くなっている。感じているのだ。私の体も反応して、彼女を下から押し上げた。

掌を彼女の腹部へと這わせ、次の目的地を目指した。恥毛に触れる直前でボディタオルを取った。そこにボディソープを絞り出して、彼女の脚のあいだを洗い始めた。優しく、ゆっくり、しかし優しすぎず、なぞるように、洗いながら刺激する。彼女はあえぎながら私の手の動きに合わせて腰を動かし始めた。頭を私の肩にもたせかけ、目を閉じ、口を開いて声にならない声をあげて、私の執拗《しつよう》な指に身をゆだねている。

「楽しめ、ベイビー」私は耳たぶをそっと噛みながら言った。「感じろ、ベイビー」

「ああ……もうだめ」彼女がか細い声でささやき、脚をまっすぐに伸ばそうとしたが、私は自分の脚でその動きを押さえつけた。

よし、ここまでだ。

彼女はたっぷりの泡で覆われた。次に進もう。

「さあ、これだけ洗えば充分きれいになったろう」私はそう宣言して手を引っこめた。

「なんでやめるの？」彼女がぱっと目を開けて抗議の声をあげた。欲求不満と失望が表われていた。

「きみにはほかのプランを用意しているからさ、アナスタシア」

彼女は息を弾ませている。そして、私の見間違いでなければ、唇をとがらせていた。

いいぞ。

「こっちを向け。私も洗ってもらいたい」

彼女が向きを変える。頬は紅潮し、目は潤《うる》んで瞳孔が広がっていた。

私は腰を浮かせてコックをつかんだ。「私の体のなかでもっとも愛すべきパーツと親しくなってもらいたい。そう、ファーストネームで呼び合うくらいに親しく。こいつには愛着があるんだ」

彼女があんぐりと口を開けた。ペニスを見て、私の顔を見……またペニスを見る。私はにやりとせずにいられなかった。彼女の表情は大きさに仰天したバージンのそれそのものだった。

しかし、食い入るようにペニスを見ている彼女の表情にまもなく変化が現われた。まずは思案するような、次に値踏みするような表情がよぎり、それから私と目を合わせたとき、その顔には挑むような色が浮かんでいた。

いいね、その心意気だ、ミス・スティール。

彼女は楽しげに微笑むと、ボディソープのボトルを取った。時間をかけて掌にソープを垂らし、私の目を見つめたまま手をこすり合わせる。口を軽く開いて下唇を嚙み、歯がうっすらと残した痕を舌の先で舐める。

アナ・スティール。心得ているではないか。

私のコックも同意して、いっそう固く屹立した。彼女の手が伸びてきて、コックを握った。歯を食いしばったが、声にならない声が漏れていた。目を閉じてその瞬間を楽しんだ。

ここだけは、触られても平気だ。

そうさ、どんどん触れてくれ……私は彼女の手に自分の手を重ねてやりかたを教えた。

「こうだ」かすれた声でそう言い、一緒に手を動かす。私の手に包まれた彼女の手に、いっそう力がこもった。

ああ。すばらしい。

「その調子だ、ベイビー」

私は手を離し、彼女ひとりで続けさせた。目を閉じて、彼女のリズムに身をゆだねる。

ああ、いい。

彼女の未熟さがどうしてこうも魅惑的に思えるのだろう。彼女の〝初めて〟をすべて手に入れるのが快感だからか？

と、彼女が思いがけず私のものを口に含んで強く吸い上げ、舌で先端をなぞった。

くそ。

「あああ……アナ」

彼女がさらに強くしゃぶる。その目には女の狡猾《こうかつ》な表情が浮かんでいる。これは報復なのだ。彼女なりの仕返しなのだ。ああ、それでも彼女は美しかった。

「う……う」また声が漏れた。私は目を閉じた。すぐにいってしまいたくない。彼女は甘い拷問を続けている。舌の動きに自信がみなぎり始めたのを感じて、私は腰を持ち上げ、彼女の口のさらに奥へと押し入った。

さあ、どこまで行ける？

彼女を見ていると我慢できなくなった。もうだめだ。私は彼女の髪をつかみ、彼女の口をファックし始めた。彼女は私のももに両手をついて自分の体重を支えた。

「ああ……ベイビー……いいよ、ものすごくいい」

彼女は唇で歯をくるむようにして私のものをふたたびくわえこんだ。

「あ……！」私はうめいた。どこまで奥に入るだろう。彼女の口は私を激しく責めている。歯を唇でくるんで強くしごいている。もっと欲しい。「すごい。どこまでいける？」

彼女が私の目を見つめ、眉をひそめた。それから覚悟を決めたように私のものを思いきりくわえこんだ――喉の奥に当たるまで。

ああ。

「アナスタシア、きみの口のなかでいってしまいそうだ」息を弾ませながら、私は警告するように言った。「いやなら、いまのうちにやめてくれ」そう言いながらも腰を突き上げた。何度も。何度も。自分のものが彼女の口の奥に消え、また現われるのを見ていると、ああ……なんとエロチックなのだろう。もういってしまいそうだ。彼女がふいに歯をむきだしにしてそっと噛んだ。もうだめだ！　私は彼女の喉の奥でいった。悦《よろこ》びの声をあげながら。

ああ……

息が乱れていた。彼女には完敗だ……またしても！

目を開けると、彼女は誇らしげに輝いていた。

誇りに思うのは当然だ。いまのはすごかった。

「喉の奥に当たっても吐き気を催さないのか？」私は息を整えながら、感嘆の目で彼女を見つめた。「ああ、アナ……いまのは……すごかった。本当にすごかった。こんなにうまいとは思わなかったよ」立派な仕事ぶりだった。称賛に値する。

しかし、待てよ。ここまでうまいとなると、やはり以前にも経験があるのではないか。

「前にもやったことがあるのか」そう訊いたが、答えを知るのが怖いような気もした。

「ない」彼女は誇らしげにきっぱりと答えた。

「そうか」安心したことが顔に出ていなければいいと思いながらうなずいた。「またひとつ〝初めて〟が増えたようだ、ミス・スティール。オーラル・スキルの成績はAだ。おいで、ベッドに行こう。オーガズムの借りができた」

いくらか頭がぼんやりしたままバスタブから出て、腰にタオルを巻きつけた。新しいタオルを取って広げ、バスタブから出るアナに手を貸し、彼女の腕と体ごとタオルでくるみこんだ。それから抱き寄せ、唇にキスをした。舌を差し入れて彼女の口のなかを探索する。

私のオーガズムの味がした。彼女の頭をしっかりと支え、さらに深いキスをする。

欲しい。

彼女のすべてが欲しい。

体も。心も。

私のものにしたい。

狼狽《ろうばい》したような彼女の目をのぞきこみ、私は懇願するようにささやいた。「イエスと言ってくれ」

「何に？」

「契約にだ。私のものになることに。お願いだ、アナ」これほど切実に何かを懇願するのはいつ以来のことだろう。ふたたびキスをした。沸き立つような情熱をそのキスに注いだ。手を取ると、彼女は熱にやられたような顔をしていた。

もっと目をくらませてやれ、グレイ。

寝室に入ると、彼女の手を離した。「私を信用するか」

彼女がうなずく。

「いい子だ」

美しくて素直なすばらしい女だ。

私はクローゼットに入ってネクタイを一本選び出した。彼女のところに戻ってタオルを剝ぎ取り、床に放り出した。「両手を出せ」

彼女は唇を舐めた。その一瞬、迷っていたのだろう。しかしすぐに両手をそろえて差し出した。私は手首にネクタイを回して素早く縛った。結び目を引っ張って試す。よし。簡単にはほどけない。

トレーニングの次の段階を始めようか、ミス・スティール。

彼女の唇が軽く開いて息を吸いこんだ……高ぶっている。

彼女のお下げを軽く引っ張った。「この髪型だと、ずっと幼く見えるな」だが、その程度のことで私から身は守れない。私は腰に巻いていたタオルを床に落とした。「さて、アナスタシア。きみをどうしようか」彼女の腕を両側からつかみ、勢いよく倒れてしまわないようしっかり支えながら、ベッドに仰向けに横たえた。寄り添うように隣に横になり、彼女の手を取って、頭上に持ち上げた。「手はここだ。ここから動かすな。いいね？」

彼女の喉がごくりと鳴った。

「返事は？」

「手は動かさない」かすれた声で彼女が答える。

「いい子だ」微笑まずにいられない。彼女は私の隣に横たわっている。手首を縛られた無防備な姿で。彼女は私のものだ。

もちろん、彼女を好きにできるわけではない。いまはまだ。とはいえ、そのゴールはもうそう遠くないだろう。

身をかがめ、私は軽くキスをして、これから全身にキスをすると告げた。

キスをしながら唇を耳の横から首筋まで這わせる。彼女の口からため息のような音が漏れた。そのあえぎ声が私をさらに高ぶらせる。だがそのとき、彼女が腕を下ろして私の首に回そうとした。

おっと、だめだ、だめだ。それはいけないよ、ミス・スティール。

彼女をにらみつけ、手首をつかんで頭上に戻す。「手を動かすな。動かしたら、また最初からやり直しだ」

「あなたに触れていたいのに」彼女がささやく。

「わかっている」だが、だめなものはだめだ。「手を頭の上から動かすな」

唇は軽く開かれ、胸は浅く速い呼吸に合わせて小さな上下を繰り返している。彼女も高ぶっている。

よし。

彼女の顎を持ち上げ、喉を始点に全身に唇を這わせていく。片手で乳房に触れ、唇がそのすぐあとを追う。もう一方の手は、彼女が動かないよう腹に置いていた。私は左右の乳首にそれぞれ敬意を払った。優しく吸い、歯で噛む。乳首がそれに反応して固くなる。

彼女がすすり泣くような声を漏らし、腰を動かし始めた。

「動くな」私は彼女の肌に唇を押し当てたまま警告した。キスをしながら腹部を横切る。途中で寄り道をして、へそに舌を差し入れ、奥まで味わった。

「あ……」彼女がうめいて身をよじらせる。

じっとしている忍耐を叩きこまなくてはいけないな……

彼女の肌に軽く歯を立てた。「ああ。きみはとても甘い味がするよ、ミス・スティール」へその周囲や恥毛を歯ではさんでそっと引っ張る。それから彼女の膝のあいだに割って入り、足首をつかんで脚を大きく広げさせた。全裸で手首を縛られ、大きく脚を開いた彼女。ほれぼれするような美しい姿だ。左足をつかんで膝を曲げさせると、爪先に唇を押し当てた。彼女の表情を観察しながら、足の指一本一本にキスをし、指の腹の柔らかい部分を優しく噛んだ。

彼女は目を見開き、口を開けた。唇は大きなOと小さなOを交互に形作っている。小指の腹を少しだけ強く噛むと、彼女の腰が跳ねるように持ち上がり、唇から泣き声に似た音が漏れた。私は足の甲を舐め、そのまま舌の先で足首までたどった。彼女は目をきつく閉じ、首を左右に振った。私は甘美な拷問を続けた。

「ああ、もうだめ、やめて」足の小指をしゃぶり、噛むと、彼女は哀願した。

「楽しいことにはかならず終わりが来ると言うだろう、ミス・スティール」私はからかうように言った。

膝までたどり、さらに北上を続けてももの内側を舐め、吸い、歯を立てながら、脚をさらに大きく開かせた。

私の舌がももの付け根にたどりついた瞬間、彼女が体を震わせた。驚いて。期待して。

まだだ……まだだよ、ミス・スティール。

私は左脚の愛撫に戻り、膝から始めて、ももの内側を這い上った。

ついに目的地に着いた。脚のあいだに。彼女は身を固くしたが、手を頭上に置いたままでいる。

いい子だ。

私は脚のあいだのその部分を鼻先で上下になぞった。

彼女が身をよじらせた。じっとしていることを覚えてもらわなくてはならない。

私は動きを止めた。

彼女が頭を持ち上げて私を見た。

「自分がどれほどすばらしい香りをさせているか、知っているか、ミス・スティール？」視線をからませたまま、彼女の恥毛に鼻をうずめて大きく息を吸いこんだ。彼女が頭をのけぞらせてあえぐ。

恥毛に息を吹きかける。「これはなかなか気に入ったよ」恥毛を間近で見たのは久しぶりだった。優しく引っ張って言った。「ここは脱毛せずにおこうか」

蠟燭プレイには向かないが……

「ああ……お願い」彼女が懇願する。

「きみが懇願する姿はたまらないね、アナスタシア」

彼女がうめく。

「借りを返すという観念はふだんの私にはないんだ、ミス・スティール」私は彼女の肌に息を吹きかけながら言った。「しかし今日、きみは私を悦ばせた。その褒美をやらなくてはいけないだろう」ももをしっかりと押さえつけると、そこに舌を這わせ、クリトリスを転がすようにゆっくりなぞった。

彼女が悲鳴のような声を漏らす。体が弓なりに反ってベッドから浮く。

だが、私はやめなかった。執拗に舌で責め続けた。彼女の体がぴんと張り詰める。爪先が伸びる。

いいぞ、もう少しでいきそうになっている。私は中指をそろそろと彼女のなかに沈めた。

濡れている。

濡れて、待っている。

「ああ、ベイビー。うれしいよ。私のためにこんなに濡れて」そこを押し広げようとするように、指を時計回りに動かす。私の舌はクリトリスを責め続けている。何度も。何度も。私の下で彼女の体が硬直した。大きな悲鳴とともに、彼女は強烈なオーガズムに達した。

よし！

私は膝立ちになり、用意してあったコンドームを取った。準備が整うと、ゆっくりと彼女のなかに入った。

う……なんと気持ちがいいのか。

「大丈夫か？」私は確かめた。

「大丈夫。すごくいい」彼女の声はかすれていた。

よし……私は動き始めた。私を締めつける彼女の感触に酔いしれながら。何度も、何度も。

速く、もっと速く。私は彼女に溺れていた。もう一度いかせたい。満足を与えたい。

幸福感を味わわせたい。

やがて彼女がふたたび全身を硬直させ、か細い泣き声を漏らした。

「いまだ、いけ、ベイビー」私は歯を食いしばって言った。次の瞬間、私の周囲で彼女が破裂した。

「ああ、いくぞ」私は叫んで解き放った。甘い解放。崩れ落ちるように彼女に体重を預けた。彼女の柔らかさが心地よい。彼女が腕を下ろして私の首に回した。縛られているから、私に触れることはできない。

深呼吸をし、肘をついて体重を支えると、信じがたい思いで彼女を見つめた。

「きみと私はどれほど相性がいいか、わかっただろう？　きみが私のものになれば、いまよりもっとすばらしくなる。信じてくれ、アナスタシア。私なら、いまのきみが存在さえ知らずにいる場所に連れていくことができる」私たちの額が触れ合った。私は目を閉じた。

頼む、イエスと言ってくれ。

そのとき、ドアの向こう側から話し声が聞こえてきた。

なんだ？

テイラーと母のグレースだ。

「まずい！　うちの母だ」

私は急いで腰を引いた。彼女が痛みに顔をしかめた。

ベッドから飛び出し、コンドームをくず入れに放りこむ。

なんの用だ？　どうして母が来ている？

よかった、テイラーが母を寝室から遠ざけてくれたらしい。いずれにせよ、母はこれから驚くことになる。

アナはまだベッドに仰向けに横たわっている。「急げ、服を着ろ――母に会ってみたいなら、だが」私は急いでジーンズを引っ張り上げながら、アナににやりとしてみせた。彼女はかわいらしく見えた。

「クリスチャン――これじゃ何もできない」彼女はそう抗議したが、顔には笑みが浮かんでいた。

私はかがみこんでネクタイをほどき、彼女の額にキスをした。

母は有頂天になるだろうな。

「また新たな〝初めて〟だな」私は顔から笑みを消せないまま言った。

「この部屋にはきれいな服がない」

白いTシャツを着て振り返ると、彼女はベッドに座って膝を胸に抱き寄せていた。「わたしはここに隠れてたほうがいいかも」

「それは許さない」私は警告するように言った。「私の服を着ればいい」

私の服を着ている彼女はセクシーだ。

彼女が悲壮な表情を浮かべる。

「アナスタシア、きみはたとえボロを着ていたってきれいなんだ。心配するな。それに母に紹介したいんだよ。さあ、服を着なさい。先に行って母の機嫌を取っておく。五分以内にリビングルームに来い。遅れたら、どんな格好をしていようと、ここから引きずり出すからな。Tシャツはこの抽斗に入っている。シャツはそこのクローゼットだ。どれでも好きなのを着てかまわない」

彼女は目を見開いた。

いいか、これは冗談じゃないぞ。

彼女を鋭く一瞥したあと、私はドアを開けて母を迎えに出た。

母は玄関ホールの手前の廊下にいて、ティラーが相手をしていた。私に気づいてぱっと顔を輝かせる。「クリスチャン。まさかお客さんがいらしてるなんて思いもよらなかったから」母は少し気まずそうな表情で言った。

「やあ、母さん」私は差し出された頬にキスをした。「あとは引き受けるよ」ティラーに言った。

「わかりました、ミスター・グレイ」ティラーは疲れた顔で自分のオフィスに引き上げていった。

「お世話様、ティラー」母はティラーの後ろ姿に向かって言ったあと、こちらに向き直った。

「〝あとは引き受ける〟ですって？」とがめるように言った。「ダウンタウンに買い物に来たの。それでちょっと寄って、コーヒーでもいただこうかと思いついて」母はそこで口をつぐんだ。「お客様がいらしてると知ってたら……」まるで少女のようにぎこちなく肩をすくめた。

　母がふらりと現われ、コーヒーを飲んで帰ったことはこれまで何度もある。そのときも〝お客様〟はいた……母が知らないだけで。

「彼女もすぐ来る」私は気まずそうに言いよどんでいる母に助け船を出した。「座って待とうか」私はソファのほうに手を差し伸べた。

「彼女？」

「そうだ、母さん。女性だ」私は笑いそうになるのをこらえながら言った。あの母が珍しく黙りこんでいる。私たちはリビングルームに移動した。

「朝食はすませたようね」母は使いっぱなしのフライパンを見やって言った。

「コーヒーを淹《い》れようか」

「いいえ、遠慮するわ、クリスチャン」母はソファに腰を下ろした。「あなたの……お友達に挨拶したら、すぐ失礼するから。邪魔したくないもの。また書斎にこもって仕事をしてるんじゃないかと思っただけなの。あなたは働きすぎよ、クリスチャン。仕事から引き離そうと思っただけ」弁解がましくそう続ける。私は母の隣に腰を下ろした。

「いや、心配はいらないよ」私は母の動揺ぶりを愉快に思いながら言った。「今日は教会には行かなかったの？」

「キャリックが朝から仕事だったの。だから、今日は夕方のミサに行く予定。あなたも一緒に来たりはしないわよね」

私は皮肉と軽蔑を込めて片方の眉を吊り上げた。「母さん、私が教会に行かないことは知ってるだろう」

神と私はもう何年も前に互いに見切りをつけた。

母はため息をついた。そこにアナが現われた——自分の服を着て、はにかんだ様子で戸口に立っている。母と息子の会話が気まずい方角に向かいかけたのをタイミングよく邪魔してくれた。私は安堵を感じながら立ち上がった。「ああ、来た」

母は振り向いて立ち上がった。

「母さん、こちらはアナスタシア・スティール。アナスタシア、母のグレース・トレヴェリアン＝グレイだ」

ふたりが握手を交わす。

「初めまして、よろしくね」母が言った。その声にはいくらか過剰な熱意が込められているように思えた。

「初めまして、ドクター・トレヴェリアン＝グレイ」アナは固苦しい挨拶をした。

「グレースと呼んでちょうだい」母がいきなりくだけた口調で愛想よく言った。

え？　会ったばかりなのに？

母が続けた。「ふだんはドクター・トレヴェリアンで通してるの。それに、ミセス・グレイは義母のことだしね」母はアナにウィンクしてソファに座り直した。私はアナを手招きし、ソファの私の隣をそっと手で叩いた。彼女が来て座る。

「ねえ、どこで知り合ったの？」母が訊く。

「アナスタシアがワシントン州立大学の学生新聞の取材で会いにきた。ほら、今週の卒業式で証書を授与することになっているから」

「あなたも今度卒業するの？」母はアナに微笑みかけた。

「はい」

そのときアナの携帯電話が鳴り出し、彼女はちょっと失礼しますと言って電話に出た。

「祝辞も頼まれている」私は言ったが、アナに気を取られていた。

電話の相手は誰だ？

「ねえ、ホセ、いまちょっと手が離せないの」彼女の声が聞こえた。

あのカメラ小僧か。いったいなんの用だ？

「エリオットの留守電にもメッセージを残したの。そうしたら、ポートランドにいるって。先週から一度も顔を見てないのよ」母が言った。

アナが電話を切ってこちらに戻ってくる。

母が続けた。「エリオットから電話があってね、あなたはシアトルに帰ってきてるって聞いたものだから。二週間も顔を出さないなんてひどいわ、クリスチャン」

「エリオットから電話？　へえ」

カメラ小僧はなんの用だったんだ？

「それで、ランチでも一緒にと思いついたわけ。でも、先約がありそうね。せっかくの予定を邪魔したくないわ」母は立ち上がった。母が珍しく空気を察したことにほっとした。また私に頬を差し出す。私はさよならのキスをした。

「アナスタシアをポートランドまで送っていかないと」

「だからいいのよ、気にしないでちょうだい、クリスチャン」それから母は明るい――勘ちがいでなければ、感謝のこもった――笑みをアナに向けた。

くそ、うっとうしい。

「アナスタシア、お話しできてよかったわ」母はにこやかに微笑みながらアナの手を取った。

「またお会いしましょうね」

「ミセス・グレイ、お見送りいたします」テイラーが戸口に現われた。

「ありがとう、テイラー」母はそう答え、テイラーにエスコートされて両開きの扉から玄関へと向かった。

ふむ。なかなか興味深い反応だったな。

母はずっと私をゲイだと思っていたはずだ。それでもプライバシーには踏みこまずにいてくれた。一度も問いただそうとしなかった。

だが、これでわかっただろう。

アナはいかにも不安げに下唇を噛んでいる。まあ、不安に思うのは当然か。

「さっきの電話はカメラマン氏からか」私は不機嫌な声で言った。

「そうだけど」

「用はなんだった？」

「謝りたいって――ほら、金曜の件」

「なるほど」許してもらって、襲いかかるチャンスを手に入れ直そうという算段か？ そうくそ。今朝、メールをチェックするのを怠《おこた》った罰がこれか。アナのことで頭がいっぱいだった。

思うと不愉快になった。

テイラーが咳《せき》払いをした。「ミスター・グレイ。ダルフール行きの貨物にトラブルが」

「チャーリー・タンゴはボーイング・フィールドに戻っているのか」私はテイラーに訊いた。

「はい」

テイラーはアナのほうを向いて軽くうなずいた。「失礼します、ミス・スティール」

彼女はテイラーに大きな笑みを見せた。テイラーは立ち去った。

「ここに住んでるの？ テイラーのことだけど」

「そうだ」

キッチンに行き、携帯を取ってメールをざっとチェックした。ロズから〝重要〟のフラグがついたメールと携帯メールが何件か届いていた。私はその場で電話をかけた。

「ロズ、どういうことだ？」

「クリスチャン。おはようございます。ダルフールから報告があって、その内容が思わしくありません。貨物と運送クルーの安全は保証できないと言ってきています。国務省も現地のNGOの支援が取りつけられないかぎりゴーサインは出しません」

冗談じゃない。

「クルーを危険にさらすわけにはいかない」ロズも私のその意向は理解している。

「たとえば傭兵を護衛につけるという手もあります」ロズが言った。

「いや、キャンセルしてくれ――」

「でも、費用が」ロズが反論した。

「空中投下に切り替えろ」

「そうおっしゃるだろうと思ってました、クリスチャン。すでに手配は進めています。ただ、かなりコストがかさみます。準備を進めるあいだに貨物をフィラデルフィアからロッテルダムに移します。そこからはこちらで引き受けます。以上です」

「頼んだぞ」私は電話を切った。国務省の協力を取りつけたいところだ。あとでブランディーノ上院議員に掛け合ってみようと決めた。

私はミス・スティールに視線を戻した。リビングルームの真ん中に立ち、警戒するような目でこちらを見ている。さっきまであれほど順調に進んでいたのに。

そうだ。契約書。交渉の次の段階はそれだ。

私は書斎に行き、デスクの上の書類をそろえてマニラ封筒に入れた。

リビングルームに戻ると、アナはさっきと同じ場所に突っ立っていた。カメラ小僧のことでも考えていたのか……私の気分は急降下した。

「これが契約書だ」封筒を見せて言った。「目を通しておいてくれ。週末にでも本格的に話し合おう。より深く理解するために、ざっとリサーチすることをお勧めするよ」彼女は封筒を見て、また私を見た。顔が青ざめている。「きみが同意するなら、だがね。私としては、ぜひ同意してもらいたい」

「リサーチって？」

「いまどき、ネットで調べられないことはない」

彼女が顔を曇らせた。

「どうかしたか」私は尋ねた。

「パソコンを持ってないから。ふだんは学校のを使ってて。ケイトのノートパソコンを借りられそうだったら、リサーチしてみる」

パソコンを持っていない？ いまどき、大学生がパソコンを持っていないって？ そんなに金に困っているのか？ 私は封筒を渡した。「そういうことなら私が一台、買……あー、貸し出そう。荷物を取っておいで。車でポートランドまで送っていく。途中でランチにしよう。着替えてくる」

「わたしは電話してくる」彼女はためらいがちに小さな声で言った。

「あのカメラマンか？」私はぴしゃりと言った。彼女は後ろめたそうな顔をした。

ちくしょう、そうなのか？　「私は共有はしない。よく覚えておくことだ、ミス・スティール」私はそれだけ言って足早にリビングルームをあとにした。

本当はあの小僧が好きなのか？

私はセックスを知るために利用されているだけなのか？

くそ。

いや、金のためかもしれない。そう思うと気持ちが沈む……ただ、私の目に彼女は金目当ての女には見えない。服を買うことひとつにもいちいち抵抗する。ジーンズを脱いでボクサーショーツを穿いた。ブリオーニのネクタイが床に落ちていた。私は足を止めて拾い上げた。

彼女は縛られるのを受け入れた……まだ希望はあるぞ、グレイ。希望はある。

そのネクタイとほかのネクタイ二本、ソックス、下着、コンドームをメッセンジャーバッグに詰めた。

おい、何をしている？

私は今週いっぱいヒースマン・ホテルに泊まるつもりでいるらしい……彼女のそばにいたいがために。スーツを二着とシャツを何枚か、出しておいた。週のなかばにテイラーに持ってきてもらおう。卒業式にはスーツが必要だ。

洗濯したてのジーンズを穿き、レザージャケットを取ったところで、携帯電話のバイブレーションが作動した。エリオットから携帯メールが届いた。

〈今日、おまえの車で帰る。

おまえの移動手段を横取りしたんじゃなければいいが〉

すぐに返信した。


〈かまわない。これからポートランドに戻る。

シアトルに着いたらテイラーに連絡してくれ〉

内線電話でテイラーにかけた。

「はい、ミスター・グレイ」

「今日の午後、エリオットがSUVで帰ってくる。明日、ポートランドまでその車を運転してきてくれないか。大学の卒業式までヒースマン・ホテルに泊まる。きみが来るときついでに持ってきてもらいたい着替えをそろえておいた」

「かしこまりました」

「それから、アウディに連絡してくれ。例のA3だが、予定より早く納車してもらうことになりそうだ」

「いつでも納車可能な状態です、ミスター・グレイ」

「そうか。よかった。ありがとう」

車の件は片がついた。次はパソコンだ。バーニーに電話をかけた。おそらくオフィスにいるだろう。彼のオフィスには最新のノートパソコンが一つ二つ余っているはずだ。

「ミスター・グレイ？」

「オフィスで何をしている、バーニー？　日曜だというのに」

「タブレットの設計がどうにも気になりましてね。太陽電池の問題が頭を離れなくて」

「家庭も大切だぞ」

バーニーは鷹揚《おうよう》に笑った。「ところでどんなご用でしょう、ミスター・グレイ？」

「新品のノートパソコンはないか？」

「アップルが発売したばかりのマシンが二台ありますが」

「よかった。一台欲しい」

「わかりました」

「メールアカウントを新しく作って設定しておいてもらえないか。アナスタシア・スティール名義で。所有者は彼女だ」

「〝スティール〟の綴りは？」

「STEELE」

「わかりました」

「ありがとう。アンドレアに配送の手配を整えてもらって、あとで連絡させる」

「わかりました、ミスター・グレイ」

「ありがとう、バーニー。それから、もう家に帰れよ」

「はい、ミスター・グレイ」

アンドレアに携帯メールを送り、ノートパソコンをアナの自宅に届ける手配を頼んだ。それからリビングルームに戻った。アナはソファに座って爪をいじっていた。用心深い目で私を見て、立ち上がった。

「支度はいいか？」

彼女がうなずく。

テイラーがオフィスから現われた。「じゃ、明日」私は言った。

「はい、サー。どの車で行かれますか」

「R8で」

「お気をつけて、ミスター・グレイ。では、ミス・スティール」テイラーは玄関ホールの両開きのドアを開けた。エレベーターを待つあいだ、アナは隣でそわそわしながら下唇を噛んでいた。

それを見て、コックに歯を立てられた場面が脳裏に蘇った。

「何を考えている、アナスタシア？」私は手を伸ばして彼女の顎を持ち上げた。「そうやって唇を噛むのをやめろ。やめないと、エレベーターのなかでファックするぞ。途中で誰が乗りこんでこようと関係ない」うなるように言った。

彼女は意外そうな顔をした――だが、あれだけのことをしたあとで、いまさら驚くか？

私の気分はいくらか和らいだ。

「クリスチャン、ひとつ困ったことがあるんだけど」

「困ったこと?」

エレベーターに乗りこみ、駐車場の階のボタンを押した。

「その……」彼女は口ごもり、先を続けるのをためらった。それから覚悟を決めたように肩を怒らせて言った。「やっぱりケイトに相談したいの。セックスのことで山ほど疑問があるんだけど、あなたは、その、当事者じゃない? 書類に書いてあったみたいなことをするにしても、どうすれば——?」彼女はそこで言いよどみ、言葉を探しているような顔をした。「基準みたいなものがそもそもないわけだし」

またその話か。もうすんだことだろう。誰にも話してもらいたくない。だいたい、秘密保持契約書にサインしたではないか。だが、彼女はまた同じことを訊いた。つまり、彼女にとっては重要な問題なのだろう。「どうしてもというなら相談してもいい。ただし、エリオットによけいなことをしゃべらないよう念を押せ」

「ケイトは口が堅いから大丈夫。それに、わたしもエリオットに関して聞いたことをあなたにはしゃべらない——ケイトがエリオットとのことを何か話したとしてもね」彼女は強い口調で言った。

エリオットのセックスライフには関心がないことを改めて伝え、ケイトに相談するとしても、これまでに私としたことについてだけだと念を押した。私の本当の目的を知られれば、キャサリン・キャヴァナーに弱みを握られるということにつながる。

「わかった」アナは言い、ほっとしたように微笑んだ。

「きみが降伏するのが早ければ早いほどありがたい。こういう面倒が二度となくてすむ」

「面倒って？」

「きみさ。私にいちいち抗おうとするきみ」私は素早くキスをした。彼女の唇の感触一つで、私の気分は大幅に上向いた。

「いい車ね」地下駐車場のR8に近づくと、彼女が言った。

「だろう？」私はにやりとした。彼女は微笑んだが、その直後にうんざりしたように天井を見上げた。あの目をぎょろりと回す癖はやめろと言うべきだろうか。そう考えながら助手席のドアを開けた。

「これ、なんて車？」私が運転席に乗りこむと、彼女が訊いた。

「アウディR8スパイダー。今日はいい天気だから、オープンにして走ろう。そこに野球帽が入っている。ふたつあるはずだ」

エンジンをかけ、電動ルーフを開けた。ブルース・スプリングスティーンの歌声が車内にあふれ出す。「ブルースはいつでも最高」私はアナに微笑んでみせ、R8を地下駐車場の定位置から出した。

州間高速五号線の車のあいだを縫うようにしてポートランドに向かった。アナは音楽を聴きながら無言でウィンドウの向こうを見つめている。ウェイフェアラーのサングラスとマリナーズの野球帽に隠れて、表情はよくわからない。車はボーイング・フィールドのそばを猛スピードで通り過ぎた。風が頭上で口笛のような音を鳴らしていた。

これまでのところ、この週末は驚きに満ちていた。とはいえ、本来はどんなつもりでいた？　ディナーに出かけ、契約条件を吟味し、それから……？　どのみち彼女とファックすることになっていただろう。

私は彼女をちらりと見た。

そうさ……それに、私はまた彼女とファックしたいと思っている。

いま何を考えているのか、読み取れればいいのに。彼女は内心をほとんど顔に表わさない。それでもアナについてわかったことがいくつかある。未知の分野なのに、積極的に知ろうという姿勢を示した。あの内気な外面の下に実は妖婦が隠れているなど、誰に見抜ける？　私のコックをくわえる彼女の唇のイメージが蘇り、私はうめき声を噛み殺した。

やれやれ……積極的どころではない。

考えただけで股間がうずく。

次の週末より前に会いたい。

早くも彼女に触れたくて我慢できずにいる。助手席に手を伸ばして彼女の膝に置いた。

「腹は減ったか？」

「ううん、あんまり」彼女は沈んだ様子で答えた。

またか。

「きちんと食事をしなくてはいけないよ、アナスタシア。オリンピアにいい店がある。そこで休憩しよう」

キュイジーヌ・ソバージュはこぢんまりとしたレストランだが、日曜のブランチを楽しむカップルや家族連れで込み合っていた。アナの手を取り、私は女主人の案内でテーブルについた。最後にこの店に来たときはエレナと一緒だった。エレナはアナをどう思うだろう。

「私もここにはしばらくぶりだ。メニューは選べない。その日に獲《と》れた素材、採集した素材を使った料理が勝手に出てくる」私は顔をしかめ、怯えた表情を装った。アナが笑う。

彼女が笑ってくれると、身長が三メートルに伸びたような気がするのはなぜだ？

「ピノ・グリージョをグラスでふたつ」私はウェイトレスに飲み物の注文を伝えた。ウェイトレスは金色の前髪の下から私に熱い視線を送っていた。うとましい。

アナが眉をひそめていた。

「なんだ？」彼女もウェイトレスに腹が立ったのかと思って訊いた。

「わたしはダイエット・コークがよかったのに」

だったら、先にそう言えばよかっただろう？　私は眉間に皺を寄せた。「ここのピノ・グリージョはうまいんだ。料理とも合う。何が出てくるにしろ」

「何が出てくるにしろ？」彼女が警戒するように目を見開く。

「そうさ」私はメガワット級の明るい笑みを作った。勝手に彼女の飲み物を注文してしまった罪滅ぼしのつもりだった。私は相手の意向を尋ねるのに慣れていない……「母はきみが気に入ったらしい」そう付け加えた。そう言えば喜ぶかもしれない。母がアナを見た瞬間の反応を思い出していた。

「ほんと？」彼女がうれしそうに訊き返す。

「ああ、ほんとさ。ずっと私をゲイだと思いこんでいたようだがね」

「それはどうして？」

「異性を連れているところを一度も見たことがないから」

「え……十五人の誰も紹介しなかったってこと？」

「記憶力がいいな。そうだ、十五人の誰も紹介しなかった」

「そう」

そうさ……紹介したのはきみだけだ、ベイビー。そう考えると落ち着かない気分になった。

「なあ、アナスタシア。この週末は私にとっても〝初めて〟だらけだったんだよ」

「ほんとに？」

「これまで誰とも一緒に寝たことがなかった。自分のベッドでセックスをしたこともない。チャーリー・タンゴに女性を乗せたのも、母に紹介したのも、初めてだ。きみは私にいったい何をした？」

そうだ、それが知りたい。きみは私にいったい何をした？　こんなのは私ではない。

ウェイトレスがよく冷えたワインを運んできた。アナはすぐに一口飲んだ。きらめく瞳で私を見つめている。「この週末は本当に楽しかった」はにかんだような、だがうれしそうな声だった。私も楽しかった。週末を楽しんだのは久しぶりだ。そう、スザンナと別れて以来だ。私はそう言った。

「バニラ・セックスって何？」

私は意外な質問に、そして唐突に話題が変わったことに声を立てて笑った。

「いわゆるノーマルなセックスのことさ、アナスタシア。小道具を使わないセックス。わかるだろう……いや、きみにはわからないか。ともかく、そういう意味だ」

「そうなの」彼女はどことなく意気消沈した様子で言った。

今度はどうした？

ウェイトレスが来て、会話はそこで途切れた。緑色の葉がたっぷり入ったスープボウルが私たちの前に置かれた。「イラクサのスープです」ウェイトレスはそれだけ言って厨房《ちゅうぼう》に逃げ帰った。私たちは目を見交わし、それからまたスープに疑念の目を向けた。しかし一口試してわかった。美味い。私が大げさに安心した顔をしてみせると、アナがおかしそうに笑った。

「すてきな笑い声だ」私は静かに言った。

「バニラ・セックスを一度もしたことがないのはなぜ？　初めからずっと、その……そういうふうにしてたの？」またしても好奇心の塊になっている。

「そう言っていいだろうな」私はそう答えてから思案した。その話をもう少し詳しくしておくべきだろうか。彼女にはどんなことでも率直に話してもらいたいと思っている。私を信頼してもらいたい。その件について誰かに包み隠さず話した経験は一度もないが、彼女なら信頼して打ち明けてもいいと思った。そこで言葉を慎重に選びながら続けた。

「十五歳のとき、母の友人に誘われた」

「え」スプーンがスープボウルと彼女の口の中間地点で止まった。

「特殊な嗜好の持ち主だった。私は六年間、彼女のサブミッシブだった」

「え」彼女が小さな声で繰り返す。

「だから、アナスタシア、私は両方の立場を理解している」きみが想像している以上にね。

「一般的ではない入口からセックスの世界を知った」体に触れられるのには耐えられなかった。いまもそれは変わらない。

私は彼女の反応を待った。しかし彼女は黙ってスープを口に運んでいる。いま私が話したことを頭のなかで反芻しているらしい。「じゃ、大学時代もガールフレンドはいなかったの？」スープの最後の一口を飲み終えてから、ようやく訊いた。

「ああ、ひとりも」

ウェイトレスが皿を下げに来て、また会話は中断した。アナはウェイトレスが立ち去るのを待って、ふたたび口を開いた。「どうして？」

「本当に知りたいか」

「知りたい」

「ガールフレンドなど欲しくなかったからだ。彼女さえいれば満足だった。必要なのは彼女だけだった。それに、そうなったら彼女にこてんぱんにお仕置きされていただろうからね」

いまの私の言葉がとっさに理解できなかったのだろう、彼女は何度か目をしばたたかせた。

「お母さんのお友達ってことは、何歳だったの?」

「常識は充分身についているはずの年齢だったよ」

「いまも会ったりするの?」驚いた様子だった。

「ああ」

「いまも……その……?」彼女は顔を真っ赤にして唇を引き結んだ。

「しない」私は急いで言った。エレナとの関係を誤解されたくない。「いまはとても親しい友人だ」安心させるようにそう付け加えた。

「親しい友達――お母さんは知ってるの?」

「知っているわけがないだろう」

母が知ったら殺される――私だけではなく、エレナも。

ウェイトレスがメインディッシュを運んできた。シカ肉だ。アナはワインをごくりとあおった。「でもフルタイムの関係だったわけじゃないわよね」料理に手をつけようとしない。

「いや、フルタイムだった。ただし、毎日会っていたわけではない。それは……不可能だった。まだ高校生だったし、大学に入ってからは地元を離れていたからね。食べなさい、アナスタシア」

「ほんとにお腹空いてないの、クリスチャン」

私は目を細めてにらみつけた。「食べるんだ」怒りをこらえて低い声で言った。

「落ち着くまでちょっと待って」アナも低い声で言った。

何が気に入らない？　エレナか？

「いいだろう」私は答えた。少し詳しく話しすぎただろうか。私はシカ肉を切り分けて口に運んだ。

アナもようやくナイフとフォークを取って食べ始めた。

よし。

「わたしたちの……その……関係は、こんな感じになるということ？　あなたがあれこれ指図して、わたしは従うの？」彼女は皿の上の料理を凝視していた。

「そうだ」

「わかった」ポニーテールに結った髪を肩から払いのける。

「付け加えるなら、きみは私の命令を喜ぶようになる」

「簡単ではない決断よね」

「そのとおりだ」私は目を閉じた。どうしても彼女を手放したくない。これまで以上に強くそう思った。なんと言って説得すれば、試してみようという気になってくれる？

「アナスタシア。肝心なのは、心の声に従うことだ。リサーチをして、契約書をよく読みなさい。すべての項目について話し合いに応じる用意がある。金曜まではポートランドに滞在する予定だから、週末が来る前でもかまわない。電話をくれないか——食事でもしよう。そうだな、水曜あたりは？　ぜひこの関係を成立させたいんだ。何かをこれほど強く望んだことは過去に一度もない」

おお、やるな。感動的なスピーチだ、グレイ。まさかたったいま、彼女をデートに誘ったのか？

「十五番めの人とはどうして別れたの？」

「いろいろあってね。だが要約するなら……相性が悪かった」

「わたしとは相性がいいかもしれないと思ってる？」

「ああ」

そう期待している……

「じゃあ、いまはもう十五人の誰とも関係はないのね？」

「ないよ、アナスタシア。私は一度にひとりとしか関係を持たない」

「そう」

「かならずリサーチをしてくれ、アナスタシア」

彼女はナイフとフォークを置いた。もう皿を下げてもいいという合図だ。

「それだけか？　それしか食べないのか？」

彼女はうなずいて両手を膝に置き、いつものあの強情な顔つきで唇を引き結んだ。全部食べさせようとするだけ無駄だろう。華奢な体つきの理由はもう明白だった。彼女が契約に同意したら、この問題はかならず解決しよう。私は料理を食べ続けた。彼女は数秒に一度、私をちらりと見上げては頬を染めていた。

やれやれ、今度はなんだ？

「いまきみが何を考えているのか知ることができるなら、どんな犠牲《ぎせい》もいとわない」彼女がセックスのことを考えているのは明白だった。「まあ、想像はつかなくもないが」私はからかうようにそう付け加えた。

「わたしの心を読む力はないみたいで安心した」

「きみの心は読めないな、アナスタシア。しかし、きみの体は――昨日以来、かなり正確に読めるようになったよ」私は大きくにやりとしてみせたあと、ウェイトレスに精算してくれと合図した。

彼女としっかり手をつないで店を出た。アナは黙りこくっている。何か考えこんでいる様子だった。バンクーバーまでのドライブのあいだずっとそうだった。さっきの会話で、考えなくてはならないことが山ほどできてしまったのだろう。

同時に、私にも考えなくてはならないことが山ほどできた。

彼女は私の提案を受け入れてくれるだろうか。

そう願いたい。

彼女の自宅に着いたとき、空はまだ明るかったが、太陽は地平線に沈みかけていて、セントヘレンズ山を艶やかなピンク色と真珠色に染めていた。アナとケイトはすばらしく眺望のよいアパートに住んでいる。

「上がっていく?」エンジンを切ると彼女が訊いた。

「いや、仕事がある」もし誘いに応じれば、まだ踏み越える覚悟のできていない境界線を越えることになるとわかっている。私は恋人向きの男ではない。私との今後の関係について間違った期待を彼女に抱かせたくなかった。

彼女はがっかりしたような顔で目を背けた。

もっと一緒にいたかったのにと思っているのだろう。

その気持ちはうれしかった。彼女の手を取って指の関節にキスをした。私の拒絶が与えた傷が少しでも浅くなることを祈った。

「この週末は楽しかったよ、アナスタシア。これまでで……最高の週末だった」彼女の目がきらめいた。「次は水曜日に。きみが指定する場所に迎えにいくのでいいね?」

「水曜日に」彼女が言った。その声に希望の響きを聞き取って、私の心は乱れた。

くそ。デートではないのに。

もう一度彼女の手にキスをしたあと、車を降りて助手席側に回り、ドアを開けた。いますぐにでも帰らないと、きっと後悔するようなことをしてしまうだろう。

車を降りた彼女は、さっきまでの沈んだ表情から一転、目をきらきらさせていた。玄関前の階段に向かって元気よく歩いていき、階段を上ろうとするところで、ふいに振り返って言った。「ああ……ところで、あなたの下着を借りちゃった」そう言って下着のウェストのゴムを引っ張ってみせた。〈ポロ〉と〈ラルフ〉という文字がジーンズの上にはみ出していた。

私の下着を勝手に穿いている！

私は茫然とした。次の瞬間、私の頭は、彼女が私のブリーフを穿いている姿を……それ以外には何も身に着けていない姿を見たいという妄想でいっぱいになった。

彼女は髪を肩から払いのけると、胸を反らしてアパートに入っていった。馬鹿みたいにただ見つめている私を縁石際にひとり残して。

私は首を振りながら車に乗りこみ、エンジンをかけた。まじめな顔をしようとしても、どうしても顔がにやついてしまう。

彼女がイエスと言ってくれますように。


仕事が一段落したところで、ルームサービスで注文したサンセール・ワインを味わった。届けに来たのは真っ黒な目をした女性だった。メールに目を通し、必要な返信をしているあいだは、アナスタシアのことを考えずにすんだ。いまは心地よい疲れを感じている。五時間の労働の結果か？　それとも昨夜から今朝にかけてベッドで励んだせいか？　麗しのミス・スティールの記憶が心に忍びこんできた。チャーリー・タンゴ。ベッド。バスルーム。そうだ、キッチンで踊り回っていたりもしたな。すべてが始まったのは金曜日、このホテルでだった……そしていまごろ、彼女は私の提案を検討しているだろう。

契約書にもう目を通しただろうか。宿題として課したリサーチを始めているだろうか。

メールや着信がないか携帯電話をチェックしたが、言うまでもなく、ひとつもない。

彼女は同意するだろうか。

同意してくれるといい……

アンドレアがアナの新しいメールアドレスを知らせてきていた。ノートパソコンは明日の朝、配達される予定だという。そのことを思い出して、新しいアドレス宛にメールを送った。

差出人：　クリスチャン・グレイ
件名：　きみの新しいパソコン
日付：　2011年5月22日　23時15分
宛先：　アナスタシア・スティール

親愛なるミス・スティール

ぐっすり眠れたことと思います。昨日打ち合わせたとおり、このノートパソコンを活用してください。

水曜のディナーを楽しみにしています。

その前に質問があれば喜んで答えます。メールでもけっこうです。

クリスチャン・グレイ
グレイ・エンタープライズ・ホールディングスCEO

メールがエラーで返ってくることはなかった。アドレスは生きているということだ。明日の朝、このメールを読んだらアナはどう反応するだろう。新しいパソコンを気に入ってくれるだろうか。その答えは明日にはわかる。私は読みかけの本を取ってソファに座り、くつろいだ姿勢を取った。有名な経済学者ふたりの共著で、貧困層の思考や行動の癖について考察した内容だ。濃い褐色の長い髪をブラシで梳《す》いている若い女の姿が目に浮かんだ。ひび割れて黄ばんだ窓から入ってくる光を受けて、その髪はつやつやと輝いていた。光のなかで埃が舞っている。女は小さな声で歌を歌っていた。まるで子供のように。

身震いが出た。

その記憶はしまっておけ、グレイ。

本を開いて読み始めた。

2011年5月23日　月曜日

ベッドに入ったのは午前一時を回ってからだった。横になって天井を見つめる。疲れ、リラックスしていたが、明日からの一週間に起きることを思って神経が高ぶってもいた。新しいプロジェクトが無事に立ち上がるといい——ミス・アナスタシア・スティールという名のプロジェクトが。

メイン・ストリートの歩道を力強く蹴って川に向けて走る。午前六時三十五分。高層ビルのあいだから朝日がちらちらときらめく。並木の新緑が美しい。空気はきれいで、通りはまだがらがらだ。昨夜は熟睡した。オルフの『カルミナ＝ブラーナ』の『おお運命の女神よ』がイヤフォンから大音量で流れている。今日の道には可能性という敷石が敷き詰められていた。

私のメールに返事はあるだろうか。

まだ早い。この時間ではさすがに返信は届いていないだろう。しかし、ヘラジカの彫刻の前を通ってウィラメット川に向かう私の心は、この何週間かでいちばん軽やかに弾んでいた。

シャワーを浴び、朝食の注文もすませて、七時四十五分には自分のノートパソコンの前に座っていた。アンドレアにメールを送り、今週はポートランドのホテルで仕事をすること、会議や打ち合わせは電話やビデオ会議ですませられるよう、参加者と調整してほしいことを伝えた。ハウスキーパーのゲイルにも、早くても木曜の夜までは帰らないことをメールで連絡した。それから新着メールにひととおり目を通した。台湾の造船所とのジョイントベンチャーの提案があった。そのメールをロズに転送し、今後検討すべき事項に加えた。

次にもうひとつ放置していた問題に対処した。エレナだ。週末のあいだに何度か携帯メールが届いていたが、こちらからは一度も返信していなかった。

差出人：　クリスチャン・グレイ
件名：　週末
日付：　2011年5月23日　08時15分
宛先：　エレナ・リンカーン

おはよう、エレナ。

返事が遅れてしまって申し訳ない。週末はいろいろと忙しかった。今週はずっとポートランドにいる。今度の週末の予定はまだわからないが、時間が空きそうなら、改めて連絡する。

美容ビジネスの最新の数字を見た。好調で安心した。

その調子で……

ではまた　C

クリスチャン・グレイ
グレイ・エンタープライズ・ホールディングスCEO

送信ボタンをクリックした。それからまた考えた。エレナはアナをどう思うだろう。それを言ったら、アナはエレナをどう思うだろうか。そのとき、ノートパソコンが着信音を鳴らして新着メールの受信を知らせた。
アナからだった。

差出人：　アナスタシア・スティール
件名：　（貸与された）きみの新しいパソコン
日付：　2011年5月23日　08時20分
宛先：　クリスチャン・グレイ

おかげさまでとてもよく眠れました、サー《sir》。どうしてだかはよくわかりませんが。
パソコンは貸与されたものと解釈しています。したがって、〝きみの〟パソコンではありません。

アナ

〝サー〟。しかも大文字のSで始まる〝サー〟だ。関係書類を読み、おそらくはリサーチもしたのだろう。それでもまだこうしてメールに返信をよこした。馬鹿みたいににやにやしながら、もう一度彼女のメールに目を通した。これはいいニュースだ。ただ、ノートパソコンをもらうわけにはいかないと書いてある。

まったく、意固地な女だな。

呆れて首を振りながらも、愉快に思った。

差出人：クリスチャン・グレイ
件名：（貸与された）きみの新しいパソコン
日付：２０１１年５月２３日　０８時２２分
宛先：アナスタシア・スティール

いいでしょう、パソコンは貸与したものです――無期限で、ミス・スティール。
あなたの文章から、昨日渡した書類にすでに目を通されたことと察します。

現時点でご質問はありますか。

クリスチャン・グレイ
グレイ・エンタープライズ・ホールディングスCEO

〈送信〉をクリックする。どのくらいで次の返信があるだろう？　待っているあいだ気をまぎらわすために、ほかのメールを読む作業を再開した。テレコム事業部担当役員のフレッドから、太陽電池式タブレット開発事業の進捗報告があった。私が個人的にも力を入れているプロジェクトのひとつだ。実現までの道のりは困難かもしれないが、私は進行中のほかのどの開発事業よりこのプロジェクトの成功を楽しみにしている。第一世界の最新テクノロジーを、金銭的に維持しやすい形で第三世界に届ける。かならず実現させようと心に決めていた。

パソコンがまた着信音を鳴らした。

ミス・スティールから新しいメールが届いた。

差出人：　アナスタシア・スティール
件名：　知りたがり（お互いさま）
日付：　2011年5月23日　08時25分

宛先：　クリスチャン・グレイ

質問は山ほどありますが、メールでお答えいただくのははばかられます。また、世の中には働かなくては食べていけない人間もいます。

無期限貸与のパソコンを欲しいとは思いませんし、必要もありません。

ではまた。よい一日を、〝サー〟。

アナ

アナの文章の調子がなんとなくおかしくて、思わずにやりとした。しかし、アルバイトに出かける時間が迫っているらしい。これに返信しても、しばらくは返事を期待できないだろう。それにしても、なぜそうまでパソコンを受け取りたがらないのか。まあ、欲張りではないという証拠ではある。彼女は金目当ての女ではない。私が知っている女たちのなかでは希《け》有《う》な存在だ。ああ、もうひとり例外がいた。レイラだ。

〝サー、このような美しいドレス、私にはもったいなくていただくことはできません〟。

〝もったいないなどということはないさ。受け取ってくれ。この話はここまでだ。いいね？〟

〝はい、ご主人様〟。

〝よし。そのデザインはきっと似合うと思うよ〟。


レイラ。彼女はすばらしいサブミッシブだった。しかし私に過度の愛情を抱いた。私に抱いてはいけない種類の愛情だった。幸いなことに、それは長くは続かなかった。いまレイラは結婚して幸せに暮らしている。私はアナのメールに意識を戻して再読した。

〝世の中には働かなくては食べていけない人間もいます〟。

生意気な女だ。まるで私がろくに働いていないかのようではないか。

冗談じゃない。

画面に開いたどちらかというと無味乾燥なフレッドの報告書をちらりと見たあと、やはり誤解を解いておこうと決めた。

差出人：　クリスチャン・グレイ
件名：　（あくまで貸与された）きみのパソコン
日付：　２０１１年５月２３日　０８時２６分
宛先：　アナスタシア・スティール

またな、ベイビー《レーターズ》。

PS：　私も生活のために働いているひとりです。

クリスチャン・グレイ
グレイ・エンタープライズ・ホールディングスCEO

アナから新しいメールが届いたことを知らせる音が鳴らないか、それればかり気になって仕事にならない。ようやく着信音が鳴るなり、顔を上げてメールを開いた。だが、差出人はエレナだった。そうわかった瞬間、自分でも意外なほどがっかりした。

差出人：　エレナ・リンカーン
件名：　週末
日付：　2011年5月23日　08時33分
宛先：　クリスチャン・グレイ

クリスチャン、少し働きすぎよ。ポートランドには何の用事で？　仕事？

キスを　E

エレナ・リンカーン
エスクラヴァ
〈あなただけの美しさを〉™

打ち明けるべきだろうか。だが、話せばおそらくすぐに電話をかけてきて根掘り葉掘り聞くだろう。いまのところはまだ、この週末の出来事を他人に話す気にはなれなかった。ポートランドには仕事で来ているという短い返信を送って仕事に戻った。

九時にアンドレアからスケジュール確認の電話があった。せっかくポートランドに来ていることだし、ワシントン州立大学の産官連携部長と副部長との面談をアレンジしてもらえるよう頼んだ。共同で始めた土壌科学プロジェクトの進捗や次の会計年度の予算などを確認しておきたい。また、今週の接待やパーティの予定はすべてキャンセルするように伝えたあと、今日最初のビデオ会議につないでくれと指示した。

午後三時、バーニーから送られてきたタブレットの設計図を子細に検討していると、ノックの音が響いた。邪魔されて腹が立ったが、ミス・スティールかもしれないと思い直した。

だが、来たのはテイラーだった。

「やあ」内心の失望が声に表われていないことを祈った。

「着替えをお持ちしました、ミスター・グレイ」テイラーは素知らぬ顔で言った。

「入ってくれ。クローゼットにかけておいてもらえるか？　そろそろ次のビデオ会議が始まるんだ」

「もちろんです」テイラーはガーメントバッグとダッフルバッグを持って急ぎ足で寝室に行った。

彼が戻ってきたときもまだ会議は始まっていなかった。

「テイラー、今日と明日あたり、おそらくきみに頼みたいことは出てこないと思う。せっかくだから、お嬢さんに会いにいってきたらどうだ？」

「ご親切にありがとうございます、ミスター・グレイ。しかし、娘の母親と、その――」テイラーは気まずそうに口をつぐんだ。

「なるほど。残念だな」

テイラーがうなずく。「ええ。話し合いにしばらく時間がかかりそうです」

「わかった。じゃあ、水曜日のほうがいいかな」

「確認してみます。ありがとうございます、ミスター・グレイ」

「何か私でできることはないか」

「もう充分なことをしていただいていますから、ミスター・グレイ」

この話はしたくないらしい。「そうか。ああ、忘れてた、プリンターが必要になるかもしれない。手配してもらえるか」

「かしこまりました」テイラーがうなずいて出ていき、ドアが静かに閉まる。私は眉をひそめた。元妻から無理難題を押しつけられていなければいいが。私はテイラーの娘の学費を肩代わりしている。テイラーを引き止めておくためだ。テイラーは有能なうえに好人物だ。彼を手放したくない。そのとき電話が鳴った。ロズとブランディーノ上院議員とのビデオ会議が始まった。

最後の会議は五時二十分に終わった。椅子の上で伸びをしながら、今日は仕事がはかどったなと思った。おもしろいもので、オフィスにいないときのほうが仕事は進む。報告書に一つ二つ目を通したら、今日の仕事はおしまいだ。窓の外に広がる夕方の空を眺めているうち、気づくと、次のサブミッシブになるかもしれない女性のことをぼんやり考えていた。

クレイトンの店でのアルバイトはどうだっただろう。ケーブルタイに値札をつけ、ロープの長さを測って一日を過ごす。近いうちに、そのふたつを彼女に使ってみたい。プレイルームで拘束された彼女の姿が目に浮かんだ。しばらくその想像にふけった。しばらくして、彼女に宛てて短いメールを送った。ひたすら待ち、仕事をし、せっせとメールを書いて一日を過ごしたあとだ、じっとしていられない。この鬱積《うっせき》したエネルギーを向けたい先はひとつだ。だが、今日は代わりにランニングで発散してよしとするしかないだろう。

差出人：　クリスチャン・グレイ
件名：　生活のために働く人々
日付：　２０１１年５月２３日　１７時２４分
宛先：　アナスタシア・スティール

親愛なるミス・スティール
今日も楽しく仕事ができたことを祈っています。

クリスチャン・グレイ
グレイ・エンタープライズ・ホールディングスＣＥＯ

ランニングウェアに着替えた。テイラーが届けた荷物にはスウェットパンツがもう二本入っていた。着替えをそろえたのはおそらくゲイルだろうが。部屋を出ようとしたところで、もう一度メールをチェックした。アナから返信が届いていた。

差出人：　アナスタシア・スティール
件名：　生活のために働く人々

日付：　２０１１年５月２３日　１７時４８分
宛先：　クリスチャン・グレイ

〝サー〟……仕事《ワーク》はとても楽しかったです。
お気遣いありがとう。

アナ

まだ宿題《ワーク》はやっていないわけだ。即座に返信した。

差出人：　クリスチャン・グレイ
件名：　宿題をしろ！
日付：　２０１１年５月２３日　１７時５０分
宛先：　アナスタシア・スティール

ミス・スティール
楽しかったとのこと、何よりです。

メールをしているということは、リサーチをしていないということだね。

クリスチャン・グレイ
グレイ・エンタープライズ・ホールディングスCEO

ランニングは一時延期して、彼女の返事を待った。さほど長く待たずにすんだ。

差出人：アナスタシア・スティール
件名：お節介
日付：２０１１年５月２３日　１７時５３分
宛先：クリスチャン・グレイ

ミスター・グレイ、メール攻撃を即時中止してください。宿題が始められません。
もうひとつAの成績を狙っています。

アナ

私は吹き出した。そうだ。昨日やったAはすごかった。目を閉じると、コックをしゃぶる彼女の唇の感覚が蘇った。

くそ。

暴走しかけた体をなだめるために、返事を書いて〈送信〉ボタンをクリックし、待った。

差出人：　クリスチャン・グレイ
件名：　待ちきれない
日付：　2011年5月23日　17時55分
宛先：　アナスタシア・スティール

ミス・スティール
そっちこそメール攻撃を即刻中止して、さっさと宿題を済ませること。
次もAをつけたいね。
最初のAは実力を正当に評価した結果です。(^_-)

クリスチャン・グレイ
グレイ・エンタープライズ・ホールディングスCEO

次の返事はすぐには届かなかった。軽い失望を覚えながら、デスクの前を離れ、ランニングに出かけようとした。しかし部屋のドアを開けたところで、メールの着信音が鳴って私を引き止めた。

差出人：　アナスタシア・スティール
件名：　ネット検索
日付：　2011年5月23日　17時59分
宛先：　クリスチャン・グレイ

ミスター・グレイ
検索キーワードの提案はありますか。

アナ

くそ！　言われてみればそうだ。参考資料として本でも渡したほうがよかったのではないか。無数のウェブサイトが頭に浮かんだが――いきなり刺激的すぎるものを見せて怯えさせてもまずい。

もっとも〝バニラ〟なサイトから始めるべきだろう……

差出人：　クリスチャン・グレイ
件名：　ネット検索
日付：　2011年5月23日　18時02分
宛先：　アナスタシア・スティール

ミス・スティール
調べ物はまずウィキペディアからだ。
質問がないかぎり、これ以上のメールは禁止する。
わかったか？

クリスチャン・グレイ
グレイ・エンタープライズ・ホールディングスCEO

これでしばらく返信はないだろうと思って立ち上がると、いつもどおり彼女は意外な行動に出た。私は我慢しきれずにメールを開封した。

差出人：アナスタシア・スティール
件名：威張《いば》りんぼ！
日付：2011年5月23日　18時04分
宛先：クリスチャン・グレイ

イエス……〝サー〟。
あなたってやっぱりすごい威張り屋。

アナ

差出人：クリスチャン・グレイ
件名：抑えて
日付：2011年5月23日　18時06分
宛先：アナスタシア・スティール

ああ、そのとおりさ、ベイビー。

アナスタシア、きみはまだ現実を知らずにいる。
まあ、うすうす悟り始めているころかもしれないが。
宿題を始めなさい。

クリスチャン・グレイ
グレイ・エンタープライズ・ホールディングスCEO

自制心だ、グレイ。彼女の返信にまた引き止められないよう、急いで部屋を出た。フー・ファイターズを大音量で聴きながら川まで走った。夜明けのウィラメット川はもう見た。今度は日暮れ時が見たい。気持ちのよい夜だった。川沿いをカップルが散歩したり、芝生に座って語り合ったりしていた。散歩道には自転車に乗った観光客がいた。私は彼らを避けながら走った。音楽はあいかわらず大音量で流れている。
ミス・スティールは質問したいことがあると言っている。ゲームを降りたとはまだ言っていない。つまり、〝ノー〟ではないわけだ。さっきのメールのやりとりで希望が芽生えた。ホーソン・ブリッジの下をくぐりながら、彼女は面と向かって話しているときはそうでもないのに、メールではずいぶん饒舌《じょうぜつ》になるらしいなと思った。文字でのコミュニケーションのほうが好きなのかもしれない。だからこそ英文学を専攻していたとも言えるだろうが。部屋に戻ったとき次のメールが届いていることを祈った。質問でもいい。ウィットに富んだ軽口でもいい。

ひとつ楽しみができたじゃないか。

ペースを上げてメイン・ストリートを走りながら、彼女が私との契約に応じてくれますようにと願った。そう考えると胸が高鳴った。体に力が湧いた。さらにスピードを上げ、ヒースマン・ホテルまで全力疾走で戻った。

午後八時十五分、私はダイニングチェアの背にゆったりともたれた。夕食にはオレゴン産の天然サーモンを食べた。運んできたのはやはり真っ黒な目をした女性だった。サンセール・ワインはまだグラスに半分くらい残っている。重要なメールが届いた場合に備えて、ノートパソコンは起動したまま開いてあった。プリントアウトした報告書を取った。デトロイトの工業用地に関する調査報告書だ。「デトロイトにするしかないか」低い声で独り言をつぶやいた。それから目を通し始めた。

数分後、着信音が鳴った。

メールが届いていた。件名欄に〈ショックで卒倒しそうな大学生〉とある。それを目にした瞬間、私は椅子の上で座り直した。

差出人：　アナスタシア・スティール
件名：　ショックで卒倒しそうな大学生
日付：　2011年5月23日　20時33分
宛先：　クリスチャン・グレイ

もうお腹いっぱい。
お知り合いになれてよかった《ナイス》です。

アナ

くそ！
もう一度読み返す。
ちくしょう。
これは〝ノー〟だ。信じがたい思いで画面を見つめた。
ここまでなのか？
話し合いもしないまま？
まだ交渉のテーブルにもついていないのに。
〝お知り合いになれてよかったです〟の一言で終わり？

冗談じゃない。

私は椅子の背に力なくもたれた。言葉も出ない。

よかった《ナイス》？

〝ナイス〟だって？

〝ナイス〟。

クライマックスを迎えて首を大きくのけぞらせた瞬間はいい《ナイス》以上の感想を持っていただろうに。

そう結論を急ぐな、グレイ。

これはジョークということはあるか？

冗談にもなっていない！

ノートパソコンを引き寄せた。

差出人：クリスチャン・グレイ
件名：〝よかった〟だって？
日付：2011年5月23日
宛先：アナスタシア・スティール

しかしキーボードに手を置き、画面を見つめたまま、私は動きを止めた。書くことが思い浮かばない。

どうしてこれほどあっけなく私を拒絶できる？

初体験の相手だろう。

落ち着いて考えろ、グレイ。いまのおまえにできることはなんだ？　彼女の自宅を訪ね、これは〝ノー〟という意味かと質《ただ》してみるべきだろうか。説得して考えを変えさせることができるかもしれない。何にせよ、このメールに対して返すべき言葉が思い浮かばなかった。もしかしたら、とりわけハードコアなウェブサイトを見てしまったのかもしれない。ああ、なぜ参考図書を渡すことを思いつかなかった？　このまま引き下がることはできない。ノーと言うなら、私の目を見て言ってもらいたい。

それだ。私は顎先をなでながらプランを練った。まもなく私はクローゼットに行き、ネクタイを手にしていた。

あのネクタイ。

この取引は終わったと決まったわけではない。メッセンジャーバッグからコンドームをいくつか取り、パンツの後ろポケットに入れ、ジャケットを着て、ミニバーから白ワインを一本取った。ちくしょう、シャルドネか。まあ、今回はしかたがない。ルームキーを拾い、ドアを閉め、エレベーターに乗って、バレーパーキングに預けてある車を取りにいった。

彼女がケイトと共同生活しているアパートの前にR8を駐めた。本当にこれでよかったのだろうか。過去にサブミッシブの自宅を訪問したことは一度もない。いつも彼女たちが私の家に来た。私は自分に課した禁止事項を端から破り続けている。不安な気持ちを抱えたまま、車のドアを開けて降りた。自宅に押しかけるなど、無謀なうえに図々しい。しかし、滞在時間はほんの数分だったとはいえ、ここにはすでに二回来ている。もし彼女が同意してくれたら、そのあとは彼女に過度の期待を抱かせないよう用心しなければならない。こんなことは二度としてはいけない。

おい、また先走っていないか、グレイ。

あれは〝ノー〟だと決めつけて来たわけだろう？

ノックに応えてドアを開けたのはケイトだった。私だとわかって驚いたらしい。「こんばんは、クリスチャン。来るなんて、アナから聞いてないけど」彼女は一歩脇によけて私を通した。「アナなら自分の部屋にいる。呼んでくるから待って」

「いや、これはサプライズなんだ」私は可能なかぎり真剣で親愛の情のこもった笑みを作った。するとケイトは目をしばたたかせた。おっと。陥落させるのは簡単だったな。意外な展開だ。しめしめ。「彼女の部屋は？」

「あのドアの奥。ひとつめの部屋」ケイトは空っぽのリビングルームの奥のドアを指さした。

「ありがとう」

引越の段ボール箱の上にジャケットと冷えたワインのボトルを置いてドアを開けた。短い廊下に面してふたつドアが並んでいる。片方はバスルームだろう。もうひとつのほうをノックした。一拍の間を置いて、ドアを開けた。アナが小さなデスクに向かい、例の契約書らしきものを読んでいた。イヤフォンをしている。私には聞こえないビートに合わせてぼんやりと指でリズムを取っていた。私は戸口に立ったまま、しばし彼女を観察した。集中しているのだろう、眉間に皺を寄せている。髪は三つ編みにしてあり、スウェットの上下を着ていた。夕方、ランニングでもしたのか……彼女もエネルギーを持てあましているのかもしれない。そう思うと満足感が湧き上がった。彼女の部屋はせまいが整頓が行き届き、やや少女趣味だった。白とクリーム色とベビーブルーで統一されている。明かりはベッドサイドテーブルのランプが放つ淡い光だけだ。あまりにも空っぽだという印象も受けた。〈アナの部屋〉と書かれた段ボール箱がぽつんと置いてある。ありがたいことに、ベッドはダブルだった。ベッド枠は白塗りの錬鉄。いいね。使い道がありそうだ。

アナが私に気づいて飛び上がった。

そうさ。私はきみのメールが理由でここにいる。

彼女がイヤフォンを取る。そこから漏れるしゃかしゃかという音が私たちのあいだの沈黙を埋めていた。

「こんばんは、アナスタシア」

彼女は目を見開いたまま、凍りついたように私を見つめている。

「さっきのメールには、じかに会って返事をすべきだと思ったものでね」穏やかに話すように心がけた。彼女の口が開いたり閉じたりしている。だが、言葉は出てこない。

衝撃で口もきけずにいるミス・スティール。私の好きなミス・スティールだ。「座ってもいいかな」

彼女はうなずいた。あいかわらず信じられないといった表情で私をただ見つめている。私はベッドの端に腰を下ろした。

「きみの部屋はどんな雰囲気なんだろうと思っていたよ」空気を和らげようと、私はそう言った。しかし無意味なおしゃべりは私の得意分野から大きく外れている。彼女は初めて見るような目で自分の部屋を見回した。「ここはとても落ち着くな」私はそう付け加えたが、いまの私の心は落ち着きとは対極にある。話し合いのひとつもなく私の提案を拒絶する理由が知りたかった。

「どうして……？」彼女は小さな声で言ったが、先が続かない。声のかすれ具合に、内心の衝撃の大きさが表われていた。

「今日はまだヒースマンに泊まっているからね」そのことは彼女も知っているはずだ。

「飲み物は？」彼女が素《す》っ頓狂《とんきょう》な声で訊く。

「いや、気を遣わないでくれ、アナスタシア」いいぞ。客をもてなす礼儀は思い出したらしい。しかし私としては、さっさと本題に入りたかった。彼女の不穏なメールについて。「で、私と知り合えてよかった《ナイス》んだって？」その文章のなかでもっとも私の気分を害した一語を強調して言った。

よかった《ナイス》？　その程度か？

彼女は膝に置いた自分の手を凝視している。指は落ち着きなくももを叩いていた。「メールで返事が来ると思ってた」この部屋と同じくらい小さな声だった。

「そうやって下唇を嚙んでいるのはわざとなのか？」意図した以上に険しい口調になった。

「無意識にやってたみたい」彼女はささやくような声で答えた。顔が青ざめている。

ふたつの視線がぶつかった。

そのあいだの空気に電気が走ったように見えた。

くそ。

きみは感じないのか、アナ？　このぴんと張り詰めた空気を感じないのか？　引力を感じないのか？　私の息遣いが浅くなり、彼女の瞳孔が大きく広がる。私はゆっくりと、用心深く手を伸ばして彼女の髪に触れ、ヘアゴムをそっと引っ張った。三つ編みがほどけて豊かな髪がふわりと広がった。彼女は恍惚としたように私の目を見つめている。私はもう一方の三つ編みもほどいた。

「エクササイズを思い立ったわけだ」私は指先で彼女の耳の輪郭をたどり、ふっくらとした耳たぶをそっと引っ張った。イヤリングはしていないが、ピアスの穴は開いている。ここでダイヤモンドがきらめいていたらさぞ美しいだろう。私はなぜ急にエクササイズを思い立ったのかと低い声で尋ねた。彼女の息遣いが速くなる。

「考える時間が欲しかったから」

「何を考える時間が欲しかったんだ、アナスタシア？」

「あなたのこと」

「考えた結果、私を知ることができてよかったという結論に達したわけか。ちなみに、私を聖書的な意味で知ることができて――肉体的に知ることができてよかったという意味か？」

彼女の頬はピンク色に染まっていた。「あなたが聖書を読むなんて意外な感じ」

「日曜学校に通ったからね、アナスタシア。たくさんの知識を学んだよ」

教義問答書。罪。その神はとうの昔に私を見放した。

「聖書にはたしか、乳首責めは出てこなかったと思うけど。あなたはきっと時代を先取りした翻訳で勉強したのね」からかうような口調で彼女が言った。瞳は挑戦的な光をたたえてきらめいている。

あいかわらず生意気だな。

「ともかく、じかに会って、私と知り合えてどれほどよかった《ナィス》かをきみに思い出してもらうべきだろうと考えた」私も挑むように言い返した。火花が散った。彼女は驚いたように口を開いた。私は耳たぶから顎へと指をすべらせ、口を閉じさせた。「さて、思い出してみての感想を聞かせてもらえるかな、ミス・スティール？」私はささやくように言った。私たちの視線はからみ合ったままだった。

次の瞬間、思いがけず彼女が飛びかかってきた。

よせ。

彼女の手が私に触れる前にかろうじて彼女の腕をつかまえてねじり上げた。彼女がベッドに倒れこむ。そのまま組み敷いた。両腕を頭上に持ち上げて押さえつける。彼女の顎をつかんでこちらを向かせると、強引なキスをした。私のものだと宣言するように舌を押しこみ、口のなかを探った。彼女が体を持ち上げ、負けないくらい情熱的にキスに応えた。

ああ、アナ。きみは私に何をした？

彼女がキスの先を求めて身悶えし始めたところで、私は唇を放し、彼女をじっと見下ろした。こうなったらプランBに切り替えだ。

「私を信じるか？」彼女のまぶたが震えるように開くのを待って、私は訊いた。

彼女が力強くうなずく。私はパンツの後ろポケットからネクタイを取り出して彼女の目の前で広げ、彼女にまたがるようにすると、差し出された両手にネクタイを巻き、ベッドの鉄枠に結びつけた。

彼女は私の下で身をよじらせ、ネクタイを試すように引っ張った。ほどけない。もう逃げることはできない。「これで安心だな」私は安堵の笑みを浮かべた。彼女は私のプランどおりに縛られている。次は服を脱がせる番だ。

彼女の右足をつかんで、スニーカーを脱がせにかかった。

「いや」彼女が気恥ずかしそうに言い、足を引っこめようとした。ランニングをしたままだから、脱がされたくないのだろう。汗をかいた足くらいで私がやる気をなくすと思うのか？

まさか！

「抵抗するようなら、足も縛るぞ。大きな声を出したら、アナスタシア、口枷を嚙ませる。

静かにしていろ。キャサリンはいまごろ、そこのドアに耳を当てているんじゃないか」

たちまち抵抗がやんだ。私の勘は当たっていたようだ。彼女はランニングしたままの足を心配していたのだ。やれやれ、私はその程度のことは気にしないと、いつになったら理解するのか。

靴とソックスとスウェットパンツを手早く脱がせた。次に彼女の体を持ち上げ、繊細な手製のキルトをベッドから剝ぎ取り、シーツの上に彼女を横たえた。キルトを汚してしまうのはもったいない。

頼むから下唇を噛むな。

私は指先で彼女の唇をなぞった。エロチックな警告。彼女はキスをせがむように唇をとがらせた。私は思わず微笑んだ。なんと美しくて淫らな生き物なのか。

彼女をしかるべき場所に横たえて満足した私は靴とソックスを脱ぎ、パンツの一番上のボタンを外してシャツを脱いだ。彼女は魅入られたように私を見つめている。

「見るのはそのくらいで充分だろう」次に何が起きるのか、想像させて焦らしたい。そのほうが快感が高まる。これまで目隠ししたことはないから、トレーニングのうちに勘定できるだろう。もちろん、同意してくれたらの話だが……

さっきと同じように彼女の両側に膝をつき、彼女のTシャツの裾をつかんで引き上げた。だが脱がせずに、裏返しのTシャツが顔にかぶるようにした。ちょうどいい目隠しだ。

実に魅惑的な光景だった。縛られて横たわる彼女。「ふむ。いいね。どんどん私好みになっていく。ちょっと飲み物を取りにいってこよう」私はそうささやいてキスをした。彼女が息を呑む。私はベッドを下り、部屋を出た。ドアは完全には閉めないままにして、リビングルームにワインのボトルを取りに戻った。

ソファに座って本を読んでいたケイトが顔を上げ、驚いたように眉を吊り上げた。上半身裸の男を見るのは初めてだとか言い出すなよな、キャヴァナー。私は騙されないぞ。「ケイト、グラスと氷とコルク抜きはあるかな」私は彼女の大げさな表情を無視して言った。

「キッチンにあるけど。取ってくる。アナは？」

ははあ、親友が心配か。泣けるね。

「いまちょっと手が離せない。ただ、何か飲みたいそうだから」私はシャルドネのボトルを拾い上げて答えた。

「わかった」ケイトは立ち上がった。私はあとを追ってキッチンに行った。ケイトがカウンターの上のグラスを指さす。グラスはすべて棚から出してあった。引越に備えてのことだろう。コルク抜きを探して差し出し、次に冷蔵庫から製氷トレイを出して氷を外した。

「キッチンの荷造りはこれからなの。でも、エリオットは引越を手伝うって言ってくれてる」ケイトが非難がましい声で言った。

「へえ、エリオットがね」私はいかにも興味なさげに言い、ワインの栓を抜いた。「氷はグラスに入れてもらえるかな」私は顎でグラスを指した。「シャルドネなんだ。氷で冷やせば飲めるだろう」

「あなたは赤ワインタイプかと思ってた」白ワインを注いでいる私を見てケイトは言った。

「あなたも引越を手伝いに来てくれるのよね？」ケイトの目がぎらりと輝いた。挑戦状を叩きつけている。

この女を黙らせろ、グレイ。

「いや。無理だ」私はそっけなく答えた。私に罪悪感を抱かせようとするこの女に腹が立った。ケイトが唇を引き結ぶ。向きを変えてキッチンを出ようとしたところで、ケイトの不満げな顔が視界の隅をかすめた。

あきらめるんだな、キャヴァナー。引越の手伝いなど、誰がするか。アナと私の関係はそういう種類のものではない。それ以前に、私にそんな暇はない。

アナの部屋に戻り、ドアを閉めてケイトと彼女の見下した態度を締め出す。麗しのアナ・スティールの姿を目にしたとたん、怒りはどこかへ消えた。息を凝らし、ベッドで待っている彼女。ワインをベッドサイドテーブルに置き、パンツからアルミの小袋を取り出してグラスの隣に置いた。それからパンツと下着を脱ぎ捨て、勃起したものを解放した。

ワインを一口飲んで――意外なことに、なかなか美味かった――アナを見下ろした。まだ一言も発さずにいる。顔はこちらを向いていた。唇は何かを待ち望むように開かれていた。グラスを手に、ふたたび彼女にまたがるように膝をついた。「喉は渇いたか、アナスタシア？」

「渇いた」彼女がささやくように答える。

ワインを口に含み、身をかがめてキスをしながら彼女の口に流しこんだ。彼女はむさぼるように飲んだ。いかにも美味そうに喉の奥が鳴るのが聞こえた。

「もっと？」私は訊いた。

彼女は微笑んでうなずいた。私はまたワインを飲ませた。

「このくらいにしておこうか。きみのアルコール許容限度がかなり低いことは、私もきみもよく知っているからね、アナスタシア」私がそうからかうと、彼女は大きな笑みを浮かべた。

私はかがみこんで、もう一口分飲ませた。彼女が私の下で身をよじらせた。

「これはいいか《ナイス》」私は隣に体を横たえて言った。

彼女が動きを止める。顔は真剣な表情に戻っていた。しかし唇が軽く開かれ、あえぐように短く息を吸いこむ音が聞こえた。

またワインを口に含んだ。今回は氷もふたつ一緒だ。キスをしながら、氷の小さなかけらを彼女の唇のあいだにすべりこませた。それから氷のように冷たい唇を彼女の喉からへそまで這わせた。へそにたどりつくと、もうひとつの氷と少量のワインをそこに入れた。

ひっと息を呑む気配が聞こえた。

「じっとしていたほうが無難だぞ。動くと、アナスタシア、ベッドがワインでびしょびしょになる」私は低い声で言い、へそのすぐ上にまたキスをした。彼女の腰がぴくりと動いた。

「おっと、いけない子だ。ワインをこぼしたらお仕置きだぞ、ミス・スティール」

彼女は低くうめき、手を動かそうとした。ネクタイがぴんと張った。楽しいことにはかならず終わりが来ると言うだろう、アナ……

ブラのカップを引き下ろす。むきだしになった乳房をワイヤが下から押し上げる。無防備な乳房。私の好みのとおりだ。冷えた唇で左右の乳首をゆっくりともてあそぶ。

「これもいいか《ナイス》」私はささやき、片方の乳首にそっと息を吹きかけた。彼女の唇が声にならない〝ああ〟の形を作る。氷をもうひとかけら口に含み、胸骨にキスをしたあと、唇を乳首まで這わせ、氷で周囲をなぞった。彼女がうめき声を漏らす。氷を手に吐き出し、冷えきった唇で左右の乳首を責めた。指先でつまんだ氷が溶け始める。

鼻を鳴らすような声を漏らし、息を弾ませた彼女の全身が張り詰めていたが、これまでのところはかろうじて動かずにいた。「ワインをこぼしてみろ、いかせないぞ」

「いや……お願い……クリスチャン……サー……お願い」彼女が懇願した。

ああ。彼女の口からその言葉が聞けるとは。

まだ希望はある。

これは〝ノー〟ではない。

冷たい指で腹に触れ、パンティに向かって這わせていく。ふいに腰が持ち上がってワインと溶けた氷がへそからこぼれた。私は素早く動き、キスで液体を舐め取った。

「アナスタシア。ついに動いてしまったね。さて、きみをどうしたものかな」私はパンティに指をすべりこませた。指先がさっとクリトリスをかすめる。

「あ……あ！」彼女が甲高い声を漏らす。

「ああ、ベイビー」私は畏敬の念を込めてささやいた。彼女は濡れている。あふれるほど濡れている。

わかっただろう？　どれだけいいか《ナイス》。

人差し指と中指をそこに差し入れた。彼女がわななく。

「あっという間に私を受け入れる準備ができるらしいな」私は小声で言い、焦らすようにゆっくりと指を出し入れした。彼女が長く甘いうめき声を漏らし、私の指のリズムに合わせて腰を動かし始めた。

そうだ、彼女はこれを求めている。

「欲張りな子だ」私はやはり低い声で言った。彼女は私のリズムに合わせて動き続けている。私は親指でクリトリスをなぞり始めた。拷問のように時間をかけていたぶる。

彼女は悲鳴のような声をあげた。私の体重の下で体が跳ね上がる。彼女の表情が見たい。私は空いたほうの手を伸ばし、彼女の顔を覆っていたTシャツを脱がせた。彼女が目を開き、淡い光にまぶしそうに目をしばたたかせた。

「あなたに触れたい」その声はかすれ、欲望を滴らせていた。

「わかっている」私はキスをしながら応じた。そのあいだも私の指は彼女の脚のあいだで執拗にリズムを刻んでいた。彼女の唇はワインと欲望とアナの味がした。彼女はこれまで見せたことのない貪欲さで私のキスに応えた。彼女の頭を片腕で抱くようにし、動けないようにしておいて、キスと指で責め続けた。彼女が脚を突っ張らせようとするのを感じて、指のペースを落とす。

まだだよ、ベイビー。まだいかせない。

彼女の温かくて甘い唇にキスをしながら、そのあとも三度、ぎりぎりのところで手をゆるめた。五度めは指の動きを完全に止め、耳もとでささやいた。「これが罰だよ。いきそうなのに、いけない。どうだ、これはいいか《ナイス》」

「お願い」彼女が泣き声で懇願する。

いいね、懇願するその声を聞くとうれしくなる。

「どうやってファックされたい、アナスタシア？」

指の動きを再開する。彼女の脚が震え始め、私はまたしても指の動きを止めた。

「お願い」彼女は聞き取れないくらい小さな声で言った。

「何が欲しい、アナスタシア？」

「あなた……いますぐ」懇願の声。

「どう欲しい？　こうか？　ああか？　選択肢は無限だ」私はささやいた。指を抜き取り、ベッドサイドテーブルからコンドームを取って、彼女の脚のあいだに膝をついた。彼女の目を見つめたまま、パンティを脱がせて床に放った。彼女の瞳は期待と切望をたたえ、暗い色を帯びていた。私がコンドームを着ける様子を目を見開いて見つめている。

「これはいいながめか《ナイス》？」私は勃起したものをつかんで言った。

「ジョークのつもりだった」彼女は泣くような声で言った。

ジョークだった？

ふう、よかった。

まだ望みはあるということだ。

「ジョークだったたって？」私は自分のものを握った手を上下に動かしながら言った。

「そう、ジョークだった。お願い、クリスチャン」彼女が懇願する。

「いまもそのジョークとやらで笑っているのか」

「笑ってない」彼女の声はよく聞き取れない。だが、小さく首を振っているのを見て、私の知りたいことは確かめられた。

私を欲しがって懇願する彼女……その姿を見ながらしごいているだけでいってしまいそうだ。私は彼女の体をつかんでうつぶせにさせると、あの引き締まった理想的な尻を高々と持ち上げた。もう我慢できない。その尻を平手でぴしゃりと叩いたあと、彼女のなかに押し入った。

う……すごい。彼女はすっかり準備ができていた。

彼女は私を締めつけてきたかと思うと、叫び声をあげながら瞬時に昇り詰めた。

えい、くそ。早すぎる。

彼女の腰をしっかりと押さえ、私は腰を動かした。激しく。オーガズムにわななく彼女を何度も何度も貫いた。歯を食いしばり、容赦なく突き立てた。彼女が二度めのオーガズムを迎えようとしているのが伝わってきた。
いけ、アナ。もう一度いけ。私はそう念じながら突き続けた。
彼女がうめき、泣き声を漏らす。背中にうっすらと汗が浮いた。
まもなく彼女の脚が震え始めた。

　もう少しだ。

「いけ、アナ。もう一度いけ」私はうなるように言った。次の瞬間、オーガズムが彼女の内側から螺旋《らせん》を描くようにペニスに伝わってきた。ああああ。私は歯を食いしばったまま無言で彼女のなかに解き放った。

　ふう。すごかった。私は彼女の上に崩れ落ちた。疲れた。

「いまのはどうだ、よかった《ナイス》か？」呼吸を落ち着けようとしながら、彼女の耳もとでささやいた。

　彼女は息を弾ませてぐったりと横たわっている。私は彼女のなかから出て、コンドームを外した。ベッドを下りて手早く服を着る。それから彼女を縛っていたネクタイをほどいた。
彼女は仰向けになり、手首をさすったり指を曲げ伸ばししたりしたあと、ブラを着け直した。
私はキルトをかけてやり、隣に横たわると、ベッドに肘をついた。

「いまのはほんとにすごかった《ナイス》」いたずらっぽい笑みを浮かべて彼女が言った。

「またその言葉か」私はにやりとした。

「嫌い？」

「ああ、私にはあまり魅力的には聞こえない」

「あ――そう？……あなたに対しては有効みたいなのは、わたしの気のせい？」

「私に有効だって、え？　まだ私の自尊心を傷つけたいか、ミス・スティール？」

「あなたの自尊心にはいまのところ傷ひとつついてなさそうだけど」彼女は眉をひそめてみせたが、それも一瞬だった。

「そうか？」

ドクター・フリンにその話題を振ったら、とうとうとしゃべり出すだろう。

「どうして体に触られるのがいやなの？」彼女が甘く静かな声で訊く。

「とにかくいやなだけだ」彼女の額にキスをして、話題を変えようとした。「あれはきみなりのユーモアだったわけか」

彼女はおずおずと私を見て、申し訳なさそうに肩をすくめた。

「なるほど。では、私の提案を却下したわけではないということか」

「あなたの淫《みだ》らな提案のことなら……まだ検討中」

それなら安心だ。

交渉はまだ続行中ということだ。安堵が全身に広がった。その味までしてきそうだった。

「ただし、いくつか話し合いたい問題はある」

「話し合いたい問題があるだけよかったよ」

「箇条書きにしてメールで送ろうとしてた。そこに、あなたっていう邪魔《インタラプト》が入ったっていいうか」

「コイトゥス・インテルプトゥス（ラテン語。本来は「膣外射精」を指すが、ここでは「セックスという邪魔」といった意味合いで使っている）」

「ほらね、やっぱり。あなたにもちゃんとユーモアのセンスはあると思った」彼女の瞳が楽しげにきらめいた。

「万人がおもしろいと思うものは少ないものだよ、アナスタシア。きみに断られたと思った。話し合いに応じる気はないと通告されたとね」

「わからない。まだ決めてないの。わたしに首輪を着けたりする？」

その質問には虚を衝かれた。「きちんと宿題をすませたらしいな。それはわからないよ、アナスタシア。過去の相手には首輪を着けたことはない」

「あなたは着けられた？」

「ああ」

「ミセス・ロビンソンから？」

「ミセス・ロビンソン！」私は声を立てて笑った。映画『卒業』のアン・バンクロフトか。

「きみがそう呼んでいたと本人に話そう。きっとおもしろがるぞ」

「いまもよく会うの？」驚きと怒りからだろう、声が裏返った。

「ああ」どうしてそんなに気になる？

「そう」彼女は冷ややかに言った。怒っているのか？　なぜ？　私の理解を超えている。

「つまり、あなたには裏の生活について相談する相手がいるけど、わたしは誰にも話しちゃいけないってこと」すねたような声だった。だが、これもまた、的を射た指摘だった。

「そういうふうに考えたことはなかったな。ミセス・ロビンソンは、その裏の生活の一部だったから。前にも話したろう。いまはいい友人なんだ。きみさえよければ、過去のサブミッシブを紹介する。相談相手になってもらうといい」

「それはあなたなりのユーモア？」

「いや、本気で言ってるんだが、アナスタシア」私はその声に含まれた毒に驚き、大げさなくらい首を振って否定した。サブミッシブが新しいドミナントについて過去のサブミッシブに問い合わせるのはごくノーマルなことだ。

「紹介はけっこうよ——自分で解決します。お気遣いありがとう」彼女はそう冷たく言うと、毛布を顎まで引っ張り上げた。

なんだ？　やはり怒っているのか？

「アナスタシア……きみを怒らせようと思って言ったことではない」

「怒ってなんていない。ぞっとしてるだけ」

「ぞっとしている？」

「だって、あなたの元恋人……元奴隷……元サブミッシブ……とにかく、その人たちとは会いたくない」

そうか。

「アナスタシア・スティール——ひょっとして、焼きもちを焼いているのか」私は当惑した

声で言った。本当に当惑しているからだ。すると彼女はビーツのように真っ赤になった。はは
はあ、問題の根はそこにあったか。しかし、どうして嫉妬する必要がある？

いいか、ベイビー、私には過去があるんだよ。

かなりにぎやかな過去が。

「今日は泊まっていくの？」彼女が鋭い声で訊いた。

え？　まさか。「明日、ヒースマンでブレックファストミーティングがある。それに前にも話したね。私は恋人とも、奴隷とも、サブミッシブとも、とにかく誰とも一緒には眠らない。金曜と土曜のことは例外だ。きみと一緒に寝ることも二度とない」

彼女は唇を結んでいつもの意固地な表情を作った。「疲れちゃった」

くそ。

「私を追い払おうとしているのか」

こんな予定ではなかったのに。

「そうよ」

どういうことだ？

またしても驚かされた。ミス・スティールに。「それもまた〝初めて〟だな」

追い払われる。私が。信じられない。

「いまは話し合いたくないわけだ。契約について」私は追い出されるのを少しでも先へ延ばそうとして、そう言った。

「そうよ」彼女がそっけなく答える。その不機嫌そうな態度に腹が立った。もし彼女が正式なサブミッシブなら、お仕置きに値する。

「ふむ。お仕置きに尻を叩きたいところだな。きみもすっきりするだろうし、私の気も晴れる」

「そういうことは言えないはずよね……わたしはまだなんの契約書にもサインしてないんだから」彼女の目が反抗的な光を放つ。

いや、ベイビー。言う分にはかまわないはずだ。実行に移せないというだけで。きみが同意するまでは。「誰にでも夢を見る権利はあるよ、アナスタシア。じゃあ、水曜日に。いいね？」いまもまだこの取引を成立させたい。どうしてなのか、自分でもわからない。だってそうだろう、この女は面倒くさすぎる。私は軽くキスをした。

「水曜日に」彼女がうなずき、私はふたたび安堵した。「玄関まで送る」彼女の声の調子はいくらか和らいでいた。「ちょっとだけ待って」私をベッドから押しのけ、Tシャツを着た。「スウェットパンツ、取ってもらえる？」パンツを指さして命令口調で言う。

おやおや。ミス・スティール、きみもかなりの威張り屋だな。

「どうぞ、マダム」私は軽口で応じた。〝マダム〟と呼んだ意味は彼女には通じていないだろう。それでも彼女は怒ったように目を細めた。からかわれているのは察しているらしい。

しかし何も言わずにスウェットパンツを穿いた。

これから通りに放り出されるのだと思って軽い当惑を覚えながら、彼女のあとについてリビングルームから玄関に向かった。

女の家から追い出されるなんて、いつ以来だろう？

そもそもそんな経験は一度もなかった。

彼女は玄関を開けたが、自分の手を見つめている。

今度はどうした？

「大丈夫か？」私は親指で彼女の下唇をそっとなぞった。本当は私を帰したくないのかもしれない。いや、それとも、さっさと帰れと思っているのか？

「大丈夫」彼女は静かに答えた。本当に大丈夫とは思えない。

「じゃ、水曜日に」私は念を押した。また彼女に会いたい。かがみこんでキスをした。彼女は目を閉じた。帰りたくない。彼女の心が揺れ動いているのを知りながら帰るなんて。私は彼女の頭を抱き寄せるようにして深いキスをした。彼女がそれに応え、降伏したように唇を差し出す。

頼む、ベイビー。私に見切りをつけようと思わないでくれ。とにかく試してみようじゃないか。

彼女は私の腕に手を置いてキスに応えた。このままいつまでもこうしていたい。彼女は離れがたい魅力を持っている。闇は腹の底で静かにしていた。彼女の存在が闇をなだめている。

やがて名残惜しく思いながらも唇を離すと、彼女の額に自分の額に押し当てた。

彼女も息が弾んでいる。「アナスタシア。きみは私にいったい何をした？」

「そっちこそ」彼女がささやき返す。

もう帰らなくてはならない。私はすっかり自制心を失いかけている。なぜだろう。彼女の額にキスをし、玄関前の小道をたどってR8に戻った。彼女は戸口で見守っている。まだ室内に戻っていない。車に乗りこむときもまだそこにいた。私は思わず微笑んだ。

しかし振り返ったとき、彼女は消えていた。

くそ。なぜだ？　おやすみと手を振ることもしないのか？

エンジンをかけ、ポートランドに向けて車を走らせながら、たったいま彼女とのあいだで起きたことを分析した。

彼女がメールをよこした。

私は彼女の部屋に行った。

私たちはファックした。

私はもう少しいるつもりだったのに、彼女に追い出された。

初めて――いや、初めてとは言い切れないかもしれないが――セックスのために利用されたような気がした。そう思うと、エレナと過ごした日々を思い出して、胸が締めつけられた。

くそ！　精神的にはミス・スティールが私を支配している。しかも本人はそれに気づいていない。そしてそれを許している私は愚か者だ。

立場を逆転しなくては。このまま及び腰の交渉を続けていたら頭がどうかしてしまう。

だが、彼女が欲しい。契約に同意してもらいたい。

こうして追いかける立場だからか？　私はそのことにおもしろみを感じているのか？　それとも、彼女自身に魅力を感じているのか？

くそ。自分でもわからない。水曜に話し合えば、もう少し頭が整理できるだろう。それに、いい面に目を向ければ、今日はいい夜《ナイス》を過ごせたではないか。私はバックミラーに向かってにやりとし、ホテルの駐車場に車を乗り入れた。

部屋に戻り、ノートパソコンの前に座った。

欲しいものから目をそらすな。行きたい場所から目をそらすな。解決志向短期療法とやらを勧めるフリンはいつもそう言う。

差出人：　クリスチャン・グレイ
件名：　今夜のこと
日付：　2011年5月23日　23時16分
宛先：　アナスタシア・スティール

ミス・スティール
契約書に関するきみの意見を楽しみに待っている。

よく眠れよ、ベイビー。

クリスチャン・グレイ
グレイ・エンタープライズ・ホールディングスCEO

〝またしても刺激的な一夜をありがとう〟と付け加えたいところだったが、それはいささかやりすぎだろう。ノートパソコンを脇に押しやった。アナはもう眠っているに違いない。私はデトロイトの調査報告書を取り、続きを読み始めた。

2011年5月24日　火曜日

デトロイトに新工場を建設すると考えただけで気が滅入る。デトロイトには憎悪しか感じない。私にとっては忌まわしい記憶しかない土地だ。どんなに忘れたくても、やはり消し去ることのできない記憶。その記憶はときおり——おもに夜に——ふいに蘇って、自分がどのような生い立ちの人間なのか、現実を私に突きつける。

しかし、ミシガン州の優遇税制はたしかに魅力だった。この報告書で挙げられている利点を否定することはできない。書類をダイニングテーブルに放り出し、サンセール・ワインを一口飲んだ。不味《まず》い。ぬるくなっていた。もう夜も遅い。そろそろ寝よう。立ち上がって伸びをしたところで、パソコンの着信音が鳴った。メールが届いている。ロズからかもしれない。確認だけはしておこう。

意外にも、アナからだった。こんな時間に、なぜまだ起きている?

差出人：アナスタシア・スティール
件名：交渉したい点
日付：2011年5月24日　00時02分
宛先：クリスチャン・グレイ

親愛なるミスター・グレイ
話し合いたい点を箇条書きにします。水曜のディナーできちんと話し合えたらと思います。

数字は、契約書の条項に対応しています。

条項を挙げていちいちコメントしているのか？　ミス・スティールはなかなか几帳面《きちょうめん》なタイプのようだ。私は参照用に契約書のファイルを画面上に開いた。

契約日　二〇一一年　月　日（〝契約開始日〟）
契約者　ミスター・クリスチャン・グレイ（以下〝支配者《ドミナント》〟と呼ぶ）
ワシントン州シアトル市エスカーラ301
ミス・アナスタシア・スティール（以下〝従属者《サブミッシブ》〟と呼ぶ）
ワシントン州バンクーバー市ヘイブンハイツ区
グリーン・ストリートSW1114番地　7号室

第1条　ドミナントとサブミッシブの両者は以下の法的拘束力を有する項目について同意する。

基本的条項
第2条　この契約の主要目的は、サブミッシブの欲求、限界《リミット》、安全を尊重しつつ、サブミッシブの官能性と限界を安全に探ることである。
第3条　ドミナントとサブミッシブは、本契約のもとで行なわれる行為はすべて合意によるものであり、秘密保持契約で守られ、契約内で定めるリミットおよび安全対策の対象となることに同意する。リミットおよび安全対策を追加する際は覚書を別途作成する。

第4条　ドミナントとサブミッシブは現在、性病、重篤《じゅうとく》な病、感染症、生命を脅かす病に罹患《りかん》していないことを相互に保証する。これらの疾病には、HIV、ヘルペス、肝炎そのほかを含む。以下で定める契約期間中または契約延長期間中に診断または自覚症状によって罹患が確認された場合は、すみやかに、また形式にかかわらず肉体的な接触を行なう前に、申告するものとする。

第5条　上記の契約事項、合意事項、条件（および本契約第3条に基づき合意によって定められた追加のリミットおよび安全対策）の遵守《じゅんしゅ》を本契約の基本的条項とする。ドミナントまたはサブミッシブのいずれかが本契約の条項に違反したときは本契約は即座に無効となり、また違反の結果について相手に対し全責任を負うことに合意する。

第6条　ドミナントとサブミッシブは本契約の全条項を理解し、また全条項を主要目的および上記第2条から第5条に定められた基本的条項に照らし合わせて解釈するものとする。

役割

第7条　ドミナントは、サブミッシブの心身の健康および適切な教育、指導、調教に責任を負う。教育、指導、調教の内容および実施の時刻と場所はドミナントが決定する。またそれらは本契約または本契約第3条に基づいて定めた合意事項、リミット、安全対策の対象となる。

第8条　ドミナントが本契約または本契約第3条に基づいて定めた合意事項、リミット、安全対策に違反した場合、サブミッシブは即座に本契約を解除し、ドミナントとの主従関係を予告なく解消することができる。

第9条　サブミッシブは、上記規定と上記第2条から第5条を条件として、すべての事項においてドミナントに仕え、服従するものとする。本契約および本契約第3条に基づいて定めた合意事項、リミット、安全対策を条件として、サブミッシブは理由を質すことなく、またためらうことなくドミナントが求める快楽を提供し、理由を質すことなく、またためらうことなく、ドミナントが選択する形式による教育、指導、調教を受け入れる。

契約期間

第10条　ドミナントとサブミッシブは、本契約の内容を完全に理解し、定められた条件にいかなる例外もなく遵守することを保証したうえで、契約開始日に本契約を締結するものとする。

第11条　本契約の有効期間は、契約開始日から3か月とする（〝契約期間〟）。期間満了時に、本契約および本契約に基づく取り決めを評価し、それぞれの要求が満たされたか否かを検討する。ドミナントまたはサブミッシブは本契約の延長を申し入れることができる。その際、本契約の条項に基づく取り決めの修正を求めることができる。延長の合意がない場合、本契約は無効となり、ドミナントとサブミッシブはそれぞれの生活に自由に戻ることができる。

拘束時間

第12条　サブミッシブは、契約期間中、毎週金曜夜のドミナントが指定する時刻から日曜午後のドミナントが指定する時刻まで（〝拘束時間〟）、ドミナントの要求に即座に応じられるよう待機する。拘束時間は、双方の合意に基づいて臨時に延長することができる。

第13条　ドミナントは理由を明示することなく、いつでもサブミッシブを拘束から解くことができる。サブミッシブは拘束の免除を申し入れることができる。ドミナントは、上記第2条から第5条および第8条に定められたサブミッシブの権利のみを条件として、この要請を自由裁量によって認容する。

場所

第14条　サブミッシブは拘束時間内および合意した延長時間内は、ドミナントの指定する場所でいつでも要求に応じられるよう待機するものとする。その際にサブミッシブが負担した交通費は、ドミナントが弁済することとする。

サービス規定

第15条　以下のサービス規定は検討のうえ合意されたものとする。ドミナントとサブミッシブは、契約期間中、これを遵守する。本契約で定められた条項およびサービス規定が想定していない事態の発生を予期し、発生した場合にはその都度、再交渉するものとする。その場合、本契約に修正条項として追加することができる。修正条項は合意のうえで文書化し、双方が署名するものとする。また修正条項は、上記第2条から第5条で定められた基本的条項に反しないものとする。

ドミナント

第15条第1項　ドミナントは、いかなる場面においても、サブミッシブの健康と安全を最優先する。ドミナントは、いかなる場合でも、補遺2で定められた行為または ふたりのいずれかが安全でないと判断した行為への参加をサブミッシブに命じ、要求し、許可し、あるいは強要してはならない。ドミナントは、サブミッシブに重傷を負わせかねない行為あるいはサブミッシブの生命に危険を及ぼしかねない行為を行なってはならず、サブミッシブに行なわせてはならない。以下の本条の副条項は、すべてこの規定と本契約第2条から第5条に定められた基本条項に従うものとする。

第15条第2項　ドミナントは、契約期間中、サブミッシブを自身の所有物として受け入れ、支配し、服従させ、訓練する。ドミナントは、拘束時間中および合意した延長時間中、性的に、またはそのほかの形式で、随意にサブミッシブの体を利用することができる。

第15条第3項　ドミナントは、サブミッシブがドミナントに適切に仕えるために必要な訓練と指導を行なう。

第15条第4項　ドミナントは、サブミッシブが務めを果たす場を不変かつ安全に維持する。

第15条第5項　ドミナントは、サブミッシブが従属的な役割を完全に理解し、容認しがたい行動を自制するよう訓練することができる。ドミナントは、フロッガー、パドル、鞭、あるいはドミナント自身の体を使い、調教のため、自身の満足のため、あるいはそのほかの事項を理由に、サブミッシブに罰を与えることができる。懲罰の理由を明示する必要はない。

第15条第6項　訓練および調教において、ドミナントは、サブミッシブの体に永久に跡が残る傷や医療機関での治療が必要な傷を負わせないことを保証する。

第15条第7項　訓練および調教において、ドミナントは、調教および調教の目的で使用する器具の安全を保証する。また重傷の原因になりかねない使用、本契約で定められたリミットを逸脱した使用を行なわないことを保証する。

第15条第8項　サブミッシブが病気にかかった場合、または負傷した場合、ドミナントは放置せず、サブミッシブの健康と安全に責任を持ち、ドミナントが必要と判断した場合、医療機関で治療を受けさせる。

第15条第9項　ドミナントは自身の健康に留意し、リスクのない環境を保つために必要であれば、医療機関での治療を受ける。

第15条第10項　ドミナントはサブミッシブを別のドミナントに貸し出さない。

第15条第11項　ドミナントは、拘束時間中および合意した延長時間中、サブミッシブの健康と安全を尊重したうえで、理由にかかわらず、また時間の制限なく、サブミッシブの動作を抑制し、手錠をかけ、ロープなどで縛ることができる。

第15条第12項　ドミナントは、訓練および調教の目的に使用するすべての器具の清潔と衛生を保ち、安全な状態に維持する。

サブミッシブ

第15条第13項　サブミッシブは、ドミナントの所有物となったこと、また契約期間中、とくに拘束時間中および合意した延長時間中、ドミナントの随意に扱われることを理解したうえで、ドミナントを自身の主人として受け入れる。

第15条第14項　サブミッシブは、本契約の補遺1に定める規則（〝ルール〟）に従う。

第15条第15項　サブミッシブは、ドミナントが適切と判断した方法でドミナントに仕え、いかなる場合でも能力の限界までドミナントを満足させる努力をする。
第15条第16項　サブミッシブは、自身の健康を維持するために最善を尽くし、必要な場合には医療機関で治療を受けるものとする。体調に変化があれば、いかなる場合でもドミナントに報告する。
第15条第17項　サブミッシブは、経口避妊薬の処方を受け、避妊のため処方どおりのスケジュールで服用するものとする。
第15条第18項　サブミッシブは、ドミナントが必要と判断した調教行為を無条件に受け入れ、ドミナントに対する自身の地位と役割をつねに自覚する。
第15条第19項　サブミッシブは、ドミナントが許可した場合を除き、いっさいの自慰行為をしない。
第15条第20項　サブミッシブは、ドミナントの要求する性行為を、内容のいかんにかかわらず実行する。その際はためらうことなく、また反論することなく行なう。
第15条第21項　サブミッシブは、鞭、フロッガー、平手、笞《ケイン》、パドルなどを使った懲罰、あるいはドミナントが選択した懲罰を、ためらうことなく、理由を問うことなく、また不満を口にすることなく受け入れる。
第15条第22項　サブミッシブは、ドミナントからそのように命じられた場合を除き、ドミナントと視線を合わせない。サブミッシブは、ドミナントの前ではつねに目を伏せ、静かで礼儀をわきまえた態度を保つ。

第15条第23項　サブミッシブは、ドミナントに対し、つねに敬意を持ってふるまい、呼びかける際にはサー、ミスター・グレイ、あるいはドミナントが指示する呼称を使う。

第15条第24項　サブミッシブは、ドミナントが許可した場合を除き、ドミナントの体に触れない。

行動の制限

第16条　サブミッシブは、ドミナントあるいはサブミッシブが危険と判断した活動や性行為、あるいは補遺2に定める行為を行なわない。

第17条　ドミナントとサブミッシブは、補遺3に定める行為について話し合い、合意事項を補遺3に書面で記録する。

セーフワード

第18条　ドミナントとサブミッシブは、サブミッシブが従った場合、肉体的、心理的、精神的、あるいは宗教上の害をこうむるおそれがある行為をドミナントが要求する可能性があることを認識する。そのような場合、サブミッシブはセーフワードを使うことができる。要求の過酷さの程度に応じ、二種類のセーフワードをあらかじめ定める。

第19条　セーフワード〝イエロー〟は、サブミッシブが忍耐の限界に近づいていることをドミナントに知らせるために使う。

第20条　セーフワード〝レッド〟は、サブミッシブがそれ以上の要求に耐えられないことをドミナントに知らせるために使う。このセーフワードが使用された場合、ドミナントは即座に当該行為を完全に中止する。

契約の締結

第21条　ドミナントとサブミッシブは、本契約のすべての条項に目を通し理解したうえで以下に署名する。本契約の条項を自由意思によって了解したことをこの署名によって承認する。

ドミナント：　クリスチャン・グレイ

日付

サブミッシブ：　アナスタシア・スティール

日付

補遺1

ルール

服従

従属者《サブミッシブ》は、支配者《ドミナント》から与えられた指示に、躊躇することなく、即座に従うこと。別に定めるハードリミット（補遺2参照）を除き、ドミナントが適切と判断したうえで快楽のために行なう性的行為に応じること。その際は、積極的に、またためらわずに受け入れること。

睡眠

サブミッシブは、ドミナントと行動をともにしない日は最低7時間の睡眠を取ること。

食事

サブミッシブは、心身の健康を維持するため、あらかじめ定める食品（補遺4参照）を規則正しく摂取すること。フルーツ以外の間食はしないこと。

衣服

契約期間中、サブミッシブはドミナントが許可した服のみを着用すること。購入費はドミナントが負担し、サブミッシブはその予算を使って衣服を購入する。ドミナントが希望すれば、衣服購入に同行することができる。契約期間中、ドミナントから要請があれば、ドミナントと行動をともにする場面、またドミナントが適切と判断した場面で、サブミッシブはドミナントが指定した衣服を着用すること。

エクササイズ

ドミナントは週4回、1時間ずつのパーソナルトレーニングの費用を負担する。トレーニングのスケジュールは、サブミッシブとパーソナルトレーナーの話し合いで決定する。パーソナルトレーナーはサブミッシブの進捗をドミナントに適宜《てきぎ》報告すること。

衛生／美容

サブミッシブは、つねに清潔を保ち、シェーバー／ワックスを使用した無駄毛処理を怠らないこと。ドミナントが指定するタイミングでドミナントが指定する美容室に行き、ドミナントが適切と判断した施術を受けること。

安全

サブミッシブは、過量の飲酒、喫煙、医薬品を除く薬物の摂取、不必要な危険行為を避けること。

行動

サブミッシブは、ドミナント以外の人物と性的関係を持たないこと。常識的な行動を心がけ、自身のふるまいのすべてがドミナントに影響を及ぼすことを意識すること。ドミナント不在時に犯した悪事、不正行為、不作法の責任はサブミッシブにある。

右に掲げるルールに違反した場合、即座に懲罰が与えられる。懲罰の種類はドミナントが決定する。

補遺2

ハードリミット

・火を使う行為はしない
・放尿、脱糞、および排泄物を使う行為はしない
・針、刃物、ピアス、血液を使う行為はしない

・婦人科用医療器具を使う行為はしない
・子供や動物を使う行為はしない
・皮膚に永久に消えない痕を残す行為はしない
・呼吸を抑制する行為はしない
・電流（交流、直流の両方を含む）、火、火炎状のものを体にじかに接触させる行為はしない

補遺3

ソフトリミット

以下の事項について、話し合いのうえで合意することとする。

サブミッシブは以下の行為に同意するか
・マスターベーション
・クンニリングス
・フェラチオ
・飲精

・膣性交
・膣フィストファック
・アナルファック
・アナルフィストファック

サブミッシブは以下の器具の使用に同意するか
・バイブレーター
・アナルプラグ
・ディルド
・膣／肛門に使用するそのほかの器具

サブミッシブは以下の行為に同意するか
・ロープによる拘束
・革手錠による拘束
・手錠／足鎖／足枷による拘束
・ボンデージテープによる拘束
・そのほかの拘束

サブミッシブは以下の形式の拘束に同意するか
・体の前で両手を縛る
・足首を縛る
・肘を縛る
・背中で両手を縛る
・膝を縛る
・手首を足首に縛りつける
・固定された物品、家具などに縛りつける
・拘束棒《スプレッドバー》に縛りつける
・吊り責め

サブミッシブは目隠しされることに同意するか

サブミッシブは口枷を嚙まされることに同意するか

サブミッシブはどのレベルの痛みまで進んで受け入れるか
1を最高、5を最低として——
1・2・3・4・5

サブミッシブは以下の形態の苦痛／体罰／調教を受け入れることに同意するか
・スパンキング
・鞭打ち
・嚙みつき
・女性器責め
・熱蠟
・パドル打ち
・ケイン打ち
・乳首責め
・氷
・そのほかの形式／方法による苦痛

そして、彼女の指摘事項は――

2 「わたし」だけの利益とされてる理由がよくわからない――「わたしの」官能性や限界を探る？ そんなこと、10ページの契約書なんかなくたってできるはず！ 主要目的は「あなたの」利益じゃない？

的を射た指摘だね、ミス・スティール！

4　あなたも知ってるとおり、わたしのセックスの相手はあなたひとりだけ。ドラッグはやらないし、過去に輸血を受けたこともない。十中八九、病気は持ってない。あなたはどう？

これもまた的を射た指摘だね！　考えてみれば、セックス歴を心配せずにすむ相手は初めてだ。バージンをファックする最大のメリットはそれだな。

8　話し合いを経て定めたリミットにあなたが違反してると感じたら、わたしは即座に契約を解除できる。この条項は好き。

この条項が発動されることがないよう祈っているよ。そうなったところで、初めてではないが。

9　すべての事項についてあなたに服従する？　お仕置きをためらうことなく受け入れる？　これについては話し合いが必要。

11　お試し期間は、3か月じゃなく、1か月を希望。
たったひと月？　それでは〝お試し〟にもならない。ひと月でどこまでやれると思うのか。
12　毎週末は負担が大きすぎ。わたしにも生活があるから。または、これからあるようになるはず。週末4回のうち3回じゃだめ？
残りの一回はほかの男と出歩けるように？　どうせほかの男では物足りないとわかるだけのことだろうが。これについてはこちらでも要検討だ。
15‐2　〝性的に、またはそのほかの形式で、随意にサブミッシブの身体を利用することができる〟――〝そのほかの形式〟を定義してください。
15‐5　このお仕置き条項全体について。鞭やフロッガーや平手で打たれたいとは思えない。これって間違いなく第2条から第5条に違反してると思う。それから、〝そのほかの事項を理由に〟。これって――あなたはサディストじゃないって言ってたはずよね？

くそ！　まあいい、とりあえず最後まで読もう、グレイ。

15・10　わたしを他人に貸し出す選択肢も存在するらしいことに驚き。でも、貸し出さないってここで明言されてるのは安心。

15・14　ルール。これについてはまたあとで。

15・19　〝ドミナントが許可した場合を除き、いっさいの自慰行為をしない〟。どうしていけないの？　そもそも、わたしは自慰行為をしないってことは知ってるはず。

15・21　懲罰――上記15・5参照。

15・22　あなたの目を見ちゃだめなの？　どうして？

15・24　どうしてあなたに触れちゃいけないの？

ルール

睡眠——6時間なら同意してもいい。

食事——食品リストに従って食べるなんていや。食品リストをあきらめるか、わたしをあきらめるかの二択。交渉決裂のダークホース。

これが最大の懸案になりそうだな。

衣服——あなたが指定する服を着なくちゃいけないのが、あなたと一緒にいるときに限られるなら……同意してもいい。

エクササイズ——週3時間で合意したはずなのに、4時間のままになってる。

ソフトリミット

ここにある全項目を交渉の対象にしていい？　フィストファックはいっさいなし。〝吊り責め〟って何？　女性器責め——何それ、冗談よね？

水曜はどうしたらいいか教えていただけますか。その日のアルバイトは午後5時までです。

おやすみなさい。

アナ

彼女の返信に目を通してほっとした。ミス・スティールがすみずみまで吟味したことがわかる。ずっとこの契約書を使っているが、過去にこれほど細かな指摘をしてきた女はいなかった。彼女は本気だ。真剣に検討している。水曜に話し合うべきことが山のようにできた。今夜、彼女のアパートから持ち帰った不安は遠ざかっていった。彼女との関係にはまだ希望がある。だが、そんなことより何より、今夜はもう寝かさなくては。

差出人：　クリスチャン・グレイ
件名：　交渉したい点
日付：　2011年5月24日　00時07分
宛先：　アナスタシア・スティール

ミス・スティール
ずいぶんとまた長いリストだな。だいたい、どうしてまだ起きている？

クリスチャン・グレイ
グレイ・エンタープライズ・ホールディングスCEO

数分後、返信が届いた。

差出人：　アナスタシア・スティール
件名：　寝る間も惜しんで予習中
日付：　2011年5月24日　00時10分
宛先：　クリスチャン・グレイ

サー
ご記憶かと思いますが、このリストを作成中に、通りすがりのコントロール・フリークに邪魔をされ、ベッドに連れこまれました。

おやすみなさい。

アナ

思わず吹き出してしまった。だが、同時にいらだちも覚えた。メールでは威勢がよくて、抜群のユーモアのセンスも発揮するのに、面と向かうとあれほど内気になるのはなぜだ？　いや、そんなことより、ともかく睡眠を取らせなくてはいけない。

差出人：クリスチャン・グレイ
件名：寝る間は惜しむな
日付：2011年5月24日　00時12分
宛先：アナスタシア・スティール

いいからベッドに入れ、アナスタシア。

クリスチャン・グレイ
グレイ・エンタープライズ・ホールディングスCEO兼コントロール・フリーク

数分待ち、私の太字の命令が効いてどうやらベッドに入ったらしいと納得したあと、寝室に向かった。彼女がまた返信してきた場合に備え、ノートパソコンは持っていった。ベッドに入って本を開いた。三十分後、また起き出した。集中できない。どうしてもアナのことを考えてしまう。今夜のアナ。彼女のメール。

彼女との関係に何を期待しているか、念のためもう一度はっきり伝えておいたほうがいいだろう誤った期待を抱かせたくない。私は本来のゴールからかなりそれてしまっている。

〝あなたも引越を手伝いに来てくれるのよね？〟ケイトのその言葉は、非現実的な未来図が描かれかけていることを端的に象徴していた。

だが、引越を手伝うくらい、なんでもないだろう？

だめだ、グレイ。よけいなことは考えるな。

パソコンを開き、彼女の〝交渉したい点〟にもう一度目を通した。よけいな期待を抱かせないように軌道修正しなくてはならない。それには、適切な言葉を選んで私の考えを明確に伝える必要がある。

しばしの思案の末に、いいアイデアが閃いた。

差出人：　クリスチャン・グレイ
件名：　きみの懸案事項
日付：　２０１１年５月２４日　０１時２７分
宛先：　アナスタシア・スティール

親愛なるミス・スティール

あれからきみの〝懸案事項〟を子細に検討した。サブミッシブの定義を改めて提示させてくれ。

submissive [suhb-mis-iv] 形容詞

1 (人が) 服従する：素直に、あるいは謙虚に従う。(例) 従順な召使い。

2 (行為などが) 服従的な、素直な。(例) 素直な返答。

語源：1580‐1590 submiss + ive

同義語：従順な、言いなりになる、御しやすい、受動的な、扱いやすい、忍従している、辛抱強い、柔順な、おとなしい、服従した。

水曜の話し合いには、この語義を心に留めて臨《のぞ》んでもらいたい。

クリスチャン・グレイ

グレイ・エンタープライズ・ホールディングスCEO

これでいい。彼女も笑ってくれるだろう。しかも私の言いたいことを的確に伝えている。一安心して、ベッドサイドランプを消した。まもなく眠りに落ち、夢を見た。

あの子の名前はレリオット。ぼくより大きい。あの子は笑う。にっこりもする。大きな声を出す。いつでもしゃべってる。いつもママやパパになにか言っている。あの子はぼくのおにいちゃんだ。おまえはどうしてしゃべらないんだ？　レリオットはいつもそうきく。何度もだ。おまえ、ばかなのか？　レリオットはいつもそう言う。何度もだ。ぼくはレリオットにとびかかって、顔を何度もたたく。何度も。何度も。そうするとレリオットは泣く。あの子はよく泣く。ぼくは泣かない。一度も泣かない。ママはぼくにおこってる。階段のいちばん下にすわって反省しなくちゃいけない。ぼくはずっとずっとすわってる。だけどレリオットは、ぼくがどうしてしゃべらないのか、もうきかなくなった。ぼくがこぶしを作るだけで、にげていく。レリオットはぼくをこわがってる。ぼくがモンスターだって、レリオットは知ってるんだ。

朝、日課のランニングから帰ると、シャワーを浴びる前にメールをチェックした。ミス・スティールからの返信はない。だが、まだ朝の七時半だ。いくらなんでも早すぎる。

グレイ。いいかげんにしろ。少し頭を冷やせ。

髭を剃りながら、鏡の向こう側からこっちをじっと見つめている灰色の目をしたろくでなしをにらみ返した。ここまでだ。今日は彼女のことをもう考えない。

私には仕事がある。さっそくブレックファストミーティングだ。

「フレッドから聞きましたが、バーニーが二、三日中にタブレットのプロトタイプを作れそうだと言っているそうです」ビデオ会議の相手、ロズが言った。

「昨日、設計図をざっと見たよ。なかなかいい線を行っていると思うが、改善すべき点もまだありそうだ。うまく製品化できれば、このテクノロジーは業界を席巻すると思う。それに、開発途上国に大きな利益をもたらせる」

「国内市場もお忘れなく」ロズが言った。

「もちろん忘れていないさ」

「クリスチャン、ポートランドにはいつまでいらっしゃる予定ですか」ロズはいくぶん不満げに言った。「ポートランドで何をしてらっしゃるの?」ウェブカメラを一瞥したあと、自分の画面に目を凝らした。私の表情からヒントを探そうとしているのだろう。

「合併話を進めている」私は笑みを押し殺して言った。

「その件、マルコは知ってるのかしら」

私は鼻を鳴らした。マルコ・イングリスは私の会社のM&A事業部長だ。「いや。そういった種類の合併ではないからね」

「え?」ロズは言葉を失った。表情から察するに、驚いているようだ。

そうさ。プライベートな合併だ。

「成功を祈ります」ロズは愉快そうに笑って言った。

「ありがとう」私もにやりと笑って応じた。「さて、次の議題はウッズかな？」

過去一年のあいだに、私の会社はＩＴ関連企業を三社買収した。そのうち二社は順調に業績を伸ばしている。ところが、マルコの楽観的な予測とは裏腹に、一社は苦戦中だった。社長はルーカス・ウッズという男で、買収してみて初めてまったくの看板倒れの人物だとわかった。一夜にして大金を手にし、それで満足してしまったのか、仕事に対する情熱を失い、光ファイバー業界の最大手のひとつだったのに、たった一年で競争から完全に脱落した。資産を搾り取るだけ搾り取ったあとウッズを解雇し、技術部門だけを切り離してグレイ・エンタープライズ・ホールディングスに吸収すべきだろう――私はそう考え始めていた。

しかし、ルーカス・ウッズにはもう少し時間をやろうというのがロズの意見だった。こちらとしても、彼の会社を解体して再生するプランを練る時間が必要だろうとも言った。うちで引き取らない従業員を解雇するのにもそれなりのコストがかかる。

「ウッズにはもう充分な時間をやったと思うがね。彼には現実を受け入れる気がないようだ」私は断固として反論した。「あの男は解雇すべきだ。マルコに言って、会社解体コストの見積もりを出させてくれ」

「マルコもこの議題のときは参加したいと言ってました。いまからログインするよう連絡します」

十二時三十分、テイラーが運転する車でバンクーバーのワシントン州立大学に向かった。

学長、環境科学部長、産官連携副部長とのランチミーティングのためだ。長いドライブウェイを行く車のウィンドウから学生たちの顔を一つひとつ確かめずにはいられなかった。ミス・スティールの姿を一目見られないか。だが、残念なことに、彼女はいなかった。きっと図書館にこもって古典でも読みふけっているのだろう。どこかで本に夢中になっている彼女の姿を思い浮かべると、心が慰められた。私のメールへの返事はまだなかったが、アルバイトの予定もあるだろうからしかたがない。おそらく昼休みが終わるころには返事が来るだろう。

大学の事務棟の車寄せに着いたところで、携帯電話が鳴った。母のグレースからだった。ふだんなら平日には電話をかけてこない。

「母さん?」

「もしもし、クリスチャン。元気?」

「元気だ。これから人と会う」

「パーソナルアシスタントの女性から、ポートランドにいると聞いたものだから」母の声は期待に満ちあふれていた。

くそ。アナと一緒にいると決めつけている。

「そうだ。仕事で来ている」

「アナスタシアはお元気?」やっぱり!

「知るかぎりでは元気だよ、母さん。で、用は何?」

やれやれ。よけいな期待を抱かせないよう用心すべき相手がふたりに増えた。

「ミアが予定より一週早く帰ってくることになったの。今度の土曜日に。でもその日、私は当直だし、キャリックは法曹関係の会議で慈善活動について講演する予定なのよ」

「私が迎えにいこうか」

「お願いできる？」

「いいよ。何時の飛行機か、ミアから連絡させてくれ」

「ありがとう、クリスチャン。アナスタシアにもよろしくね」

「人を待たせてる。また連絡するよ、母さん」答えにくい質問をあれこれされる前に電話を切った。テイラーが車のドアを開けた。

「三時には終わるはずだ」

「はい、ミスター・グレイ」

「明日、娘さんと会えそうか？」

「ええ、ミスター・グレイ」テイラーは愛情と父親らしい誇りにあふれた表情をしていた。

「それはよかった」

「三時にお迎えにまいります」

私は大学の事務棟に入った……長いランチになりそうだ。

今日は朝目覚めてからのほとんどの時間、アナスタシア・スティールのことを考えずに過ごした。あくまでも、ほとんど、だ。大学でのランチのあいだに、何度かプレイルームにいる彼女の姿を夢想した……彼女はあの部屋をなんと呼んでいたか。〝苦痛の赤い部屋〟。私は口もとをゆるめて首を振り、メールをチェックした。彼女には言葉を操るセンスがある。しかし今日はまだ一言たりとも送られてきていない。

ホテルのジムでトレーニングをしようと、スーツを脱いでスウェットの上下に替えた。部屋を出ようとしたところで、着信音が鳴った。彼女からのメールだった。

差出人：　アナスタシア・スティール
件名：　わたしの懸案事項……あなたの懸案事項はどうなの？
日付：　2011年5月24日　18時29分
宛先：　クリスチャン・グレイ

サー

初出年代にご注目を。1580年代から90年代です。お忘れかもしれませんので、サー、おそれながら念のため。いまは2011年です。その間《かん》に人類は大きな進歩を遂《と》げました。

明日の話し合いに際して、ぜひ心に留めておいていただきたい言葉をひとつ挙げてもよろしいでしょうか。

compromise [kom-pruh-mahyz] 名詞

1 双方が歩み寄ることによって意見をまとめること：互いの主張を少しずつ譲り合うことによって、意見や信念の対立を解消し、ひとつの取り決めを導き出すこと。
2 1の結果。
3 異なった物事の中間。（例）中二階のある家屋は、平屋建てと複層階建ての家屋の妥協である。
4 （名誉・信用・利益などを）危うくすること：危険や疑惑などにさらすこと。
（例）尊厳を危うくする。

アナ

驚いたな。ミス・スティールから挑戦的なメールが届いた。しかし、明日の約束はキャンセルではないらしい。それにはほっとした。

差出人：　クリスチャン・グレイ
件名：　私の懸案事項がどうかしたか？

日付：　２０１１年５月２４日　１８時３２分
宛先：　アナスタシア・スティール
いつものように、実に理にかなった指摘だ、ミス・スティール。
明日は７時にアパートメントに迎えにいく。

クリスチャン・グレイ
グレイ・エンタープライズ・ホールディングスＣＥＯ

電話が鳴った。エリオットだ。

「よう、プレイボーイ。ケイトから念を押しておいてくれって頼まれた。引越の件だ」

「引越？」

「ケイトとアナの引越。手伝う約束だろうに、おたんちんめ」

私は大げさにため息をついてやった。まったく、兄ときたら、もう少しましなことは言えないのか。「私は手伝えない。ミアを空港に迎えにいくことになっている」

「え？　そんなの、母さんか父さんが行けばいいだろう」

「ふたりとも外せない用がある。今朝、母さんから電話で頼まれた」

「そうか、じゃあしかたないな。そういえば、アナとはどこまでいったんだよ？　ファー

――」

「またな、エリオット」私は電話を切った。兄にそんなことまで話す義理はない。それに、新しいメールが私を待っていた。

差出人：アナスタシア・スティール
件名：２０１１年――女も車に乗る時代
日付：２０１１年５月２４日　１８時４０分
宛先：クリスチャン・グレイ

サー

車は持っています。運転もできます。

どこかで待ち合わせしませんか。

ご都合のよい場所をお知らせください。
たとえば7時にヒースマン・ホテルではいかがでしょう？

アナ

まったく腹立たしい。即座に返信した。

差出人：クリスチャン・グレイ
件名：頑固な現代女性たち
日付：2011年5月24日　18時43分
宛先：アナスタシア・スティール

親愛なるミス・スティール
2011年5月24日午前1時27分送信のメールと、そこに示された語義を参照されたし。
いつか言われたことにおとなしく従うことができる日は来そうか？
クリスチャン・グレイ
グレイ・エンタープライズ・ホールディングスCEO

次のメールが届くまでに少し間が空いた。いらだちが募った。

差出人：　アナスタシア・スティール
件名：　歩み寄ることを知らない男たち
日付：　２０１１年5月２４日　１８時４９分
宛先：　クリスチャン・グレイ

ミスター・グレイ
自分の車で行きたいです。

ご理解のほどを。

アナ

歩み寄ることを知らない？　私が？　悪かったな。しかし、水曜の話し合いが予定どおり進めば、こういった反抗的な態度は封印される。そう考えて、ここは妥協することにした。

差出人：　クリスチャン・グレイ
件名：　立腹する男たち

日付：　２０１１年５月２４日　１８時５２分
宛先：　アナスタシア・スティール

けっこう。
私のホテルで７時に。
〈マーブル・バー〉で待っている。

クリスチャン・グレイ
グレイ・エンタープライズ・ホールディングスＣＥＯ

差出人：　アナスタシア・スティール
件名：　歩み寄ることを少し覚えた男たち
日付：　２０１１年５月２４日　１８時５５分
宛先：　クリスチャン・グレイ

ありがとう。

アナ

妥協の褒美はキスか。そのキスひとつが私の気分に与えた変化には気づかないふりして、〝どういたしまして〟というそっけない返事を送った。それから弾むような足取りでホテルのジムに向かった。

彼女はキスを送ってきた……

（中巻につづく）

本書は、二〇一五年十二月に早川書房より単行本として刊行された『グレイ（上・下）』を三分冊で文庫化したものの第一巻です。

訳者略歴　英米文学翻訳家，上智大学法学部国際関係法学科卒　訳書『フィフティ・シェイズ・ダーカー』ジェイムズ，『トレインスポッティング0　スキャグボーイズ』ウェルシュ（以上早川書房刊），『ガール・オン・ザ・トレイン』ホーキンズ，『煽動者』ディーヴァー，『邪悪』コーンウェル他

HM=Hayakawa Mystery
SF=Science Fiction
JA=Japanese Author
NV=Novel
NF=Nonfiction
FT=Fantasy

グレイ
〔上〕

〈NV1400〉

二〇一七年一月十日　印刷
二〇一七年一月十五日　発行

（定価はカバーに表示してあります）

著者　E L ジェイムズ
訳者　池《いけ》田《だ》真《ま》紀《き》子《こ》
発行者　早川　浩
発行所　株式会社　早川書房
郵便番号　一〇一 - 〇〇四六
東京都千代田区神田多町二ノ二
電話　〇三 - 三二五二 - 三一一一（大代表）
振替　〇〇一六〇 - 三 - 四七七九九
http://www.hayakawa-online.co.jp

乱丁・落丁本は小社制作部宛お送り下さい。送料小社負担にてお取りかえいたします。

印刷・三松堂株式会社　製本・株式会社フォーネット社
Printed and bound in Japan
ISBN978-4-15-041400-9 C0197

本書は活字が大きく読みやすい〈トールサイズ〉です。